Veröffentlicht von
DREAMSPINNER PRESS

5032 Capital Circle SW, Suite 2, PMB# 279, Tallahassee, FL 32305-7886 USA
www.dreamspinnerpress.com

Der Einbruch der Royal Street
Urheberrecht der deutschen Ausgabe © 2017 Dreamspinner Press.
Originaltitel: The Royal Street Heist
Urheberrecht © 2014 Scotty Cade.
Original Erstausgabe. November 2014
Übersetzt von Jutta Grobleben.

Umschlagillustration
© 2014 Reese Dante.
http://www.reesedante.com
Die Illustrationen auf dem Einband bzw. Titelseite werden nur für darstellerische Zwecke genutzt. Jede abgebildete Person ist ein Model.

Deutsche ISBN. 978-1-63533-985-7
Deutsche eBook Ausgabe. 978-1-63533-986-4
Deutsche Erstausgabe. August 2017
v 1.0

Gedruckt in den Vereinigten Staaten von Amerika.

DER EINBRUCH
IN DER ROYAL STREET

SCOTTY CADE

Für Kell, meinen Ehemann und Lebenspartner, mit dem ich seit siebzehn Jahren zusammen bin, und der mir jeden einzelnen Morgen sagt, wie gut ich aussehe. Seine Liebe und Unterstützung machten mich zu dem Menschen, der ich heute bin, und ohne ihn wäre ich verloren. Ich liebe dich, Skeeter!

Und für meine Nichte Jane Harper Hicklin-Dollason, die Managerin der Charleston Renaissance Gallery in Charleston, South Carolina. Danke, dass du meine endlosen und manchmal dummen Fragen über die Welt der Südstaatenkunst beantwortet hast. Dein Wissen und deine Expertise haben diese Geschichte so echt und realitätsnah wie möglich gemacht. Kell und ich lieben dich sehr.

1

CRYMES VILLERIE stand neben seinem Chevrolet Suburban im Garden District von New Orleans und betrachtete die große, aber kränklich aussehende Villa in der St. Charles Avenue. Er kniff im hellen Schein der Julisonne die Augen zusammen und versuchte, die Hausnummer über der Tür zu erkennen, aber er musste sich abwenden, als seine Augen begannen zu tränen.

Still verfluchte er die Sonne und die erdrückende Mittsommerhitze, während er ein weißes Baumwolltaschentuch aus der Manteltasche holte und das ordentliche Quadrat auf seine Augen presste. Er schüttelte das Taschentuch aus, wischte sich den Schweiß von den Augenbrauen und tupfte sein Gesicht und seinen Nacken ab, bevor er es wieder einsteckte.

Crymes hob die Hand, um die Sonnenstrahlen abzuschirmen, und machte einen letzten Versuch, dabei schaffte er es, die ersten drei Ziffern der Hausnummer zu lesen, bevor ihm wieder Tränen in die Augen traten. Er schaute auf die handgeschriebenen Ziffern auf der Rückseite einer seiner Visitenkarten und stellte zufrieden fest, dass er richtig war. Er glättete die Vorderseite seines marineblauen Jacketts und öffnete das schmiedeeiserne Tor. Der kreischende Klang von Metall auf Metall erfüllte seine Ohren. Crymes zuckte zusammen, als das Tor hinter ihm zuschlug.

Am Vortag hatte er einen anonymen Anruf bekommen von jemandem, der eine Haushaltsauflösung organisierte. Man hatte ihn eingeladen, die Kunstwerke zu begutachten, bevor der Verkauf offiziell begann. Da er selbst Kunsthändler und Besitzer einer eigenen Galerie in der Royal Street im Herzen des French Quarter war, konnte er sich die Gelegenheit, möglicherweise ein seltenes Stück zu finden oder wenigstens seine Kollektion zu vergrößern, nicht entgehen lassen. Die Royal Renaissance Galerie war auf historische Kunst aus den Südstaaten spezialisiert, die größtenteils den Bürgerkrieg zum Thema hatte, und dank vierzig Jahren Berufserfahrung wusste Crymes sehr genau, wo er am ehesten etwas finden würde, das dem entsprach.

Crymes ging zum Haus, stieg die vier Stufen hinauf auf die Veranda und klopfte an die Tür. Sie öffnete sich und ein korpulenter Mann erschien, der Mitte sechzig zu sein schien und ihm die Hand entgegenstreckte.

„Guten Tag. Ich bin Dudley Robinette. Sie sind Mr. Villerie?"

„Ja. Bitte nennen Sie mich Crymes", antwortete er und schüttelte die Hand des Mannes.

Dudley nickte. „Bitte kommen Sie herein, Crymes", sagte er mit einem schweren Südstaatenakzent.

Aus Gewohnheit trat Crymes sich die Schuhe ab und ging durch die Eingangstür. Die unverwechselbare Atmosphäre von altem Geld erfüllte seine Sinne und sein Herzschlag raste vor Aufregung. *Bleib ruhig, Crymes. Lass dir deine Aufregung nicht anmerken.*

Er schaute sich ruhig um, während seine Augen sich an das Licht in dem schwach erleuchteten Foyer gewöhnten. Dabei musste er ein Keuchen unterdrücken, als er Ölgemälde dicht an dicht wie in einer Galerie entdeckte, auch an den Wänden der Treppe hinauf in den ersten Stock. Entschlossen, sich zusammenzureißen und nonchalant zu bleiben, räusperte Crymes sich und schaute nach rechts und links. Zu seiner Überraschung sahen die angrenzenden Räume genauso aus.

Er bemerkte andere Leute, die herumgingen und sich die ausgestellten Kunstwerke ansahen. Plötzlich hatte er es eilig, zur Sache zu kommen.

„Alle Stücke haben einen Preis, aber der ist natürlich verhandelbar", sagte Dudley. „Bitte schauen Sie sich um und wenden Sie sich an mich, wenn Sie Fragen haben." Dudley schaute auf seine Uhr. „Oh. Ich habe mit vier Kunsthändlern Termine ausgemacht und Sie haben vierzig Minuten, bis die nächsten ankommen."

„Vielen Dank", sagte Crymes und Dudley drehte sich um und verschwand in den hinteren Bereich des Hauses.

Er fühlte sich wie ein Kind im Süßigkeitenladen, während er die Wände der Galerie betrachtete, jedes Gemälde eingehend studierte, den Künstler bestimmte, ebenso wie die Qualität der Arbeit und der Rahmen. Obwohl er exzellente Kunstwerke entdeckte, war er enttäuscht, dass keines der Stücke zu seinem Stil passte.

Ein anderer Händler bewunderte das Bild, das Crymes gerade studierte. „Sehr schön", sagte er.

„In der Tat", stimmte Crymes zu, dann ging der Mann weiter.

Schließlich war Crymes wieder im Foyer und beschloss, nach oben zu gehen und sich dort umzusehen, bevor er das Erdgeschoss in Angriff nahm. Er erklomm die Treppe und blieb mitten in der Bewegung wie erstarrt stehen. Vor ihm hing ein Bild, das er schon einmal gesehen hatte, entweder in einem Kunstmagazin oder irgendwo im Internet. Er meinte, es hieß *The Tiny Soldier* oder so in der Art. Auf dem Preisschild stand 71 500 $.

Crymes holte sein Handy hervor und rief in der Galerie an.

„Royal Renaissance."

„Harper! Du musst für mich etwas über ein Gemälde herausfinden."

Harper Villerie Hayes war Crymes' Galeriemanagerin und außerdem sein einziges Kind. Sie hatte an der Tulane University einen Abschluss in Kunstgeschichte gemacht und anschließend eine Weile in der Kunstszene von New York verbracht. Sie hatte die Liebe ihres Vaters für die Kunst geerbt und war nach ihrem kurzen Aufenthalt in New York nach New Orleans zurückgekommen, um in seine Fußstapfen zu treten.

„Hey Crymes", sagte sie. „Einen Moment. Ich brauche etwas zu schreiben."

Crymes runzelte die Stirn, als sie ihn beim Vornamen nannte. Kurz nachdem Harper begonnen hatte, für ihn zu arbeiten, hatte sie aufgehört, ihn Daddy zu nennen, und angefangen, ihn mit Vornamen anzureden. Damit wollte sie zeigen, dass sie ihren eigenen Weg ging und nicht nur „Daddys kleines Mädchen" oder „die Tochter des Besitzers" war. Er hatte sich immer noch nicht daran gewöhnt, aber er verstand ihre Beweggründe und akzeptierte sie.

„Okay. Da bin ich wieder", sagte Harper. „Schieß los."

„Sieh mal, was du über ein Bild von Eastman Johnson herausfinden kannst. Ich glaube, es heißt *The Tiny Soldier*. Es ist mit E. Johnson signiert und in der linken, unteren Ecke steht 1864."

„Wie groß ist es in etwa?", fragte Harper.

„Warte kurz", erwiderte er und holte ein kleines Maßband aus seiner Tasche, das er immer bei sich trug. Er maß den sichtbaren Teil des Gemäldes nach und die gesamte Größe inklusive des Rahmens. „Das Gemälde selbst ist etwa siebenunddreißig mal neunundzwanzig Zentimeter groß. Mit Rahmen sind es dreiundfünfzig mal fünfundvierzig Zentimeter."

„Alles klar. Ich kümmere mich darum."

„Oh, und Harper. Ich habe nur etwa fünfunddreißig Minuten, bevor die nächsten Kunsthändler eintreffen, also ruf mich an, sobald du etwas herausfindest."

„Mache ich."

Crymes ging weiter die Treppe hinauf und schlenderte durch jeden Raum im ersten Stock. Die Sammlung war ebenso beeindruckend wie im Erdgeschoss, aber er fand nichts, das in seine Galerie passte. Er kehrte ins Erdgeschoss zurück und betrat das Speisezimmer. Dort waren Werke von drei oder vier Künstlern, die er kannte, außerdem ein paar Szenen aus New Orleans und der Canal Street, aber nichts, das er für besonders wertvoll hielt.

Crymes hörte Schritte und hin und wieder ein Flüstern von anderen Kunsthändlern, die sich im Erdgeschoss befanden. Er trat durch eine Schwingtür in die Küche und fand Dudley, der an einem kleinen Tisch saß und durch ein Magazin blätterte. Als er Crymes sah, schloss er es sofort und sprang auf.

„Oh, Mr. Villerie", sagte er nervös. „Kann ich Ihnen helfen?"

3

„Oh nein, nicht direkt", antwortete Crymes. „Aber ich habe etwas gesehen, an dem ich eventuell interessiert bin. Meine Galeriemanagerin überprüft gerade seine Herkunft."

„Oh? Um welches Stück handelt es sich?", wollte Dudley wissen.

Crymes deutete über seine Schulter. „Der Eastman Johnson an der Treppe."

Dudley lächelte. „Oh ja, das ist eine wunderschöne Reproduktion. Eine von nur wenigen, wie mir gesagt wurde."

Crymes räusperte sich. „Ja, aber es muss restauriert werden, bevor man es weiterverkaufen kann", meinte er. Er gab sein Bestes, ruhig zu bleiben, und schaute sich nach einem Weg aus der Küche um.

„Hier entlang", sagte Dudley und deutete auf eine weitere Tür. „Durch diese Tür gelangen Sie in die Bedienstetenkammer", fügte er hinzu und schaute über seine Schulter, „aber sie ist leer. Von dort aus kommen Sie in das Arbeitszimmer, den Musikraum und den Salon, dann sind Sie wieder im Foyer."

„Danke", sagte Crymes. „Ich rufe Sie, wenn ich weitere Fragen habe."

Dudley lächelte erneut. „Aber gern."

Crymes ging durch das Arbeitszimmer und studierte jedes Kunstwerk und jeden Rahmen, aber auch dieses Mal sah er nichts, was sein Interesse weckte. Er dachte darüber nach, ein paar Stücke zu erwerben, um sie an andere Händler weiterzuverkaufen, was ihm einen kleinen Profit einbringen würde, aber er wollte sein Geld nicht in Stücke investieren, die nicht seinem Stil entsprachen und die er nicht so schnell würde verkaufen können.

Er ging weiter ins Musikzimmer und sah, dass es mit den Werken verschiedener Künstler geschmückt war, die den Mardi Gras um die Jahrhundertwende darstellten. Es waren farbenfrohe Bilder von Festwagen, die von Pferden gezogen wurden, des Krewes of Rex, des Momus und des Proteus, alle mit verschiedenen Themen, wie Robin Hood, Pinocchio und der Welt der Magie. Doch das imposanteste Stück, das er sah, war eine exzellente Reproduktion von *Le Bal Masqué* oder *Der Maskenball* des peruanischen Künstlers Albert Lynch. Er blieb stehen und betrachtete es eine Weile.

„Wundervoll, nicht wahr?", sagte ein Gentleman, der neben ihn getreten war und die Arme vor der Brust verschränkte.

„Das ist wahr", antwortete Crymes. „Nicht mein Spezialgebiet, aber ich denke darüber nach, den Preis herunterzuhandeln und es schnell weiterzuverkaufen."

„Ich bin übrigens Emanuel Della Penna", sagte der Mann und reichte ihm die Hand. „Sind Sie Kunsthändler?"

„Crymes Villerie", antwortete Crymes. „Ich besitze die Royal Renaissance Galerie in der Royal Street."

„Ah ja. Die kenne ich gut", sagte Mr. Della Penna. „Eine sehr schöne Galerie."

„Vielen Dank", sagte Crymes und wandte sich wieder dem Gemälde zu. „Dann wissen Sie auch, dass es nicht in mein Spezialgebiet fällt", fügte er hinzu.

„Ihr Schwerpunkt liegt auf Kunst aus den Südstaaten und der Zeit des Bürgerkrieges, wenn ich mich nicht irre."

Crymes nickte. „Sehr gut. Sind Sie auch Kunsthändler?"

„Nicht wirklich", antwortete Della Penna. „Aber hin und wieder erwerbe ich eine Kleinigkeit."

„Ich verstehe", gab Crymes zurück und reichte ihm eine Visitenkarte. „Wenn Sie etwas sehen, an dem ich interessiert sein könnte, lassen Sie es mich bitte wissen."

Della Penna nickte. „Das werde ich."

„Es war nett, mich mit Ihnen zu unterhalten, aber wenn Sie mich nun entschuldigen. Ich würde mir gern den Rest der Sammlung ansehen, bevor die anderen Händler eintreffen."

„Das verstehe ich. Einen guten Tag, Mr. Villerie", sagte Della Penna und ging in die andere Richtung davon.

Crymes betrat den Salon und musste sich am Türrahmen abstützen, als er sah, was über dem Kaminsims hing. Es war ein sehr altes Gemälde von Robert E. Lee bei der Schlacht von Chancellorville. Er wusste, dass ein französischer Maler namens Louis Mathieu Didier Guillaume das Original gemalt hatte, und hielt den Atem an, als er versuchte, die Signatur am unteren Rand des Gemäldes zu erkennen. Guillaume signierte seine Werke immer mit L.M.D. Guillaume. Crymes fuhr vorsichtig mit dem Finger über die Ölfarbe, die ein wenig abblätterte, und kniff die Augen zusammen, um besser zu erkennen, was er für ein L und ein M hielt. Sein Herz begann zu klopfen, als er ein D erkannte und etwas, das er für ein G hielt, doch es war schwer zu beurteilen, denn das Bild war stark restaurierungsbedürftig.

„Oh mein Gott", flüsterte Crymes. „Das ist doch nicht etwa das Original. Oder doch?"

Sein Telefon klingelte und riss ihn aus seinen Gedanken. Er schaute auf das Display und sah, dass es Harper war. „Harper! Du wirst es nicht glauben", sagte Crymes mit zittriger Stimme und legte die Hand über den Mund.

„Was?", wollte sie wissen.

„Ich glaube, ich sehe hier das Original von *General Robert E. Lee and the Battle of Chancellorville* von Guillaume."

5

„Unmöglich", erwiderte Harper.

Crymes hörte, wie Finger hastig auf einer Tastatur klickten. „Kannst du die Originalmaße nachsehen und herausfinden, ob es Berichte über das Original und seinen Verbleib gibt?"

„Bin schon dabei", murmelte Harper, während sie las.

Crymes holte erneut sein Maßband hervor.

„Crymes", sagte Harper.

„Ich bin noch dran."

„Das Original ist einhundertsechs mal sechsundachtzig Zentimeter groß."

Harper murmelte vor sich hin, während sie weiter in ihrem Dokument las.

Crymes stieg auf einen Stuhl und hielt das Maßband horizontal an die Leinwand. Plötzlich bekam er Gänsehaut. *Oh mein Gott!* Dann stellte er sich auf die Zehenspitzen und maß vertikal nach, dabei wurden seine Knie weich.

Die Leinwand war einen Tick kleiner als die Maße, die Harper ihm genannt hatte, doch er wusste nicht, wie viel von der Leinwand unter dem Rahmen verborgen war. Der Rahmen mit goldenen Blättern im Rokoko-Stil war mindestens dreißig Zentimeter breit und in besserem Zustand als das Bild selbst.

Er kletterte mit zittrigen Beinen von dem Stuhl herunter und nannte Harper die Details. Der Preis, der an dem Gemälde stand, lautete 195.000 $. Crymes wusste, dass dieses Bild deutlich mehr wert war als zweihunderttausend, selbst wenn es nicht das Original war.

„Crymes", sagte Harper erneut.

„Ja?"

„Laut diesem Dokument vom Museum of The Confederacy ist das Original angeblich kurz vor Kriegsende von Soldaten der Union gestohlen und Grant als Geschenk übergeben worden. Seitdem wurde es nicht mehr gesehen."

„Bis jetzt", flüsterte Crymes in sein Telefon.

„Oh mein Gott", sagte Harper. „Wie viel?"

Crymes schaute erneut auf das Preisschild. „Zweihunderttausend."

„Das ist ein Schnäppchen", meinte Harper. „Oh, fast hätte ich's vergessen. Das Gemälde, wegen dem du vorhin angerufen hast, heißt *The Little Soldier*. Der letzte bestätigte Verkauf war 1903 für siebentausendfünfhundert Dollar. Derzeit wird es auf sechs- bis achthundertfünfzigtausend Dollar gehandelt."

„Mehr muss ich nicht wissen", erwiderte Crymes. „Ich rufe dich nachher an."

Erneut wischte Crymes sich mit seinem Taschentuch den Schweiß von der Stirn und versuchte, sein Pokerface aufzusetzen, bevor er sich auf die Suche nach Dudley machte.

Als er wieder in die Küche kam, war Dudley noch dort, wo er ihn zurückgelassen hatte, und blätterte in demselben Magazin. „Mr. Robinette?", sagte Crymes.

Dudley zuckte hoch. „Ja, Sir?"

„Ich denke, ich bin an dem Eastman Johnson an der Treppe und dem *Robert E. Lee* im Salon interessiert."

„Ich verstehe", erwiderte Dudley.

„Ich gebe Ihnen zweihunderttausend für beide", sagte Crymes so ruhig, wie er konnte.

„Einen Moment", sagte Dudley, nahm seinen Taschenrechner und tippte die Zahlen ein. „Ich glaube, der Johnson ist mit 71.500 $ ausgezeichnet und der Lee mit 195.000 $. Das sind zusammmen 266.500 $."

Crymes runzelte die Stirn. „Ich fürchte, so hoch kann ich nicht gehen."

Dudley tippte erneut in seinen Taschenrechner. „Und ich kann nicht unter 247.500 $ gehen."

„Dann kommen wir wohl nicht ins Geschäft", sagte Crymes. „Der *Lee* muss restauriert werden und auch an dem Johnson muss gearbeitet werden. 210.000 $ ist mein bestes Angebot."

„Es tut mir leid, Mr. Villerie. Ich bin nicht autorisiert, noch tiefer zu gehen. Außerdem erwarte ich noch acht weitere Kunsthändler." Dudley schaute auf die Uhr. „Vier in etwa zehn Minuten, um es genau zu nehmen, und vier weitere circa fünfundvierzig Minuten später."

„Erwarten Sie wirklich, dass Ihnen acht Händler all diese Kunstwerke abkaufen?", fragte Crymes. „Das halte ich für sehr kurzsichtig. Tatsächlich", fügte Crymes hinzu, „kaufen sie vielleicht ein paar Stücke, aber Sie werden Kompromisse eingehen müssen, wenn Sie sich darauf verlassen wollen, dass die Leute von der Straße diese Sachen kaufen."

Dudley kaute auf seiner Unterlippe und Crymes sah seine Chance. „Guten Tag, Mr. Robinette. Und vielen Dank für Ihre Einladung."

Crymes drehte sich auf dem Absatz herum und war schon im Foyer, als er hörte, wie Dudley seinen Namen rief. „Mr. Villerie. Warten Sie! Geben Sie mir fünf Minuten, um einen Anruf zu machen."

Ein paar Minuten später erschien Dudley wieder im Foyer und lächelte strahlend. „Wir nehmen Ihr Angebot an, Mr. Villerie."

„Wunderbar", sagte Crymes. „Ich wusste, dass Sie ein schlauer Mann sind."

Crymes ließ sich die Bankverbindung geben, rief Harper an und ließ sie das Geld direkt an die Anwaltskanzlei, die den Verkauf organisierte, überweisen, bevor irgendjemand seine Meinung ändern konnte.

„Ich warte, bis Sie die Überweisung bestätigt haben, dann nehme ich beide Gemälde mit", meinte Crymes.

„Sind Sie sicher?", fragte Dudley. „Ich kann sie später am Tag oder morgen liefern lassen."

„Das wird nicht nötig sein", sagte Crymes. „Ich bringe sie direkt zu meinem Restaurationsexperten, das erspart mir einen Weg."

Der Eastman Johnson war leicht zu transportieren, aber sie schafften es nur zu zweit, den *Lee* von der Wand über dem Kamin zu nehmen. Als Crymes die Hintertür seines Suburban schloss, atmeten beide Männer schwer und schwitzten. Crymes streckte die Hand aus. „Vielen Dank, Mr. Robinette. Bitte behalten Sie meine Nummer, wenn bei zukünftigen Haushaltsauflösungen wieder Kunstwerke angeboten werden."

„Das werde ich", antwortete Dudley. „Und vielen Dank."

Crymes stieg in sein Auto und fuhr los. Er fühlte sich ein wenig schuldig, aber der Besitzer hatte in etwa den Preis bekommen, den er gefordert hatte, auch wenn er nicht wirklich gewusst hatte, was er da hatte. „So ist das Kunstgeschäft", sagte er laut.

Außerdem wusste er nicht mit Sicherheit, dass der *Lee* ein Original war. Wenn nicht, dann würde er wahrscheinlich noch einen Verlust machen, nachdem er restauriert war. Aber der Eastman Johnson war eine sichere Sache.

2

ETWAS ÜBER sechs Monate später hatten Crymes und seine Frau Charmaine sich schick gemacht, um an der Eröffnung der neuesten Ausstellung der Royal Renaissance Galerie teilzunehmen, in der das vollständig restaurierte Original *General Robert E. Lee and the Battle of Chancellorsville* von Louis Mathieu Didier Guillaume und *The Little Soldier* von Eastman Johnson gezeigt wurden.

Als Crymes und Charmaine die beiden Gemälde betrachteten, die stolz den Hauptausstellungsraum der Galerie zierten, gesellten sich Harper und ihr Ehemann Jamie zu ihnen.

Crymes schmunzelte, als Harper ihre Mutter von oben bis unten betrachtete und lächelte. Charmaine trug ein platinfarben schimmerndes, bodenlanges Kleid, das ihre Kurven perfekt umschmeichelte.

„Ihr zwei seht fantastisch aus. Mom, ist das ein St. John?", fragte Harper und umarmte ihre Mutter.

„Du hast ein gutes Auge", antwortete Charmaine lächelnd.

„Hey Crymes", sagte Harper über die Schulter ihrer Mutter hinweg. „Wow, du hast sogar einen Smoking an."

Crymes lächelte und zwinkerte Harper zu, dann wandte er sich zu seinem Schwiegersohn. „Jamison", sagte er und benutzte dessen vollen Namen, während er seine Hand schüttelte.

„Schön, dich zu sehen, Crymes", sagte Jamie und gab Charmaine einen Kuss auf die Wange. „Harper hat recht, Char. Du siehst atemberaubend aus."

„Du Schmeichler", sagte Charmaine und klimperte mit den Augen.

„Was seht ihr euch da an?", fragte Harper scherzhaft.

„Sie sind wunderschön, nicht wahr?", meinte Charmaine und wandte sich zu den Gemälden.

„Crymes, ich muss sagen", stellte Harper fest und verschränkte die Arme vor der Brust und klopfte mit dem Fuß, während sie sich umsah, „du hast mit der Beleuchtung und dem Hintergrund ganze Arbeit geleistet. Die Bilder sehen umwerfend aus."

Crymes nickte.

„Ja, nicht wahr?", stimmte Charmaine zu.

Jamie beugte sich vor und pfiff leise, als er die golden umrahmten Preisschilder an den Gemälden sah. „Wow", sagte er. Der komplett restaurierte

Guillaume war auf etwas unter eine Million geschätzt worden und der Eastman auf 850.000 $.

„Crymes", sagte Jamie. „Da hast du den Vorbesitzer wirklich übers Ohr gehauen. Harper hat mir erzählt, was du dafür bezahlt hast."

Crymes lächelte. „Ja, ja, ich würde sagen, die beiden waren ein Schnäppchen."

Harper kicherte. „Das ist eine Untertreibung", sagte sie leise.

Ein Kellner trat mit einem Tablett voller Champagnergläser aus Kristall heran. „Champagner?"

Crymes reichte seiner Frau ein Glas und nahm sich ebenfalls eins, dann schaute er auf die Uhr. „Es wird Zeit", sagte er, küsste Charmaine auf die Wange und schaute sich um, um sicherzugehen, dass alles bereit war.

Jamie nahm ein Glas vom Tablett und reichte es Harper. „Auf *The Little Soldier* und *Robert E. Lee*", sagte er und hob sein Glas. Sie stießen an und drehten sich gleichzeitig um, als die kleine Türglocke die Ankunft ihrer ersten Gäste verkündete.

Crymes blieb in einer Ecke stehen, wie meistens, und versuchte, die Mimik der Gäste, die die ausgestellten Stücke betrachteten, zu interpretieren. Dabei entdeckte er Charmaine, die sich unter die Gäste mischte, und musste lächeln. Sie ging von Gast zu Gast, warf ihr silbern schimmerndes Haar zurück, während sie sich unterhielt, und ging dann weiter. Ihre große, schlanke Gestalt bewegte sich leichtfüßig durch die Menge, und wenn sie lächelte, glitzerten ihre blaugrauen Augen. Ihre hohen Wangenknochen und ihre feinen Züge verlangten Aufmerksamkeit. *Mensch, ich habe wirklich Glück.*

Harper kam zu ihm und hakte sich unter. „Sie ist toll, nicht wahr?"

„Das ist sie", stimmte Crymes zu und drückte Harpers Arm. „Ich weiß nicht, womit ich so viel Glück verdient habe. Das trifft auf euch alle zu", fügte er hinzu. „Weißt du, ich sage es dir wahrscheinlich nicht oft genug, aber du leistest großartige Arbeit in der Galerie."

„Ich danke dir –" Sie hielt inne, stellte sich auf die Zehenspitzen und flüsterte in sein Ohr „– Daddy."

Crymes lächelte und küsste ihre Wange. Dann hörte man das Schlagen einer Tür und es wurde still in der Galerie. Ein Mann in einem zerknitterten Anzug stand in der Tür und schwankte vor und zurück.

„Wo ist Crymes Villerie?", brüllte er.

Crymes ließ Harper los und ging zu dem Mann. „Ich bin Crymes Villerie. Ich glaube, wir hatten noch nicht das Vergnügen."

„Ich bin Anthony Le Moyne", lallte der Mann.

„Kennen wir uns?", fragte Crymes und überlegte fieberhaft, wo er den aufgewühlten Mann hinstecken sollte. Gleichzeitig versuchte er, das lauter werdende Summen im Raum zu ignorieren.

„Das tun wir nicht." Le Moyne schnappte sich ein Champagnerglas, als ein Kellner vorbeiging und ging zu dem Guillaume und dem Johnson. „Sie meinen, Sie erkennen meinen Namen nicht?"

Le Moyne? Crymes dachte erneut nach, aber es fiel ihm einfach nicht ein. Er ging ebenfalls zu den Gemälden. „Nein, es tut mir leid. Ich kann Sie nicht zuordnen."

„Also ist das nicht zauberhaft", sagte Le Moyne und schwenkte sein Glas herum, dabei schwappte der Champagner über und kam dem *Robert E. Lee* gefährlich nah. „Ich bin der Mann, dem Sie diese beiden Gemälde gestohlen haben."

„Warum gehen wir nicht in mein Büro?", schlug Crymes vor, denn er wollte den Mann so weit wie möglich von den Gemälden weg wissen.

„Das glaube ich nicht", lallte Le Moyne. „Ich bleibe lieber hier." Dann drehte er sich zu den Gästen. „Ich bitte um Ihre Aufmerksamkeit", rief er. „Sehen Sie diese beiden Gemälde?" Er hielt kurz inne, als die Menge erneut verstummte. „Ihr großzügiger Gastgeber hat sie aus dem Haus meiner Familie gestohlen."

„Das ist absurd", sagte Crymes und sah, dass Jamie hinter den Mann getreten war. Jamie war schmal gebaut und Crymes war bewusst, dass der Mann Jamie mit einem Schlag aus dem Weg räumen konnte, deshalb hob er die Hand, um ihn zu stoppen. „Ich habe eine Rechnung, die belegt, dass ich diese Gemälde rechtmäßig bei einer Haushaltsauflösung in der St. Charles Avenue erworben habe."

„Oh!", sagte der Mann kaum hörbar. „Sicher haben Sie sie aus dem Anwesen meiner Mutter gekauft. Aber bei dem, was Sie dafür bezahlt haben, kann man es durchaus als Diebstahl bezeichnen."

Bevor Crymes antworten konnte, öffnete sich die Eingangstür und zwei uniformierte Polizeibeamte betraten die Galerie. *Oh, Gott sei Dank!* Er schaute sich um und entdeckte Harper, die ihm zunickte. Da wusste er, dass sie es war, die die Polizei gerufen hatte.

„Hier entlang, Officers." Crymes winkte sie heran. „Dieser Gentleman ist betrunken und verstört. Ich würde es zu schätzen wissen, wenn Sie ihn aus meiner Galerie begleiten."

Die Officer packten Le Moyne an den Armen und eskortierten ihn zur Tür. Aber bevor sie ihn hinausschaffen konnten, brüllte er über seine Schulter hinweg. „Es ist noch nicht vorbei, Villerie. Sie werden noch von mir hören. Ich bekomme diese Gemälde zurück. Sie gehören meiner Familie!"

Bevor der Mann noch mehr sagen konnte, zogen die Polizisten ihn auf die Royal Street und außer Sichtweite.

„Bitte entschuldigen Sie diese Unterbrechung", sagte Crymes und hob die Hände. „Nehmen Sie sich Champagner und genießen den Abend."

Charmaine und Harper traten zu ihm und Jamie folgte ihnen auf dem Fuße. „Wer war dieser Mann, Crymes?", wollte Charmaine wissen.

„Anscheinend hat das Anwesen, von dem ich diese Gemälde gekauft habe, seiner Mutter gehört", sagte er und deutete hinter sich auf den Johnson und den Guillaume. „Ich schätze, es hat ihn verärgert, dass ich so wenig dafür bezahlt habe. Aber das muss er mit dem Verwalter des Anwesens ausmachen. Ich habe ihnen ein Angebot gemacht und sie haben es akzeptiert. So ist das Geschäft."

„Entschuldigen Sie, Mr. Villerie?"

Crymes drehte sich um und entdeckte einen Mann in dunklem Anzug. „Ja?"

„Können wir uns privat unterhalten?"

„Aber sicher", sagte Crymes und hoffte, dass er an einem der beiden Gemälde interessiert war. „Hier entlang."

„Bitte entschuldigt mich", sagte Crymes mit einem Zwinkern zu seiner Familie. „Ich bin gleich zurück."

Charmaine, Harper und Jamie nickten, als die beiden Männer davongingen.

„Bitte setzen Sie sich", meinte Crymes, als sie in seinem Büro waren. „Was kann ich für Sie tun?"

„Ich bin Robert Boudreaux, Seniorvizepräsident der First Citizens Bank of New Orleans."

Crymes fühlte, wie ihm alles Blut aus dem Gesicht wich. Er räusperte sich. „Ah ja, Mr. Boudreaux. Ich weiß, dass Sie mir mehrere Nachrichten hinterlassen haben. Ich hatte vor, Sie anzurufen."

„Da bin ich mir sicher. Bitte nennen Sie mich Bob", erwiderte Mr. Boudreaux. „Ich versuche schon seit drei Wochen, Sie telefonisch zu erreichen. Ich war sogar mehrmals in der Galerie, aber Sie waren nicht anzutreffen."

„Ja", sagte Crymes. „Das tut mir leid. Ich war in letzter Zeit sehr damit beschäftigt, neue Stücke für die Galerie zu finden."

„Unglücklicherweise, Mr. Villerie, bin ich der Überbringer schlechter Nachrichten", sagte Bob, „denn ich bin hier, um Sie zu informieren, dass Sie morgen die offiziellen Benachrichtigungen zur Zwangsvollstreckung dieser Galerie, Ihres Anwesens in der Esplanade Avenue und Ihres Besitzes auf Sullivan's Island in Charleston, South Carolina erhalten."

„Aber", setzte Crymes an, „wo ist John Jacobs? Ich arbeite schon seit Jahren mit ihm zusammen. Warum ist er nicht hier?"

12

„Es tut mir leid, Mr. Villerie, aber Mr. Jacobs hat darum gebeten, dass ich mich um die Angelegenheit kümmere. Aber glauben Sie mir, er hat sich sehr für Sie eingesetzt. Tatsächlich ist er der Grund, warum es nicht schon früher so weit gekommen ist. Und da Sie beide auch privat befreundet sind, habe ich ihm versichert, dass ich so behutsam wie möglich vorgehen werde."

„Ich mache schon seit über zwanzig Jahren Geschäfte mit Ihrer Bank. Ihre Bank und ich … wir konnten uns immer einigen und ich habe *immer* meine Schulden bezahlt."

Bob nickte. „Das ist uns bewusst, Mr. Villerie, aber Ihre Schulden sind im Verlauf des letzten Jahres kontinuierlich gestiegen und mit dem gestrigen Tag sind Sie mit den Hypothekenzahlungen für Ihre beiden Hypotheken in New Orleans sieben Monate im Rückstand und sechs Monate bei Ihrem Anwesen in Charleston. Außerdem haben Sie all Ihre Kreditlimits und Ihr Eigenkapital ausgereizt. Es tut mir leid, aber Sie lassen uns keine andere Wahl."

Crymes lehnte sich in seinem Stuhl zurück und schloss die Augen. Er hatte gehofft, dass seine letzten beiden Anschaffungen ihm etwas Zeit verschaffen würden, bevor alles außer Kontrolle geriet, aber die Restaurierungen hatten viel länger gedauert, als angenommen, und nun war es anscheinend zu spät.

„Bob", sagte er ruhig. „Wir beide sind vernünftige Männer. Ich habe im Moment zwei Gemälde in der Galerie, für die ich nur etwas über zweihunderttausend Dollar bezahlte. Inklusive Restaurierung habe ich weniger als eine halbe Million investiert. Beide sind Originale und haben zusammen einen Wert von knapp zwei Millionen Dollar. Wenn diese Gemälde verkauft sind, habe ich genug, um all meine Schulden zu bezahlen und habe immer noch etwas übrig. Bitte! Können Sie mir noch dreißig Tage geben?"

„Es tut mir leid, Mr. Villerie, aber der Prozess ist bereits in Gang gesetzt. Weil wir schon so lange zusammenarbeiten, habe ich versucht, mich mit Ihnen in Verbindung zu setzen und Sie persönlich über die Zwangsvollstreckungen zu informieren, bevor Sie die Papiere erhalten. Heute Abend war mein letzter Versuch."

Geschlagen und erschöpft sagte Crymes: „Ich weiß die Geste zu schätzen. Ich hatte bloß gehofft, dass ich die Gemälde verkaufen könnte, bevor es dazu kommt. Wie viel Zeit habe ich?"

„Sie erhalten morgen die formellen Benachrichtigungen für alle drei Immobilien. Da die Gesetze sich von Staat zu Staat unterscheiden, erhalten Sie als Nächstes ein Vollstreckungsurteil für den Besitz in Charleston und eine Pfändungsbenachrichtigung für die Immobilien in Louisiana. Nachdem Sie diese erhalten haben, haben Sie zehn bis dreißig Tage Zeit, die Anwesen zu räumen."

„Ich verstehe", sagte Crymes. „Ist es möglich, die Schreiben meinem Anwalt zu übergeben, statt an meinen Wohnsitz und meine Geschäftsadresse? Ich habe meine Familie noch nicht darüber informiert."

„Leider ist das nicht möglich. Von Rechts wegen müssen wir sie an die Kontaktadressen auf den Hypotheken schicken."

„Wie wäre es, wenn ich morgen zu Ihnen in die Bank komme und sie entgegennehme?", frage Crymes. „Ginge das?"

„Ich denke, das lässt sich machen, solange Sie eine Quittung unterschreiben."

„Das werde ich", versicherte Crymes. „Sagen wir zehn Uhr?"

„Das ist in Ordnung."

Crymes stand auf und streckte die Hand aus. „Danke, dass Sie hergekommen sind."

„Gern geschehen", antwortete Mr. Boudreaux. „Ich wünschte, es wäre unter angenehmeren Umständen geschehen. Übrigens spricht John in den höchsten Tönen von Ihnen."

„John ist ein guter Mann." Crymes kam um seinen Schreibtisch herum. „Ich begleite Sie zur Tür, Bob."

Crymes streckte die Hand aus und Bob ging zur Tür hinaus, dabei stieß er mit Charmaine zusammen. „Oh Gott", sagte er. „Das tut mir so leid."

„Oh, Charmaine", sagte Crymes. „Bob, das ist meine Frau Charmaine. Charmaine, das ist Bob Boudreaux."

„Es tut mir leid, Mrs. Villerie."

Charmaine winkte ab. „Unsinn. Es war meine Schuld. Es freut mich, Sie kennenzulernen, Mr. Boudreaux."

Sie wandte sich an Crymes. „Es tut mir leid, dich zu stören, Liebling, aber ich wollte fragen, ob ich euch etwas von der Bar bringen kann."

„Nicht nötig, Char", erwiderte Crymes. „Ich wollte Bob gerade hinausbegleiten."

„Oh!", machte Charmaine. „Dann war es mir eine Freude, Mr. Boudreaux."

Bob nickte und trat durch die Tür.

„Wir sehen uns in der Galerie, Char", sagte Crymes.

ALS CRYMES später am Abend in sein Bett kroch, war er körperlich und geistig erschöpft. Er seufzte schwer und Charmaine schaute von ihrem Buch auf. „Ist alles in Ordnung, Crymes?"

Er legte sich auf den Rücken und verschränkte die Finger auf der Brust. Er grübelte, ob er ihr sagen sollte, dass sie ihr Zuhause und ihr Geschäft verlieren würden.

„Crymes?", fragte sie erneut.

Er drehte sich zu ihr. „Ja, Schatz?"

„Ich wollte wissen, ob alles in Ordnung ist."

„Tut mir leid, ich habe dich nicht gehört. Ich muss eingenickt sein", log er.

„Also?", fragte sie noch einmal.

Er glaubte, dass die Wahrheit sie bloß die ganze Nacht wachhalten würde, und er wollte, dass sie noch einmal eine Nacht gut schlafen konnte, bevor er ihr die schlechten Nachrichten überbrachte. Er beschloss, morgen wäre früh genug. „Es ist alles in Ordnung, Char. Warum fragst du?"

„Du schienst nach deinem Gespräch mit Mr. Boudreaux heute Abend nicht mehr bei der Sache zu sein."

Crymes wollte seine Frau nicht direkt anlügen, also musste er schnell nachdenken. „Ich war einfach enttäuscht. Ich dachte, ich könnte heute Abend vielleicht eines der Gemälde verkaufen oder sogar beide." *Bitte sehr. Das war keine Lüge.*

„Was ist passiert?", fragte sie.

„Wir konnten uns einfach nicht einigen."

„War es wegen dieses Mannes, der behauptet hat, du hättest seiner Familie die Bilder gestohlen?"

„Ich habe keine Ahnung", antwortete Crymes und gab ihr einen Kuss auf die Wange. „Gute Nacht, Char. Ich bin wirklich erschöpft."

„Gute Nacht, Liebling. Morgen ist auch noch ein Tag."

Erinner mich nicht daran.

CRYMES SCHAUTE wohl zum hundertsten Mal auf die Uhr, seit er zu Bett gegangen war. Er beschloss, dass er sich nicht die ganze Nacht hin und her wälzen konnte, deshalb glitt er leise aus dem Bett, damit er Charmaine nicht weckte, ging nach unten und machte sich einen Kaffee. Mit einer vollen Tasse in der Hand ging er in das dunkle Wohnzimmer ihres Heims in der Esplanade Avenue aus dem achtzehnten Jahrhundert und lächelte schwach, als er sich die vielen Fotos anschaute, die im Laufe der Jahre entstanden waren. Jedes Bild erinnerte ihn schmerzlich an das Leben, das er mit Charmaine, Harper und mittlerweile auch Jamison geteilt hatte. *Wie soll ich ihnen bloß sagen, dass wir alles verlieren werden?*

Er hatte bereits auf der Heimfahrt beschlossen, dass sie auf das Anwesen in Charleston verzichten konnten. Das Strandhaus auf Sullivan's Island hatte er Charmaine vor zwanzig Jahren geschenkt, und auch wenn sie es früher, als Harper noch jünger gewesen war, oft genutzt hatten, stand es nun leer, abgesehen von einer oder zwei Wochen im Sommer, wenn Harper und Jamie mit Freunden ein langes Wochenende dort verbrachten.

Aber wie sollten sie es verkraften, dieses Haus und die Galerie in der Royal Street zu verlieren? Sie hatten das Haus gekauft, als Harper noch ein Baby gewesen war, und hatten jeden Geburtstag und jeden Feiertag in eben diesem Raum gefeiert. Charmaine und er hatten ihr Zuhause im French Quarter sorgfältig von Grund auf renoviert, außerdem hatte Charmaine es im Laufe der Jahre mindestens zehn Mal neu dekoriert, dabei hatte sie sich immer große Mühe gegeben. Und die Galerie? Sie war neben Harper und Charmaine sein größter Stolz. Er hatte das historische Gebäude entkernt und es in enger Zusammenarbeit mit der Vieux Carré Commission anhand von Fotos wieder aufgebaut, damit es aussah wie eine exakte Kopie seiner selbst, als es errichtet worden war.

Crymes blinzelte ein paar Mal, um die Tränen zurückzuhalten, die in seinen Augen prickelten. „Ich kann es ihnen nicht einfach sagen. Es wird ihnen das Herz brechen", sagte er zu sich selbst. „Ich muss einen anderen Weg finden."

Crymes setzte sich mit seiner halb vollen Tasse kalten Kaffees in den Ohrensessel vor dem Fenster und beobachtete, wie eine hoffnungslose Nacht zu einem noch hoffnungsloseren Morgen wurde. Er zuckte zusammen, als Charmaine eine Hand auf seine Schulter legte. „Wie lange bist du schon wach?", fragte sie.

„Ein paar Stunden", antwortete er und legte die Hand auf ihre.

„Crymes, ich mache mir Sorgen um dich", sagte Charmaine und setzte sich auf die Ottomane gegenüber von ihm, dabei nahm sie seine Hand. „Du hast seit Monaten schlecht geschlafen."

„Es geht mir gut, Schatz", erwiderte Crymes und küsste sie auf den Scheitel. „Denk nicht weiter darüber nach. Ich würde gern mit dir hier sitzen und eine Tasse Kaffee trinken, aber ich habe einen Termin in der Stadt, deshalb muss ich duschen und mich fertig machen."

CHARMAINE BENOIT Villerie lächelte ihren Ehemann schwach an. Nach siebenunddreißig Jahren Ehe kannte sie ihn sehr gut und wusste, dass er sie nie mit dem belasten würde, was ihm Sorgen machte, doch es war nicht zu übersehen, dass er ein Problem hatte. Sie blieb sitzen, nachdem er den Raum verlassen hatte, und ließ frustriert den Kopf hängen. Sie wollte verzweifelt ihre Familie beschützen und würde nicht danebenstehen und zusehen, wie einer ihrer Lieben leiden musste.

Charmaine stand auf und ging zum Kamin. Sie strich mit der Hand über den Rahmen der Fotografie eines jungen Paares an seinem Hochzeitstag, das sein ganzes Leben noch vor sich hatte und voller Hoffnung war. Sie in ihrem weißen Hochzeitskleid und Crymes, der unglaublich gut aussehende Mann, in einem schwarzen Smoking vor der St. Louis Kathedrale, flankiert von ihren Eltern.

Wo sind bloß die Jahre hin, fragte sie sich still. Da ihre Eltern verstorben waren, hatte Charmaine, die ein Einzelkind war, nur Crymes, Harper und Jamie, um die sie sich kümmern konnte. Wie die meisten Frauen aus den Südstaaten war sie entschlossen, alles zu tun, um sie zu beschützen. Sie straffte entschlossen die Schultern und ging in die Küche. Nachdem sie sich eine Tasse Kaffee eingegossen hatte, traf sie ihren Mann am Fuß der Treppe, der bereit zum Ausgehen war.

Er gab ihr einen Kuss auf die Wange. „Ich rufe dich nachher an, Schatz", sagte er. „Genieß deinen Tag."

Charmaine lächelte. „Ich habe heute Morgen ein paar Erledigungen zu machen, aber ich komme später in der Galerie vorbei", sagte sie und ging die Treppe hinauf, dabei flatterte ihr seidener Morgenmantel hinter ihr her.

CRYMES HOLTE die Vollstreckungspapiere bei der Bank ab und ging direkt zu seinem Anwalt. Dort wurde seine Vermutung bestätigt, dass Insolvenz tatsächlich eine Option war und ihm etwas Zeit verschaffen würde, aber letztendlich würde er dennoch alle drei Immobilien verlieren, wenn er keine Möglichkeit fand, seine Schulden zu begleichen. Sein Inventar zu verkaufen, war auch eine Option, aber das brauchte Zeit, die er einfach nicht hatte. Die einzige gute Nachricht, die sein Anwalt ihm geben konnte war, dass sie unter keinen Umständen die Gebäude würden räumen müssen, solange sie noch nicht verkauft waren, egal, wie viele Aufforderungen er bekam. Und er wusste, dass dies Zeit erforderte, also musste er es Harper und Charmaine nicht sofort erzählen.

Sein Anwalt erklärte ihm außerdem, dass Banken in der letzten Zeit häufig Zwangsvollstreckungen in Gang setzten und die Besitzer aus ihren Häusern zwangen, den Prozess dann allerdings nicht abschlossen, wodurch die Besitzer mit Steuerzahlungen in Verzug gerieten, weil sie dachten, dass ihnen ihr Eigentum nicht mehr gehörte.

Der einzige Ausweg waren seine letzten beiden Anschaffungen.

Als Crymes kurz nach Mittag in der Galerie ankam, waren Harper und Charmaine in seinem Büro und sein Schreibtisch war voller Essen. „Was für eine angenehme Überraschung", sagte er.

Harper schaute ihre Mutter an und lächelte. „Mom hat Mittagessen mitgebracht. War das nicht nett?"

„Das war es", sagte Crymes und beugte sich zu seiner Frau, um ihr einen Kuss zu geben.

Sie lächelte ihn warm an. „Nicht dass du vom Fleisch fällst", neckte sie.

„Wohl kaum", gab er zurück und tätschelte seinen Bauch. „Aber es sieht köstlich aus, Schatz. Vielen Dank."

„Übrigens, Crymes", sagte Harper und nahm ihr Sandwich. „Das hätte ich fast vergessen. Das Museum of the Confederacy hat wegen *Robert E. Lee* und *The Little Soldier* angerufen. Anscheinend hat die Presseerklärung, die ich aufgesetzt habe, ihre Aufmerksamkeit erregt."

Crymes schaute auf. „Und?"

Harper kaute und schluckte. „Sie schicken jemanden her, der sie auf ihre Echtheit überprüfen soll."

„Das ist toll, Harper", sagte Crymes aufgeregt. „Ich hatte sowieso vor, sie heute anzurufen, um darüber zu sprechen."

„Sie haben auch gesagt, dass ihrer Ansicht nach der Preis etwas zu hoch ist", fügte Harper hinzu.

Crymes lächelte. „Natürlich, Liebling. Oh, da wir gerade davon sprechen, hast du Lloyd's of London angerufen, damit die Gemälde für den nach der Restaurierung korrekten Preis versichert sind?"

„Ja, Sir", versicherte Harper.

„Gute Arbeit", sagte Crymes. „Für wie viel hast du sie versichert?"

„2,2 Millionen Dollar", sagte Harper. „Die Differenz in den Prämien war so minimal, dass es sich lohnte, sie für einen höheren Wert zu versichern."

Charmaine warf ein: „Können wir das Geschäft beiseitelassen, damit wir in Ruhe zu Mittag essen können?"

„Aber sicher, Schatz", sagte Crymes. „Harper, du hast deine Mutter gehört. In den nächsten dreißig Minuten keine Gespräche über die Arbeit."

„Ja, Sir!"

Charmaine winkte ab. „Oh hör auf, Crymes. Jetzt machst du dich lustig über mich."

„Nie im Leben, Schatz", erwiderte er und zwinkerte Harper zu.

3

CRYMES FUHR Richtung Norden auf der Chartres Street und bog links in die Esplanade Avenue ein. Charmaine und er hatten an einer privaten Spendenveranstaltung in der Galerie teilgenommen. Er hatte sein Bestes gegeben, charmant und interessiert zu wirken, aber die Ereignisse der letzten Zeit hatten ihn abgelenkt. In den letzten Tagen hatte sich wenig ereignet, jedenfalls in Bezug auf die Zwangsvollstreckungen. Er hatte von der Bank nichts über die Immobilien gehört, und auch wenn Crymes wusste, dass er so schnell nichts zu erwarten hatte, wartete er auf den nächsten Tiefschlag.

Glücklicherweise hatte die Spendenveranstaltung viele wohlmeinende Gönner in die Galerie gelockt, was dem *Robert E. Lee* und *The Little Soldier* die verdiente Aufmerksamkeit einbrachte.

„Hast du schon vom Museum of the Confederacy gehört?", fragte Charmaine, als sie auf der Esplanade Avenue fuhren.

„Nicht seit der Eröffnung", sagte Crymes, während er an ihrem Heim vorbeifuhr und die wundervollen Gärten bewunderte. Die Flammen der Gaslaternen, die die Eingangstür flankierten, flackerten in der leichten Brise, die von dem mächtigen Mississippi herwehte. Selbst von der anderen Straßenseite aus war das Haus beeindruckend, genau wie seine Umgebung.

„Ist das normal?", fragte sie.

„Eigentlich nicht", meinte Crymes. „Wenn sie etwas sehen, an dem sie interessiert sind, sind sie normalerweise sehr schnell."

Crymes wendete und drückte einen Knopf an seinem Armaturenbrett. Das schmiedeeiserne Tor öffnete sich langsam und er fuhr die Auffahrt hinauf und um das Haus herum, wo die Parkplätze waren.

„Das macht Sinn", meinte Charmaine. „Es würde sie bestimmt mehr kosten, wenn sie sich mit einem anderen Interessenten messen müssten."

„Ganz genau", stimmte Crymes zu, dann stieg er aus dem Auto aus, ging um das Auto herum und öffnete Charmaines Tür.

Als sie ihr wohlgeformtes Bein herausstreckte und ihm die Hand reichte, dachte Crymes, wie sexy seine Frau noch immer war, auch nach all den Jahren. Er nahm ihre Hand und half ihr aus dem Wagen. „Du bist immer noch so atemberaubend wie an dem Tag, als wir geheiratet haben, Schatz", sagte er.

„Danke, Liebling", flüsterte sie und küsste ihn auf die Wange. „Und ich bin mir sicher, dass du bald vom Museum hören wirst."

ALS DAS Telefon klingelte und seinen unruhigen Schlaf unterbrach, schoss Crymes in seinem Bett hoch. Er zitterte und sein Herz raste. Er konnte Charmaines leise Stimme hören und fühlte, wie sie seinen Arm tätschelte. „Schon gut, Crymes. Das ist nur das Telefon, Liebling." Er schaute zur Tür. *Drei Uhr fünfundzwanzig.*

„Hallo", sagte Crymes ins Telefon.

„Mr. Villerie?"

„Ja, hier ist Crymes Villerie."

„Hier ist Roger Ellis von French Quarter Sound and Security. Die Bewegungsmelder und der Alarm in der Royal Street Nummer 622 wurden ausgelöst. Es gibt keine Anzeichen, dass eingebrochen wurde, aber die Polizei wurde benachrichtigt und ist unterwegs."

„Vielen Dank. Ich mache mich auch auf den Weg", sagte Crymes.

„Ja, Sir."

Crymes sprang aus dem Bett und zog sich an, dabei bestand er darauf, dass Charmaine wieder schlafen ging. „Wahrscheinlich ist es nur falscher Alarm. Kein Grund, dass wir beide um unseren Schlaf gebracht werden."

Er fuhr zur Galerie, und als er ankam, parkten zwei Polizeiautos mit eingeschaltetem Blaulicht davor. Vier Polizisten standen auf dem Gehweg und der Alarm kreischte noch immer.

Crymes ging zu den uniformierten Männern. „Officers, ich bin Crymes Villerie", rief er über das Heulen des Alarms hinweg. „Ich bin der Besitzer dieser Galerie."

Bevor einer der Officer etwas erwidern konnte, kam ein Mann in Zivilkleidung und zeigte eine Polizeimarke. „Ja, Mr. Villerie. Ich bin Detective Jenkins vom New Orleans Police Department. Wir haben uns auf der Straße, dem Hof und hinter der Galerie umgesehen und keine offenen Fenster und Türen entdeckt. Wenn Sie uns die Tür aufsperren, können wir uns drinnen umsehen."

„Aber sicher", sagte Crymes, dann öffnete er die Vordertür und gab einen Code auf der Tastatur ein, um den Alarm auszuschalten.

„Was befindet sich oben?", wollte Detective Jenkins wissen.

„Die Büros von mir und meiner Tochter, außerdem ein zweistöckiges Gästeappartement."

„Macht es Ihnen etwas aus, wenn wir uns dort auch umsehen?"

„Aber bitte", sagte Crymes, während er die Lichter in der Galerie anschaltete und sich umdrehte. Augenblicklich gaben seine Knie nach und er fühlte, wie alles Blut aus seinem Gesicht wich, als er die beiden leeren, goldenen Rahmen sah, die an der Wand lehnten, und entdeckte, dass seine beiden wertvollen Gemälde verschwunden waren. Er stolperte rückwärts gegen die Tür und nur Detective Jenkins verhinderte, dass er auf dem Boden landete.

„Bringt mir einen Stuhl", schrie Jenkins.

FÜNFUNDVIERZIG MINUTEN später saß Crymes in seinem Büro und Harper, Charmaine und Jamie umringten ihn.

„Mein Gott, Crymes", sagte Harper. „Du bist so blass wie ein Geist." Sie schaute Charmaine und Jamie an. „Sollen wir einen Krankenwagen rufen?"

„Nein!", rief Crymes. „Es geht mir gut. Das war nur der Schock, dass die Gemälde verschwunden sind. Gebt mir ein paar Minuten, damit ich das verdauen kann."

„Ruft die Mordkommission", brüllte ein Officer.

„Mordkommission?", sagte Crymes, sprang auf die Füße und eilte zur Tür. „Wieso denn jetzt auf einmal Mord?"

Plötzlich rannten uniformierte Polizisten an seinem Büro vorbei in das Appartement im zweiten Stock. Crymes folgte ihnen, mit Harper, Charmaine und Jamie auf den Fersen, dabei flehten die Frauen ihn an, stehen zu bleiben.

Als er den zweiten Stock erreichte, sperrte gerade jemand das Badezimmer mit gelbem Band ab. Crymes trat langsam an die Badtür heran und blieb stehen. Er keuchte auf, als er Anthony Le Moyne in der Badewanne liegen sah, der ein Einschussloch mitten in der Stirn hatte. Crymes klammerte sich an den Türrahmen, als seine Frau, seine Tochter und sein Schwiegersohn hinter ihm auftauchten.

„Nein!", rief er. „Bleibt zurück." Aber es war zu spät. Charmaine schrie auf und schlug die Hand vor den Mund, Harper kreischte, drehte sich um und vergrub das Gesicht an Jamies Brust.

„Was zum Teufel?", sagte Crymes. „Anthony Le Moyne?"

„Sie kennen diesen Mann?", fragte Detective Jenkins.

„WAS HABEN wir denn hier?", fragte Lead Detective Montgomery Beaumont Bissonet, als er mit seinem Partner Detective August Hebert an der Tür zum Badezimmer erschien. Bissonet runzelte die Stirn und schaute zu seinem Partner, der sich bereits an die Arbeit gemacht hatte.

Detective Bruce Jenkins lächelte ihn schwach an. „Das ist Anthony Le Moyne", antwortete Jenkins. „Ein Anwalt. Nein, ein Rechtsverdreher der übelsten Sorte."

„Anscheinend hat er zu viele Fälle verloren", meinte Detective Hebert.

21

„Irgendeine Ahnung, was passiert ist?", fragte Bissonet.

„Ich nehme an, dass er hereingeplatzt ist, als hier gestern Abend ein anderes Verbrechen begangen wurde."

Bissonet schaute Jenkins fragend an.

„Folgt mir", sagte er und ging den beiden Detectives voraus nach unten in den Hauptraum. Er blieb vor einer leeren Wand stehen, wo vorher zwei Gemälde gehangen hatten.

„Bis vor ein paar Stunden hingen genau hier zwei Originalgemälde aus der Zeit des Bürgerkrieges. Sie heißen *General Robert E. Lee at the Battle of Chancellorsville* und *The Little Soldier*."

„Hat schon jemand bei Ulysses S. Grant nachgesehen?", witzelte Hebert.

„Wie viel sind sie wert?", fragte Bissonet.

„Zusammen knapp zwei Millionen Dollar", antwortete Jenkins.

Hebert hob eine Augenbraue.

„Genau", meinte Jenkins. „Der Kleine etwa achthundertfünfzigtausend und der Lee etwa eine Million", erklärte er. „Der Besitzer hat sie vor ungefähr sechs Monaten zu einem Spottpreis vom Anwesen von Le Moynes verstorbener Mutter erworben. Darüber war Le Moyne nicht besonders erfreut. Er ist vor ein paar Tagen betrunken bei der Eröffnung in der Galerie aufgetaucht, hat eine Szene verursacht und den Galeriebesitzer bedroht."

Bissonet schaute sich um. „Anscheinend gibt es hier Bewegungsmelder. Wurde der Alarm ausgelöst?"

„Ja", sagte Jenkins. „Aber nur die Bewegungsmelder. Die äußeren Sensoren wurden nicht ausgelöst."

„Wie ist der Dieb hereingekommen?", fragte Hebert.

„Hier fand heute Abend eine Spendengala statt. Der Dieb könnte ein Gast gewesen sein, der sich nach oben geschlichen und abgewartet hat, bis die Veranstaltung zu Ende war."

„Und wie konnte er mit den Bildern herauskommen?", fragte Bissonet.

„Wir glauben über die Dachterrasse und die Feuertreppe des angrenzenden Gebäudes."

„Und das gab keinen Alarm?", fragte Bissonet.

„Anscheinend ist nur das Erdgeschoss durch das Alarmsystem gesichert", erklärte Jenkins.

„Das ist seltsam", meinte Hebert.

„Nicht nach Meinung des Besitzers", erklärte Jenkins. „Er sagte, es gibt nur einen Weg in die oberen Stockwerke, nämlich die Treppe, die wir eben benutzt haben."

Detective Bissonet schaute über seine Schulter zur Treppe. „Anscheinend hatte er unrecht."

„Sieht so aus", meinte Hebert.

„Ich möchte mit dem Besitzer sprechen", sagte Bissonet.

„Er ist oben in seinem Büro mit seiner Frau, seiner Tochter und seinem Schwiegersohn. Sie scheinen alle unter Schock zu stehen. Geh nicht zu hart mit ihnen um."

Bissonet schaute Jenkins direkt in die Augen. „Sag mir nicht, wie ich meinen Job zu machen habe, Bruce."

„Ach komm schon, Beau", erwiderte Jenkins. „Steht es so schlecht zwischen uns, dass wir nicht einmal zusammen arbeiten können?"

„Oh, ich weiß nicht, Bruce", sagte Beau ironisch. „Warum fragst du nicht den Teenager, mit dem du mich betrogen hast?"

Jenkins zuckte zusammen und Bissonet lächelte.

„Er war kein Teenager und das weißt du auch, Beau", erwiderte Bruce. „Außerdem hätte ich mich vielleicht nicht jemand anderem zuwenden müssen, wenn du öfter zu Hause gewesen wärst."

„Vergiss es, Bruce. Das haben wir schon eine Million Mal durchgekaut", sagte Bissonet. „Ich bin es leid. Also wo ist der Besitzer noch mal?"

„Oben im Büro mit seiner Familie", sagte Bruce mit mattem Tonfall.

Bissonet drehte sich um und ging mit Hebert hinauf. „Tut mir leid, dass du das miterleben musstest, Auggie", sagte Beau. „Ich ertrage es immer noch nicht, den Kerl zu sehen."

„Das verstehe ich", sagte Auggie. „Wenn meine Frau mich betrogen hätte, säße ich wegen Mordes im Gefängnis."

„Ja, aber ich muss es endlich hinter mir lassen. Ich muss schließlich mit ihm arbeiten."

Auggie legte die Hand auf Beaus Schulter. „Gibt dir einfach noch etwas Zeit, Mann."

Bissonet erreichte die Tür zu Crymes' Büro. *Unter Schock scheint eine Untertreibung zu sein*, dachte er und schaute zu Hebert. Die beiden Frauen weinten und der ältere Mann zitterte und war leichenblass. Die Männer taten ihr Bestes, die Frauen zu beruhigen, aber waren nicht sonderlich erfolgreich.

Bissonet klopfte leise. „Entschuldigen Sie", sagte er. „Leider muss ich Sie stören und Ihnen ein paar Fragen stellen."

„Kann das nicht warten?", fragte einer der Männer.

Bissonet schüttelte den Kopf. „Leider nicht. Wer von Ihnen ist Mr. Villerie?"

„Ich bin Crymes Villerie", sagte der ältere Mann.

„Ich bin Lead Detective Bissonet und das ist mein Partner Detective Hebert."

Mr. Villerie nickte. „Das ist meine Frau Charmaine, meine Tochter Harper Villerie Hayes und ihr Ehemann Jamison Hayes." Er hielt inne und fragte dann: „Detectives? Was ist hier bloß passiert?"

„Wir denken", sagte Bissonet, „dass das Opfer einen Einbruch gestört hat."

Crymes stützte die Hände in die Hüften. „Also verstehe ich Sie richtig? Sie denken, dass Le Moyne meine Gemälde stehlen wollte, aber jemand anders war vor ihm da und hat ihn umgebracht?"

„So sieht es im Moment aus", sagte Hebert.

„Aber wer?", fragte Harper. „Danach zu urteilen, wie Le Moyne sich aufgeführt hat, als er hier war, hätte ich mein Leben darauf verwettet, wenn jemand versuchen würde, die Gemälde zu stehlen, wäre er es."

Bissonet machte sich Notizen und schaute dann auf. „Damit hätten Sie bestimmt recht, wenn er ein paar Stunden früher hier gewesen wäre."

„Ist es richtig, dass er in die Galerie gekommen ist und Sie bedroht hat?", fragte Hebert.

„Das stimmt", sagte Harper. „Er hat meinem Vater bei der Eröffnung gedroht."

Bissonet schaute seinen Partner an. „Mr. Villerie, können Sie mir sagen, wie genau Sie mit Mr. Le Moyne zu tun hatten?"

Die Detectives hörten zu, wie Crymes erzählte, dass er einen anonymen Anruf bekommen hatte, wie er die Bilder erworben hatte und von Mr. Le Moynes Drohungen, als er in die Galerie gekommen war. „Ich habe die Gemälde auf ehrliche Art und Weise von dem Verwalter des Anwesens erworben", erklärte er. „Ich habe dem Mann ein Angebot gemacht und er hat es angenommen. Damals wusste ich noch nichts über die Herkunft der Gemälde und hatte auch keine Bestätigung, dass es Originale sind. Es hätten auch sehr gute Reproduktionen sein können."

„Selbstverständlich brauchen wir den Namen des Verwalters", sagte Bissonet.

„Und anhand des Preises nehme ich an, dass beides Originale waren?", fragte Hebert.

Crymes nickte.

„Haben Sie irgendeine Ahnung, wer die Gemälde gestohlen haben könnte? Feinde? Mitbewerber? Irgendjemand?"

Sie schienen alle nachzudenken. „Ich fürchte nicht", sagte Crymes. „Aber sie sind eine Menge Geld wert. Es hätte jeder gewesen sein können."

Bissonet schaute Harper an. „Nein. Nicht dass ich wüsste", antwortete sie.

Charmaine und Jamison schüttelten beide den Kopf.

„Was ist mit einer Pistole? Bewahren Sie hier eine Waffe auf?"

Crymes öffnete die Schublade seines Schreibtisches und erstarrte. „Sie ist weg", sagte er. „Ich bewahre meine 45er für den Notfall immer hier auf. Schließlich sind wir hier im French Quarter."

Bissonet nickte und schaute Hebert an. „Hol das CSI, um nach Fingerabdrücken zu suchen."

„Eine letzte Frage", sagte er. „Detective Jenkins hat gesagt, dass es im zweiten und dritten Stock kein Alarmsystem gibt. Ist das korrekt?"

„Ja", sagte Harper. „Die Kunstwerke sind alle im Tresorraum oder werden unten ausgestellt. Hier oben sind unsere Büros und eine Gästesuite für Kunden, die von außerhalb anreisen."

„Es scheint, als wäre der Dieb über die Dachterrasse mit den Bildern geflüchtet", informierte Hebert sie. „Und … ist entkommen, indem er auf die Feuertreppe des angrenzenden Gebäudes gesprungen ist. Ich denke, Ihr Gebäude ist nicht so sicher, wie Sie geglaubt haben."

„Offensichtlich", sagte Crymes.

„Bevor Sie gehen", sagte Bissonet, „müssen Sie noch bei Detective Jenkins eine Aussage machen über die Nacht, als Mr. Le Moyne in die Galerie gekommen ist."

„Und … wir brauchen eine Liste von jedem, der heute Abend bei der Gala war", fügte Hebert hinzu.

„Ich schicke Detective Jenkins herauf. Vielen Dank, dass Sie sich die Zeit genommen haben. Sie hören von mir."

Bissonet und Hebert drehten sich zum Gehen um, aber Bissonet blieb stehen. „Oh, das hätte ich fast vergessen. Waren die Gemälde versichert?"

„Ja", sagte Harper. „Bei Lloyd's of London."

„Und für wie viel?"

„2,2 Millionen Dollar", antwortete sie.

„Ich verstehe", sagte Bissonet. „Wurde die Versicherungsgesellschaft schon benachrichtigt?"

„Ja", sagte Harper. „Das habe ich getan, nachdem ich hier angekommen war."

„Gut", sagte Bissonet. „Ist es üblich, Kunstwerke für mehr als den Verkaufswert zu versichern?"

„Detective", erklärte Harper, „bei Gemälden, die so selten sind wie diese beiden, kann der Wert jederzeit steigen, weswegen sie sich auch nicht über Nacht verkaufen. Wir wollen nur auf der sicheren Seite sein. Und außerdem …"

Bissonet hörte zu, während Harper den Unterschied zwischen dem tatsächlichen Wert und der Versicherungssumme und den Grund für die überhöhte Versicherungssumme erklärte.

„Vielen Dank für Ihre Zeit. Detective Jenkins wird sofort hier sein."

Beau und Auggie gingen nach unten in den Ausstellungsraum. Auggie entdeckte Jenkins und sagte ihm, dass die Besitzer nun eine Aussage machen würden. Beau ging in der Galerie vor der kahlen Wand auf und ab.

„Was ist los, Beau?", fragte Auggie.

„Ich weiß nicht, aber ich habe den Verdacht, dass hier etwas nicht stimmt."

„Gehen wir alles noch einmal durch", sagte Auggie. „Der Besitzer bekommt einen mysteriösen Anruf und kauft zwei Gemälde für ein paar hunderttausend Dollar, dann stellt sich heraus, dass es Originale sind, die mehrere Millionen wert sind. Der Besitzer lässt sie restaurieren oder konservieren, oder wie auch immer man das nennt, stellt sie in seiner Galerie aus und versucht, sie für den geschätzten Preis zu verkaufen."

Beau fuhr fort: „Und irgendwie findet der Erbe des Anwesens heraus, dass es Originale sind, wird stinksauer und taucht betrunken auf, bedroht den Besitzer und schwört Rache."

„In der Zwischenzeit", fügte Auggie hinzu, „versichern die Besitzer die Bilder für ein paar Hunderttausend mehr, als sie wert sind, drei Tage später werden sie gestohlen und jemand ist tot."

„Gestohlen direkt nach einer Gala, bei der sich jemand nach oben geschlichen hat", sagte Beau, „sich versteckt hat, bis die Galerie geschlossen war, und dann beide Gemälde gestohlen hat. Er wird von dem Erben überrascht, der vorhat, die Bilder selbst zu stehlen, aber stattdessen tötet der erste Dieb den Erben und entkommt mit den Bildern über die Dachterrasse und die Feuertreppe."

„Aber …", setzte Auggie fort, „nachdem der Alarm losging, hatte der Dieb nicht genug Zeit, Le Moyne zu töten, ihn ins Badezimmer zu schleppen und die Bilder verschwinden zu lassen, bevor wir hier waren."

„Was bedeutet", erklärte Beau, „dass der Dieb Le Moyne getötet haben muss, bevor er nach unten gekommen ist und die Bewegungsmelder ausgelöst hat."

„Ganz genau", sagte Auggie.

„Nichts davon klingt wahrscheinlich! Alle Gäste auf dieser Gala hatten eine persönliche Einladung und waren Geschäftspartner oder Freunde der Vorstände der Wohltätigkeitsgesellschaft", sagte eine fremde Stimme.

Bissonet drehte sich um und entdeckte einen großen, unglaublich gut aussehenden, dunkelhaarigen Mann, der sich gerade einen Gummihandschuh an die rechte Hand zog. *Verdammt, sieht der gut aus*, war Beaus erster Gedanke. *Moment! Für wen zum Teufel hält der Kerl sich eigentlich?*

„Wie bitte?", sagte Beau.

„Wahrscheinlich kam der Dieb durch die Doppeltür, die von der Dachterrasse hereinführt."

„Entschuldigung?", fragte Bissonet. „Wer sind Sie eigentlich?"

„Ich bin Tollison Cruz, Versicherungsermittler bei Lloyd's of London, der Versicherungsgesellschaft der Galerie."

Bissonet runzelte die Stirn. „Nur so zum Spaß, wenn er über das Dach hereingekommen ist, wie kam er dann hinaus?"

„Entweder über den Hof oder auf dem gleichen Weg", sagte Cruz.

„Aber keiner der Außensensoren wurde ausgelöst", warf Hebert ein.

„So wie ich es sehe", erklärte Cruz, während er die leere Wand untersuchte und mit den Fingern darüber strich, „wurde der Alarm von den Bewegungsmeldern ausgelöst, so hat es das Sicherheitssystem jedenfalls gespeichert. Die Tür zum Hof könnte geöffnet worden sein, nachdem der Alarm bereits ausgelöst war und die Sicherheitsfirma den Auslöser bereits registriert und die Polizei und Ihren Kunden benachrichtigt hatte."

„Das ist ja schön und gut, aber was ist mit Beweisen?", fragte Bissonet.

Cruz hielt inne und zog sich seinen Gummihandschuh aus. „Ich brauche keine Beweise, um zu wissen, dass ich richtig liege. Das ist mein Job. Aber wenn Sie wollen, helfe ich Ihnen bei Ihrem."

„Und wieso das?", wollte Bissonet wissen.

„Ich bekomme zusätzlich zu meinem exorbitant hohen Gehalt zwanzig Prozent Finderlohn, wenn ich gestohlene Objekte wiederfinde. Ich will das Geld und Sie wollen Ihren Mörder. Wir haben gemeinsame Ziele. Ich könnte mich bei Ihrem Fall als Berater beteiligen und meine jahrelange Erfahrung mit Ihnen teilen."

„Das klingt gut", sagte Hebert. „Wir können immer –"

„Nein", sagte Bissonet. „Das wird nicht nötig sein."

„Fragen schadet ja nichts", sagte Cruz, dabei betrachtete er Bissonet von oben bis unten und lächelte. „Schön, Sie kennengelernt zu haben, Detectives", sagte er über seine Schulter hinweg und ging die Treppe hinunter.

Beau wischte sich Speichel aus dem Mundwinkel, während er beobachtete, wie Cruz immer zwei Stufen auf einmal nahm. Sein Hintern spannte sich bei jedem Schritt an und seine runden Arschbacken füllten jeden Millimeter seiner schwarzen Wollhose aus. Er schüttelte den Kopf. *Es ist schon viel zu lange her. Ich habe es wirklich nötig.*

„Was ist los?", fragte Auggie. „Er hätte uns helfen können."

Beau winkte ab. „Er wäre uns nur im Weg."

„Wirklich?", fragte Auggie. „Und was ist, wenn er recht hat?"

Beau rollte mit den Augen, als er sah, wie Bruce die Treppe herunterkam. „Jenkins!", brüllte er.

27

„Was?"

„Überprüf' die Hintertür und sieh nach, ob der Sensor der Alarmanlage manipuliert worden ist. Schau außerdem nach, ob es vom Hinterhof aus einen Fluchtweg in die Gasse und weiter gibt", befahl Bissonet. „Ich bin mir sicher, dass der Dieb nicht dreist genug war, um halb vier morgens zwei gestohlene Gemälde die Chartres Street entlangzutragen."

Auggie lächelte ihn an. „War das jetzt so schwer?"

Beau grinste und schaute Auggie an. „Kommst du mit oder willst du hierbleiben und mit Cruz ermitteln?"

ZURÜCK AUF dem Revier erhielt Auggie am Telefon weitere Details von Jenkins, während Beau laut über den Fall nachdachte.

„Also", setzte Beau an, „Le Moyne bricht in die Galerie ein und will die Gemälde stehlen, von denen er denkt, sie wurden ihm gestohlen. Aber … er unterbricht jemanden, der schon vor ihm da war, und der entweder gerade herunterkam, um seinerseits die Gemälde zu stehlen, oder mit den Gemälden in der Hand auf dem Weg nach oben ist. Aber wahrscheinlich eher auf dem Weg nach unten, wenn man Le Moynes Fundort bedenkt. Dann bringt er die Bilder zwei Treppen nach oben und über die Feuertreppe des angrenzenden Gebäudes nach unten."

„Nur dass es so nicht passiert ist", warf Auggie ein, als er gerade auflegte. „Anscheinend wurde der Sensor im Hof manipuliert, genau wie Cruz gesagt hat." Er lächelte.

„Glückstreffer", murmelte Beau und sah überrascht drein.

„Anscheinend wurden die beiden Schrauben, die den Sensor am Türpfosten befestigt haben, gelöst und der Sensor wurde einfach oben auf den Sensor an der Tür gelegt. So wurde die Verbindung nicht gebrochen, als die Tür geöffnet wurde, und die Sicherheitsfirma wurde nicht benachrichtigt, dass der äußere Eingang aufgebrochen wurde. Und … so hat der Dieb das Gebäude verlassen."

„Und wie ist er entkommen?", fragte Beau.

„Geradewegs über den Hof, die Gasse entlang und auf die Chartres Street. Dort hat Jenkins Reifenspuren gefunden, die zweifellos vom Fluchtwagen stammen, als er losgefahren ist."

„Verdammt", zischte Beau. „Ich will, dass alle Nachbarn befragt werden, um herauszufinden, ob jemand etwas gehört oder gesehen hat. Und versuch, Material von Überwachungskameras zu bekommen."

„Damit ist Jenkins schon beschäftigt", sagte Auggie.

„Bissonet?", brüllte Captain Trenchard. „Kommen Sie in mein Büro. Sofort."

„Ja Sir", sagte Beau, sprang auf und schaute Auggie an, dabei rollte er mit den Augen.

Beau ging zum Büro des Captains und stolperte fast, als er Tollison Cruz entdeckte, der gerade einen Schluck Kaffee nahm.

„Detective, ich glaube, Sie haben Tollison Cruz bereits kennengelernt", sagte der Captain.

„Hallo", sagte Cruz mit einem Nicken und einem schelmischen Lächeln. Die Beine hatte er locker übergeschlagen.

„Was zum Teu–", murmelte Beau. „Was machen Sie hier?"

Captain Trenchard unterbrach ihn. „Ich habe vorhin einen Anruf vom Bürgermeister bekommen. Anscheinend hat dieser Fall jetzt oberste Priorität. Mr. Villerie ist ein enger Freund des Bürgermeisters und er will, dass der Fall so schnell wie möglich gelöst wird. Und dazu … soll jede verfügbare Ressource eingesetzt werden", erklärte der Captain. „Deshalb hat Mr. Cruz mir einen sehr interessanten Vorschlag gemacht."

„Ja", sagte Beau. „Ich habe schon einen Vorschlag von ihm gehört. Auf diesen hier bin ich wirklich gespannt."

Cruz grinste.

„Also mir hat gefallen, was ich gehört habe", meinte der Captain.

„Captain Trenchard, bitte sagen Sie mir, dass Sie ihn nicht mit –"

Der Captain unterbrach Beau. „Er hat Erfahrungen, die uns helfen können, diesen Fall zu lösen. Er wird als Berater beteiligt sein."

„Sir", sagte Beau. „Bei allem gebührenden Respekt, ich bevorzuge es, mit meinem eigenen Team zu arbeiten."

„Ich glaube, dass Mr. Cruz eine Bereicherung für diesen Fall sein wird."

„Aber –"

Der Captain hob den Finger. „Die Diskussion ist beendet."

Beau fluchte leise, aber er lächelte und nickte.

„Ich freue mich darauf, mit Ihnen zu arbeiten", sagte Cruz ironisch und bot ihm die Hand an.

Beau zögerte, dann nahm er sie. Die große, gebräunte Hand war warm und Cruz' Griff war sehr stark. Beau verfluchte sich dafür, wohin seine Gedanken wanderten.

Er drehte sich um und verließ das Büro des Captains mit Cruz auf den Fersen.

„Eins muss ich Ihnen lassen", sagte Beau, als sie außer Hörweite des Captains waren. „Sie haben mächtig Eier in der Hose."

„Vielen Dank", sagte Cruz mit hochgezogener Augenbraue. „Ich hätte nicht gedacht, dass Ihnen das aufgefallen ist. Aber verschieben wir das Bettgeflüster doch besser auf später. Vielleicht bei einem Drink?"

Beau ignorierte den Kommentar und goss sich eine Tasse Kaffee ein. Cruz bot er keinen an.

„Meine Theorie über den Dieb", sagte Cruz. „War die korrekt?"

Beau nahm einen Schluck von seinem Kaffee und grinste, ohne zu antworten.

„Ich bin sehr gut in meinem Job, Detective Bissonet", sagte Cruz. „Dies ist der schnellste Weg, wie wir beide zu dem kommen, was wir wollen. Sehen Sie es einfach als eine Art Fusion."

„Eher eine feindliche Übernahme", murrte Beau. „Detective Hebert wird Sie auf den aktuellen Stand bringen."

„Und so sieht es im Moment aus", sagte Detective Hebert zu Cruz, während Beau einen finsteren Gesichtsausdruck aufsetzte.

„Was ist unser nächster Schritt?", fragte Cruz.

Bissonet trat vor. „Die Abteilung für Kapitalverbrechen schickt uns eine Liste von Sammlern, die vielleicht an der Geschichte des Bürgerkrieges interessiert sein könnten, dann versuchen wir herauszufinden, ob einer von ihnen wegen der Bilder kontaktiert wurde."

„Diese Bilder sind zu heiß, um sie einfach so zu verkaufen, schließlich gab es eine Leiche", meinte Cruz. „Das weiß der Dieb, deshalb wird er aus Angst, entdeckt zu werden, mit niemandem von Ihrer Liste Geschäfte machen."

„Okaaay", meinte Bissonet. „Haben Sie eine bessere Idee?"

„Mir geht es einzig und allein darum", sagte Cruz, „die verschwundenen Gemälde wiederzufinden, deshalb würde ich bei dem Galeriebesitzer und seiner Familie anfangen."

„Versicherungsbetrug?", fragte Hebert.

Cruz nickte. „Das trifft auf etwa fünfzig Prozent meiner Fälle zu."

„Was ist mit dem Manager des Anwesens?", fragte Hebert. „Mit dem stimmt auch etwas nicht. Und Villeries Frau? Sie schien überaus betroffen vom Tod eines Mannes zu sein, den sie nur einmal getroffen hat und der ihren Mann in betrunkenem Zustand bedroht hat."

„Ich habe die Frau nicht gesehen, aber ich stimme Ihnen zu, was den Manager angeht", sagte Cruz. „Wenn er auch nur vermutet hätte, dass er Originale hat, hätte er sie nicht für einen so kleinen Preis verkauft. Für gewöhnlich machen diese Firmen ihre Hausaufgaben."

Beau nahm einen Schluck Kaffee und hörte zu. Auggie redete mit Cruz, als wäre dieser Teil des Teams, und Beau wurde von Minute zu Minute wütender.

Bevor er dem Ganzen ein Ende machen konnte, kam Jenkins mit einem Ordner. „Hey Leute! Ich glaube, ich habe etwas gefunden."

Beau sah, wie Bruce stehen blieb und noch einmal hinschaute, als er den großen, dunkelhaarigen, gut aussehenden Fremden entdeckte, der sich an die Ecke von Beaus Schreibtisch lehnte.

„Bruce, das ist Tollison Cruz", sagte Auggie. „Er arbeitet mit uns an dem Fall."

Bruce nickte und lächelte.

Beau schaute Auggie böse an, dann wandte er sich an Jenkins. „Lass hören."

„Es scheint, als steckt unser Mr. Crymes Villerie bis über beide Ohren in Schulden. Die Bank hat bereits die Zwangsvollstreckung für sein Haus, die Galerie und sein Ferienhaus in Charleston, South Carolina in Gang gebracht. Ihm steht das Wasser bis zum Hals."

„Bingo", sagte Cruz. „Wenn ich Glück habe, habe ich den Fall bis zum Abendessen gelöst."

„Sie meinen, wenn *ich* Glück habe", brummte Beau.

Cruz schaute zu Beau und lächelte. „Bin ich so schrecklich anzuschauen?"

Arroganter Arsch! Beau stand auf und ignorierte die Frage. „Statten wir Mr. Villerie einen Besuch ab."

„Wartet", sagte Bruce. „Das ist noch nicht alles."

Bruce jonglierte mit dem Ordner und öffnete einen zweiten. „Anscheinend hat Jamison Hayes, der Schwiegersohn von Mr. Villerie, ein Spielproblem. Pferderennen, um genau zu sein. Er steht bei ein paar ziemlich brutalen Buchmachern in der Kreide."

„Na so was", sagte Beau. „Plötzlich haben wir eine Person von Interesse und zwei Verdächtige."

„Und ich arbeite immer noch an ihren Telefonverbindungen", fügte Bruce hinzu. „Bis zum Nachmittag sollte ich sie haben."

4

CRYMES SASS an seinem Schreibtisch in der Galerie und war immer noch wie in Trance. Charmaine hatten keine Minute geschlafen, nachdem sie endlich wieder zu Hause gewesen waren. Sie war ein Wrack, fast schon hysterisch. Er hatte sein Bestes gegeben, sie zu beruhigen, bis Harper es schließlich geschafft hatte, ihr eine Xanax in den Tee zu schmuggeln, was sie endlich beruhigt hatte, bevor Harper und er das Haus verlassen hatten.

Sein Telefon summte und riss ihn aus seinen Gedanken. „Ja, Harper?", sagte er in den Hörer.

„Die Detectives Bissonet und Hebert sind hier, um mit dir zu sprechen."

„Ich bin gleich unten", sagte Crymes.

Er ging die Treppe hinunter und entdeckte Harper, die mit einem Fremden sprach, während Bissonet und Hebert etwas abseits standen.

„Detective Bissonet", sagte Crymes, als er den Fuß der Treppe erreicht hatte. „Bitte sagen Sie mir, dass Sie meine Bilder gefunden haben."

„Ich wünschte, das könnte ich", sagte Bissonet. „Aber wir haben ein paar Fragen. Können wir uns in Ruhe unterhalten?"

Bevor Crymes antworten konnte, kam Harper heran. „Crymes, das ist Tollison Cruz. Er ist Versicherungsermittler und wurde von Lloyd's of London geschickt."

„Freut mich, Sie kennenzulernen", sagte Crymes und schüttelte die Hand des Mannes.

„Ich werde mit den Detectives Bissonet und Hebert zusammenarbeiten und versuchen, Ihre Gemälde wiederzufinden", erklärte Cruz. „Können wir uns irgendwo in Ruhe unterhalten?"

Bissonet rollte mit den Augen. „Das habe ich bereits gefragt, Mr. Cruz."

„Oh, Entschuldigung", erwiderte Cruz.

„Ja", sagte Crymes. „Gehen wir nach oben in mein Büro."

Crymes ging voraus und Hebert, Cruz und Bissonet folgten ihm.

Die drei Männer setzten sich auf die Couch in Crymes Büro, während dieser sich an die Ecke seines Schreibtisches lehnte.

„Ich komme direkt auf den Punkt, Mr. Villerie", sagte Bissonet. „Wir haben erfahren, dass Sie hoch verschuldet sind und die Bank die Zwangsvollstreckung von diesem Gebäude, Ihrem Haus und Ihrem Ferienhaus angeordnet hat. Ist das korrekt?"

Crymes spürte, wie seine Knie nachgaben. Er klammerte sich haltsuchend an die Kante des Schreibtisches, seufzte und ließ den Kopf hängen. „Ich fürchte ja."

„Mr. Villerie", sagte Cruz. „Ich denke, Sie können sich vorstellen, wie das auf mich und die Versicherungsgesellschaft wirkt. Es stinkt nach Versicherungsbetrug."

Crymes dachte über das nach, was Cruz gesagt hatte. Ihm wäre nie in den Sinn gekommen, dass er ein Verdächtiger sein könnte. Er stand auf. „Sie wollen doch nicht etwa andeuten, dass ich meine eigenen Gemälde gestohlen habe?"

„Das ist eine Möglichkeit, die wir in Betracht ziehen müssen", sagte Cruz. „Sie wären derjenige, der am meisten von der Versicherungssumme profitiert, ebenso wie vom Verkauf der Gemälde."

Crymes straffte die Schultern und versuchte, sich so groß wie möglich zu machen. „Also, Gentlemen, ich kann Ihnen versichern, dass Ihre Verdächtigungen nicht weiter von der Wahrheit entfernt sein könnten", sagte er fest. „Ich war hier in der Galerie, bis die Spendengala vorbei war. Dann bin ich mit meiner Frau nach Hause gefahren und zu Bett gegangen. Sie können mein Telefon überprüfen und alles andere, was Sie wollen. Ich versichere Ihnen, dass ich den Diebstahl der Gemälde nicht arrangiert habe."

„Was ist mit Ihrer Tochter?", fragte Detective Hebert.

Crymes spürte, wie sich die Haare in seinem Nacken aufstellten. „Ich kann beschwören, dass Harper ebenfalls nichts mit dem Verbrechen zu tun hat."

„Wie können Sie da so sicher sein?", fragte Bissonet. „So wie ich es sehe, wird sie ihren Job und ihr Erbe verlieren, wenn Sie die Galerie verlieren."

„Erstens", stellte Crymes klar, „hat sie keine Ahnung, dass wir die Galerie verlieren werden, und zweitens kenne ich meine Tochter. Sie würde sich nie auf etwas Illegales einlassen, Zwangsvollstreckung hin oder her."

„Verzweifelte Zeiten erfordern verzweifelte Maßnahmen", meinte Cruz.

„Mr. Villerie", sagte Bissonet. „Was ist mit Ihrem Schwiegersohn?"

„Jamison?", fragte Crymes. „Völlig außer Frage. Er ist ein anständiger junger Mann aus einer angesehenen Familie. Er wird bald Partner in der Kanzlei seines Vaters. Er würde wegen etwas so Lächerlichem nicht riskieren, aus der Anwaltskammer ausgeschlossen zu werden und seine Familie in Verlegenheit zu bringen."

„Er hat ebenso viel zu verlieren wie Ihre Tochter", stellte Cruz fest.

„Ja, meine Herren", argumentierte Crymes. „Das wäre korrekt, wenn ich auch nur vermuten müsste, dass einer von ihnen von der Zwangsvollstreckung wüsste. Aber sie können es unmöglich wissen. Ich … ich wurde selbst erst vor ein paar Tagen von der Bank benachrichtigt. Ich habe die Papiere persönlich bei der Bank abgeholt, damit sie nicht in der Galerie übergeben werden, sodass ich es ihnen zum richtigen Zeitpunkt selbst erzählen kann."

„Ist Ihnen bekannt, dass Ihr Schwiegersohn sich für Pferde interessiert?", fragte Hebert.

„Ich weiß, dass er gelegentlich zur Rennbahn geht", sagte Crymes. „Ich habe ihn sogar ein paar Mal begleitet."

„Und was ist mit den Buchmachern?", wollte Hebert wissen. „Unsere Quellen sagen, dass er ziemlich tief drinsteckt."

Buchmacher? „Welche Buchmacher?", fragte Crymes, der den Schock in seiner Stimme nicht überspielen konnte.

„Mr. Hayes ist bei zwei wohlbekannten und ziemlich rücksichtslosen Buchmachern hoch verschuldet."

Crymes fühlte sich, als wäre aller Sauerstoff aus dem Raum gesogen worden, und er konnte nicht mehr atmen. Seine Kehle wurde eng und vor seinen Augen flackerte es. Er tastete sich am Rand seines Schreibtisches entlang und ließ sich in seinen Stuhl fallen, unfähig, sein eigenes Gewicht länger zu tragen. Er rieb seine Augen und bedeckte das Gesicht mit den Händen. „Ich hatte keine Ahnung", brachte er hervor, als er endlich wieder sprechen konnte. „Ich hatte keine Ahnung."

„Nur damit Sie es wissen", sagte Bissonet. „Wir werden uns Ihre Tochter und Ihren Schwiegersohn genau anschauen, ebenso wie Ihre Frau."

„Charmaine?", fragte Crymes, der sich mit jeder Minute schwächer fühlte. „Aber sie weiß auch nichts von der Zwangsvollstreckung."

„Das mag sein", sagte Hebert. „Aber wir sind davon nicht so überzeugt wie Sie."

„Vielen Dank für Ihre Zeit, Mr. Villerie", sagte Bissonet. „Wir bleiben in Kontakt."

Crymes nickte und wollte aufstehen.

Hebert hob die Hand. „Bitte behalten Sie Platz. Wir finden allein zur Tür."

Körperlich und geistig erschöpft lehnte Crymes sich in seinem Stuhl zurück und schloss die Augen. *Harper, Jamie und jetzt auch noch Charmaine. Was geht hier bloß vor?*

BISSONET BEDEUTETE Hebert und Cruz vorauszugehen. Er beobachtete Cruz' breite muskulöse Schultern und seinen strammen Hintern, während der Mann vor ihm die Treppe hinunterging. Der Kerl war zwar eine Nervensäge, aber eine gut aussehende Nervensäge! Wenn Beau seine Herkunft erraten müsste, würde er auf Lateinamerika tippen. Cruz' mokkafarbene Haut, seine tiefbraunen Augen und sein rabenschwarzes Haar waren sichere Zeichen. Zusammen mit einem kaum hörbaren Akzent vermutete er, dass Cruz aus einem lateinamerikanischem Land wie Brasilien stammen könnte oder vielleicht sogar aus Portugal.

Als sie den Fuß der Treppe erreichten, schaute Cruz über seine Schulter, lächelte und zwinkerte Beau zu, was diesen unglaublich ärgerte. „Wichser!", murmelte er, als er an ihm vorbeiging.

„Na na, Beau", sagte Cruz ironisch. „Obszönitäten sind nicht nötig."

Beau grinste und trat hinaus auf die Royal Street, dabei ließ er die Tür hinter sich zufallen. Die Hitze und die hohe Luftfeuchtigkeit trafen ihn wie ein Keulenschlag und er ging auf die andere Straßenseite, um dem direkten Sonnenlicht zu entkommen. Cruz und Hebert schlossen zu ihm auf, als sein Handy klingelte. Beau schaute auf den Bildschirm und runzelte die Stirn, als er das lächelnde Gesicht von Jenkins entdeckte.

Beau erinnerte sich an den Tag, als er das Bild gemacht hatte – auf dem Balkon des Bourbon Pub während des Mardi Gras vor gut vier Jahren. Es war Bruce' und sein zweiter Jahrestag gewesen. Sein Herz tat weh beim Anblick des Glitzerns in Bruce' Augen und dem Gedanken daran, wie glücklich sie gewesen waren.

Sie hatten sich vor eineinhalb Jahren getrennt, aber er war noch immer so wütend auf Bruce, weil dieser ihn betrogen und alles ruiniert hatte, dass er kaum mit ihm umgehen konnte. Er war gezwungen, sich zivilisiert zu verhalten, weil sie immer noch zusammenarbeiten mussten, aber er wollte verdammt sein, wenn er es Bruce leicht machte und ihm einfach vergab.

Sie waren beide Polizisten in Uniform gewesen, als sie sich kennengelernt hatten, und sie hatten viel Zeit zusammen verbracht, wenn ihre Schicht beendet war, im Bett und außerhalb. Aber alles hatte sich geändert, als Beau die Beförderung zum Detective angeboten worden war. Sie hatten weniger Zeit füreinander gehabt und nach einem Jahr, als Beau zum Lead Detective befördert wurde, hatten die Probleme begonnen.

Er hatte extrem viele Fälle zu bearbeiten gehabt, was Achtzehnstundentage bedeutet hatte. Aber in seinen Augen hatte er versucht, sich zu beweisen und seinen Job zu sichern, damit er ihnen beiden ein besseres Leben bieten konnte, aber Bruce hatte es nicht so gesehen.

In dem Versuch, seine Beziehung zu retten, hatte Beau, ohne Bruce' Wissen, einen Gefallen eingefordert und diesem eine Beförderung zum Detective verschafft. Nicht dass Bruce seine Hilfe nötig gehabt hätte. Er war ein verdammt guter Detective und wäre früher oder später sowieso befördert worden, aber ihre Beziehung hätte bis dahin nicht überlebt. Es wurde besser zwischen ihnen und Beau hatte schon gedacht, sie hätten es geschafft, bis er von der Affäre erfahren hatte.

Nachdem Bruce gestanden hatte, hatte es für Beau kein Zurück mehr gegeben. Er konnte nicht mit einem Mann zusammen sein, dem er nicht vertrauen konnte, und damit war alles zwischen ihnen zu Ende gewesen. Beau wusste, dass ihn ebenfalls ein Teil der Schuld traf, weil er Bruce vernachlässigt hatte, aber das war sein Job und er hätte Bruce nie betrogen, wenn es andersherum gewesen wäre. Auggie und seine Frau Jenny waren seine Rettung gewesen. Er hatte sich an ihren Schultern ausgeweint und sie hatten ihn wieder ins Leben gelockt.

Und hier waren sie nun. Eineinhalb Jahre später arbeiteten sie immer noch zusammen, dank einer Beförderung, die Beau arrangiert hatte, und sie beide waren unglücklich damit.

Das Telefon klingelte erneut und riss Beau aus seinen Gedanken. Er nahm den Anruf an. „Bissonet."

„Beau, hier ist Bruce."

„Ich höre", sagte Beau ohne Emotion in der Stimme.

Beau hörte, wie Bruce seufzte, und kurz tat der Mann ihm leid, aber es dauerte nicht lange, bis er sich davon erholt hatte. „Rede", sagte er.

„Ich habe die Verbindungsnachweise von Harper Hayes, Jamison Hayes, Crymes Villerie und Charmaine Villerie", erzählte Bruce.

„Und?"

„Abgesehen von den Buchmachern", sagte Bruce, „ist Jamisons Telefon sauber, ebenso die von Mr. Villerie und Harper Hayes."

„Und Charmaine Villerie?", fragte Beau.

Bruce räusperte sich. „Das ist eine andere Geschichte."

„Ich höre immer noch."

„Ihre Verbindungen zeigen, dass Mrs. Villerie am Tag, nachdem die Gemälde zum ersten Mal ausgestellt wurden, und in den folgenden Tagen bis zu dem Raub etwa ein halbes Dutzend Gespräche mit einer Nummer geführt hat, die wir zu einem verurteilten Schwerverbrecher namens Emanuel Della Penna zurückverfolgen konnten, der wegen des Überfalls auf das New Orleans Museum of Art vor zehn Jahren gesessen hat. Er hat fünf Jahre abgesessen und ist bis jetzt nicht wieder in Erscheinung getreten."

Beau lächelte und wischte sich die Stirn mit dem Ärmel seines Mantels ab. „Ich denke, es ist an der Zeit, dass wir Mrs. Villerie einen Besuch abstatten. Und holt Della Penna zur Befragung. Wir kommen nach, sobald wir können. War das alles?", fragte Bissonet.

„Im Moment ja", antwortete Bruce und legte auf.

Beau schaute auf sein Telefon, während Bruce' Lächeln verblasste und der Anruf beendet wurde. „Betrüger."

„Sind Sie zu Ihren Kollegen immer so unhöflich?", wollte Cruz wissen.

„Halten Sie sich da raus", sagte Bissonet.

Hebert schaute Cruz mitleidig an. „Eine lange Geschichte."

Beau funkelte Auggie an, während er ihm und Cruz von den Anrufen erzählte. Sie stiegen in Beaus Auto und fuhren zur Esplanade Avenue.

Bissonet parkte an der Straße und ging zum Tor. Er klingelte so lange, bis endlich eine zittrige Stimme antwortete: „Ja?"

„Hier ist Detective Bissonet vom New Orleans Police Departement", sagte Beau. „Ich möchte bitte mit Mrs. Villerie sprechen."

„Jetzt ist kein guter Zeitpunkt", sagte die Stimme.

Bissonet seufzte. „Bitte entschuldigen Sie, Ma'am, aber ich muss darauf bestehen."

Einen Moment lang herrschte Stille. „Also gut", sagte die Stimme knapp. Sie hielten sich die Ohren zu, als ein kreischendes Geräusch aus der Sprechanlage erklang und das Tor sich öffnete. „Ich erwarte Sie an der Eingangstür."

Als sie die Stufen zur Veranda erreichten, öffnete sich die Tür und eine erschöpft aussehende Mrs. Villerie erschien.

„Wie kann ich Ihnen helfen, Detectives?"

„Ich habe ein paar Fragen an Sie, Mrs. Villerie", sagte Beau. „Dürfen wir hereinkommen?"

Charmaine trat zurück, öffnete die Tür weiter und ließ sie herein.

„Das ist Detective Hebert und Tollison Cruz", sagte Beau und deutete auf die beiden anderen Männer. „Mr. Cruz ist Versicherungsermittler und wurde von Lloyd's of London geschickt."

Charmaine nickte. „Können wir das schnell hinter uns bringen, Gentlemen? Mir geht es nicht besonders gut."

„Das kann ich mir vorstellen", sagte Bissonet. „Es war wahrscheinlich ein ziemlicher Schock, dass die Gemälde Ihres Ehemannes gestohlen wurden und am selben Abend in Ihrer Galerie jemand ermordet wurde."

„In der Tat", stimmte Mrs. Villerie zu.

„Ich komme direkt zum Punkt, Mrs. Villerie", sagte Hebert. „In welcher Beziehung stehen Sie zu Mr. Emanuel Della Penna?"

Beau sah, wie alles Blut aus Mrs. Villeries Gesicht wich und sie leichenblass wurde. Ihre Augen rollten zurück, sie stolperte rückwärts und Cruz fing sie auf, bevor sie zu Boden fiel.

Als Mrs. Villerie ein paar Minuten später wieder zu sich kam und die Augen öffnete, saß Beau am Fußende der Chaiselounge, auf die Cruz sie gelegt hatte. *Zum Glück stand das Teil hier*, dachte er.

Mrs. Villerie wirkte desorientiert „Kann ich Ihnen ein Glas Wasser holen?", fragte Beau.

Sie schüttelte den Kopf, aber sagte nichts.

„Wissen Sie, wer ich bin?", fragte Beau.

Mrs. Villerie nickte, legte die Hände auf ihr Gesicht und begann, hysterisch zu weinen. Beau reichte ihr eine Box Taschentücher, die er im Foyer gefunden hatte, und ließ sie weinen, bis ihr Schluchzen abebbte.

„Ich wollte nur meinem Ehemann helfen", sagte sie unter Tränen. „Wir waren dabei, alles zu verlieren. Ich wollte nicht, dass jemand verletzt wird."

„Ihr Mann ist der Ansicht, dass Sie nichts über Ihre finanzielle Situation wissen", sagte Beau.

„Ich habe mitangehört, wie er am Eröffnungsabend in der Galerie mit einem Angestellten der Bank gesprochen hat", sagte Charmaine. „Ich habe für mich behalten, dass ich Bescheid weiß."

„Haben Sie eine Abmachung mit Mr. Della Penna getroffen?", fragte Cruz.

„Ja", sagte sie. „Ich habe unseren Safe geleert und ihm zehntausend Dollar in bar gegeben. Aber er sollte die Gemälde nur stehlen, nicht jemanden töten, das schwöre ich."

„Wo und wie haben Sie ihn bezahlt?"

„Jemand hat die Beschreibung zu einem Postfach und einen Schlüssel in meinen Briefkasten gesteckt", sagte Charmaine. „Ich bin zu dem Postamt gefahren, habe das Geld in einem Umschlag in das Fach gelegt und den Zettel gemeinsam mit dem Schlüssel weggeworfen, wie angewiesen."

„Erinnern Sie sich an das Postamt und die Nummer des Postfachs?", wollte Cruz wissen.

Charmaine rieb sich die Schläfen. „Es war ein Postamt an der Metairie Road", sagte sie. „In Höhe des Siebenhunderter Blocks, glaube ich."

„Und die Nummer des Fachs?", fragte Cruz.

„Nummer vierhundertvierund… Nein! Vierhunderfünfundzwanzig. Das ist es!"

Bissonet schaute Hebert an.

„Bin schon dabei", sagte Hebert und wischte über sein Telefon.

Bissonet stand auf. „Charmaine Villerie. Ich verhafte Sie wegen Anstiftung zum schweren Diebstahl und Anstiftung zum Versicherungsbetrug. Sie haben das Recht, zu schweigen …"

„Neeein! Bitte", flehte Charmaine. „Ich wollte nicht, dass das passiert."

Bissonet hob die Stimme und verlas Charmaine über ihr Flehen hinweg ihre Rechte. Als er fertig war, legte Hebert ihr Handschellen an und führte sie zur Tür.

„Habe ich … habe ich nicht das Recht auf einen Anruf oder *irgendetwas*?", bettelte sie schluchzend.

Bissonet tat die Frau tatsächlich leid, aber das war ein prominenter Fall und der Bürgermeister war involviert. Er wollte sichergehen, dass alles nach den Regeln verlief.

„Sie können Ihren Anwalt oder Ihren Ehemann anrufen, wenn Sie erfasst sind", erklärte Hebert.

„Erfasst?", kreischte sie.

„Ja, erfasst", sagte Hebert.

„Mrs. Villerie", sagte Bissonet so freundlich, wie er konnte, „die Anschuldigungen gegen Sie sind sehr schwerwiegend und Sie haben sie vor mir und zwei Zeugen gestanden."

„Bitte! Rufen Sie meinen Mann an", bat Charmaine, während Hebert sie zur Eingangstür führte.

Bissonet schaute zu Cruz, der ihn schwach anlächelte.

„Was soll's", sagte Beau und schaute Cruz an, während er über sein Telefon wischte.

Cruz legte die Hand auf Beaus Arm, bevor dieser wählen konnte. „Nein. Lassen Sie mich", sagte er. „Dann bekommen Sie keine Probleme, wenn Sie nichts von dem Anruf wissen."

Bissonets erster Gedanke war, dass Cruz ihm eine Falle stellen wollte, und er beäugte den Mann misstrauisch. *Was hat der Typ vor?*

Cruz schaute ihn verwirrt an. „Was?"

„Warum sollte ich *Ihnen* vertrauen?", fragte Beau.

„Kommen Sie schon, Bissonet. Was könnte es mir schon bringen, einen Anruf zu tätigen? Wir sollen zusammenarbeiten, wissen Sie noch? Außerdem tut mir Mrs. Villerie ebenso leid wie Ihnen. Sie ist offensichtlich nicht die hellste Kerze am Kronleuchter."

Cruz ging nach draußen und kam ein paar Minuten später wieder herein. „Er kommt aufs Revier."

Beau nickte und schaute in Cruz' honigbraune Augen. „Danke, dass Sie das getan haben."

„Kein Problem", sagte Cruz mit einem Lächeln, das warm genug war, um die Antarktis innerhalb eines Tages zu schmelzen. „Ich sage Mrs. Villerie, dass er uns dort treffen wird."

Beau schaute Cruz hinterher und versuchte, sich nicht die Lippen zu lecken wie ein hungriger Wolf. Der Mann stolzierte geschmeidig und selbstsicher und er war gebaut wie ein Backsteinhaus. Selbstverständlich wusste Cruz das und setzte es ein, wann immer es ihm weiterhalf, da war Beau sich sicher.

„Kommst du?", fragte Auggie. „Oder willst du dem Kerl den ganzen Tag auf den Hintern starren?"

„Leck mich", sagte Beau.

„In deinen Träumen, Mann", neckte Auggie. „Wie oft muss ich dir das noch sagen?"

„Wie oft willst du diesen lahmen Spruch noch bringen?", konterte Beau. „Er war schon die ersten hundertmal nicht lustig, also lass es bleiben." Er seufzte und fragte sich, ob er so erschöpft klang, wie er sich fühlte.

ALS SIE das Revier erreichten, war Emanuel Della Penna bereits in den Verhörraum gebracht worden, wo er auf die Befragung wartete und forderte, seinen Anwalt zu sprechen.

Bissonet überließ es Hebert, Mrs. Villerie zu erfassen, und ging mit Cruz direkt zur Befragung von Della Penna.

„Mr. Della Penna, ich bin Detective Bissonet und das ist Versicherungsermittler Cruz", sagte er.

Della Penna beäugte Cruz und lächelte verschmitzt.

„Mr. Della Penna", sagte Bissonet. „Uns ist zu Ohren gekommen, dass Mrs. Charmaine Villerie Ihnen zehntausend Dollar gezahlt hat, damit Sie zwei Gemälde aus der Galerie ihres Mannes in der Royal Street stehlen. Haben Sie uns dazu etwas zu sagen?"

„Ich habe die Frau nie getroffen und habe keine Ahnung, wovon Sie sprechen", sagte Della Penna.

„Kommen Sie schon, Emanuel. Darf ich Sie Emanuel nennen?", fragte Cruz.

Della Penna funkelte ihn an.

„Anscheinend nicht." Cruz schielte zu Bissonet. „Wie lange wollen wir dieses Spielchen noch spielen, *Mr. Della Penna*?", fragte Cruz und dehnte das „Penna" aus.

„Ich habe die Frau nie getroffen", beharrte Della Penna.

„Das mag stimmen, aber Sie haben eine Übereinkunft mit ihr", sagte Bissonet. „Wir haben ihre Aussage. Die Daten ihres Telefons bestätigen Gespräche zwischen ihnen beiden und wir wissen, wo sie das Geld hinterlegt hat. Es ist bereits jemand zu dem Postamt unterwegs, um das zu untersuchen."

„Sind das lauter Zufälle?", fragte Cruz, bevor Della Penna antworten konnte, anscheinend, um den Kerl in die Enge zu treiben.

„Versuchen wir es anders", sagte Bissonet. „Woher kennen Sie Anthony Le Moyne?"

„Wen?", fragte Della Penna.

„Der Mann, den Sie erschossen haben, als er in Ihren Diebstahl geplatzt ist", sagte Cruz.

„Was?", rief Della Penna aus. „Das ist absurd. Ich habe niemanden getötet!"

„Wir glauben etwas anderes", sagte Bissonet. „Deshalb haben wir einen Durchsuchungsbefehl erwirkt und in diesem Moment durchsuchen Officer Ihre Wohnung nach der Mordwaffe und anderen Beweisen, die Sie mit dem Fall in Verbindung bringen."

„Ich verlange einen Anwalt", brüllte Della Penna und schlug mit der Faust auf den Tisch.

„Alles zu seiner Zeit", meinte Bissonet.

„Wollen Sie uns sagen, wo Sie gestern Abend waren, Mr. Della Penna?"

„Ich hatte eine späte Verabredung zum Abendessen", sagte er und beäugte Cruz. „Dann war ich in Harrah's Casino auf dem Fluss für eine kleine Runde Black Jack. Ich bin kurz nach ein Uhr morgens nach Hause gekommen."

„Waren Sie allein?", fragte Cruz.

„Das war ich nicht", antwortete Della Penna grinsend.

„Sie wissen, dass wir uns die Überwachungsvideos des Casinos ansehen werden, nicht wahr?", sagte Cruz.

Della Penna verschränkte die Finger und schaute Cruz erneut an. „Tun Sie sich keinen Zwang an."

„Sehen Sie", sagte Bissonet. „Sie können so viel leugnen, wie Sie wollen, aber wie ich bereits sagte, wir haben das Geständnis von Mrs. Villerie, die Instruktionen zur Geldübergabe, den Schlüssel zu dem Postfach und die Telefonverbindungsnachweise. Das ist mehr als genug für eine Anklage."

Bissonet schaute zu Cruz, denn er wusste, dass das nicht ganz der Wahrheit entsprach, aber Cruz schien mitzuspielen.

„Er hat recht", meinte Cruz. „Ich habe schon miterlebt, dass Leute wegen weniger verurteilt wurden."

Della Penna wurde nervös und begann zu schwitzen, ein Zeichen, das Bissonet nur zu gut kannte. Ihr gemeinsamer Ansatz funktionierte und er war kurz davor, aufzugeben.

„Also, Mr. Della Penna", fragte Cruz, „sind Sie bereit, uns die Wahrheit zu sagen?"

„Na schön", sagte Della Penna. „Sie hat mich angerufen, okay? Und mich angebettelt, den Job zu übernehmen. Sie wollte kein Nein akzeptieren. Ich habe nichts getan und hatte es auch nicht vor, aber selbst wenn, ich bekam keine Chance dazu. Ich habe heute Morgen aus den Nachrichten von dem Einbruch in der Royal Street erfahren. Und … von einem Postfach weiß ich gar nichts."

„Ach kommen Sie schon, Della Penna", sagte Cruz. „Wollen Sie das wirklich so spielen?"

41

Bevor Della Penna antworten konnte, klopfte es an der Tür. Cruz drehte sich zu Bissonet, der die Tür öffnete und die Stirn runzelte, als er Jenkins sah. Er schüttelte vage den Kopf in Richtung von Cruz, dann trat er in den Flur und schloss die Tür. „Was?", fragte er.

Jenkins reichte ihm eine braune Papiertüte. „Hier ist das Geld. Es war in dem Postfach, das Villerie beschrieben hat."

„Und das Postfach?", fragte Bissonet.

„Neu", antwortete Jenkins. „Registriert auf einen Matthew Davis. Die Adresse auf dem Antrag gehört zu einem leeren Laden in der Aris Avenue in Old Metairie."

Bissonet öffnete den Mund, um eine letzte Frage zu stellen, aber Jenkins hob die Hand, um ihn zu unterbrechen. „In der Datenbank haben wir nichts dazu gefunden."

„Fuck", zischte Bissonet. „Della Penna hat das Geld nie abgeholt."

Beau funkelte Jenkins an. Er hasste es, mit dem Kerl zu interagieren, aber er musste zugeben, dass er gut in seinem Job war. Er hatte seit seiner Beförderung einiges geleistet, Untreue hin oder her.

„Schick jemanden mit einem Foto von Della Penna zu Brennan's und lass dir bestätigen, dass er gestern Abend dort war, dann überprüf das Überwachungsvideo zwischen zehn und ein Uhr nachts von den Black Jack Tischen in Harrah's Casino. Ich will wissen, ob Della Penna dort gespielt hat und, viel wichtiger, ob er mit jemandem gemeinsam gegangen ist."

Wortlos drehte Bissonet sich um und ging wieder in den Befragungsraum. Er legte die Hand auf den Türknauf und schaute über seine Schulter. Der Schmerz und die Traurigkeit in Bruce' Gesicht waren nicht zu übersehen. Beau hatte mit ihm zusammengelebt. Mit ihm geschlafen. Und er hatte diesen Ausdruck nur einmal bei ihm gesehen, nämlich als seine Mutter unerwartet verstorben war. Plötzlich spürte er den Drang, Bruce in die Arme zu nehmen und ihn zu trösten.

„Fuck", fluchte er leise. *Was soll das, Beau? Nein! Hör auf damit!*

Beau straffte die Schultern und begrub den Anflug von Emotionen, der, wenn er ihn zuließ, sein Ende bedeuten konnte. *Ich werde nicht meine Zeit damit verschwenden, Mitleid mit ihm zu haben.*

„Oh, und ich will, dass Della Penna von dem Moment an, wo ich ihn entlasse, überwacht wird", brachte er hervor, bevor er den Raum wieder betrat und die Tür vor Bruce zuschlug.

Bissonet kam um den Tisch herum, stützte sich auf die Hände und funkelte Della Penna an. „Mr. Della Penna", sagte er, „Sie dürfen gehen. Vorerst! Verlassen Sie nicht den Staat und sollten wir Ihr Alibi nicht verifizieren können, sitzen Sie sehr bald wieder auf diesem Stuhl."

„Was?", fuhr Cruz auf und starrte Bissonet an.

Della Penna grinste selbstzufrieden und stand auf.

„Sie lassen ihn gehen?", fragte Cruz.

Bissonet ignorierte Cruz' Frage. „Wir bleiben in Kontakt."

Sobald Della Penna die Tür hinter sich geschlossen hatte, schlug Cruz mit der Faust auf den Tisch. „Was soll das, Bissonet?"

Beau verengte die Augen und hob einen Finger. „Stellen Sie nie wieder vor einem Verdächtigen meine Entscheidungen infrage, ist das klar?"

„Verdammt noch mal", sagte Cruz. „Ich dachte, wir arbeiten zusammen, und das ziemlich effizient, wenn ich das anmerken darf."

„Das ist keine Magie, Cruz", sagte Bissonet sarkastisch. „Wenn Hebert statt Ihrer hier gewesen wäre, hätten wir die gleiche Guter Cop – Böser Cop - Nummer abgezogen wie in jedem Verhör. Also klopfen Sie sich nicht vorschnell auf die Schulter."

Cruz' Augen verengten sich und sein Gesicht wurde flammend rot. Er ballte die Fäuste und murmelte etwas vor sich hin, das Beau nicht verstehen konnte. Beau bereitete sich vor, denn er war sicher, dass Cruz gleich über den Tisch hechten und ihn angreifen würde. Aber der Mann schaffte es, sich mit tiefen Atemzügen zu beruhigen. „Warum durfte er gehen?", fragte er mit zusammengebissenen Zähnen.

„Er hat das Geld nicht abgeholt", erklärte Bissonet. „Es lag noch in dem Postfach, wie Villerie gesagt hatte."

Cruz schüttelte den Kopf.

„Und", fügte Bissonet hinzu, „wenn sein Alibi sich bestätigt, was relativ einfach zu bewerkstelligen ist, haben wir nichts gegen ihn in der Hand."

„Wir wissen, dass er eingewilligt hat, den Job für Villerie zu übernehmen", sagte Cruz, der nun auf und ab ging.

Bissonet schüttelte den Kopf. „Aber das können wir noch nicht beweisen. Im Moment steht sein Wort gegen ihres."

Cruz blieb stehen und fuhr mit den Fingern durch sein rabenschwarzes Haar.

„Sehen Sie", sagte Bissonet. „Ich lasse ihn beschatten, dann kennen wir jeden seiner Schritte, und wenn wir etwas Handfestes haben, bringen wir ihn wieder her. So einfach ist das."

„Na schön", sagte Cruz und ging zur Tür. „Ich habe für heute genug von Ihren Nettigkeiten."

Bissonet grinste und folgte ihm aus dem Verhörraum in den Flur. „Je schneller wir das hinter uns bringen, desto schneller können Sie wieder zu Ihrem gemütlichen Job bei der Versicherung zurückkehren", sagte er schließlich zu seinem derzeitigen Partner.

Cruz blieb abrupt stehen und Bissonet musste einen Schritt zurücktreten, damit er nicht mit ihm zusammenstieß. Der Mann verschränkte die Arme vor der Brust. „Bevor ich mich für heute verabschiede, würde ich gern wissen, wer Ihnen etwas in den Arsch gerammt und Sie so verärgert hat. Sie sind wirklich ein verbitterter, wütender Hurensohn."

Innerlich stolperte Beau rückwärts und versuchte, den Dolch herauszuziehen, den Cruz ihm gerade ins Herz gestoßen hatte. Aber in Wirklichkeit erstarrte er einfach mit offenem Mund.

Cruz hatte recht. Seit der Sache mit Bruce hatte er sich *tatsächlich* in einen griesgrämigen, unausstehlichen Hurensohn verwandelt. Das Problem war nur, dass das bisher niemand in seiner Gegenwart ausgesprochen hatte. Die meisten seiner engen Freunde bei der Truppe wussten über Bruce und ihn Bescheid und was vorgefallen war, deshalb ließen sie es ihm durchgehen, wenn er seine Wut an ihnen ausließ. Die traurige Wahrheit war, dass er sich nach dem Ende seiner Beziehung mit Bruce zornig und vollkommen hilflos gefühlt hatte, und nichts hatte sich seitdem gebessert. Er wollte sich nicht so fühlen, aber er wusste nicht, wie er es ändern sollte. *Verdammter Cruz*, dachte er. *Das hier geht ihn überhaupt nichts an.*

Beau wollte Cruz die Meinung sagen, aber im Moment war er einfach zu müde, um zu streiten, deshalb beschloss er, ihm den Kommentar fürs Erste durchgehen zu lassen. Er seufzte, schüttelte den Kopf und wollte weggehen.

„Ich wette, für das Rammen war Detective Jenkins zuständig", sagte Cruz sarkastisch.

Beau blieb stehen, als er Cruz' Worte vernahm. Er drehte sich um und schaute den Mann böse an, der immer noch die Arme vor der Brust verschränkt hatte und nun ein wissendes Grinsen im Gesicht hatte.

Beau schloss die Augen und holte tief Luft. Seinem zeitweiligen Partner einen Schlag zu verpassen, würde ihm beim Captain keine Punkte einbringen – oder beim Bürgermeister – deshalb wählte er seine Worte mit Bedacht. „Hören Sie gut zu, Cruz, denn ich werde es nur einmal sagen", erklärte er, während sie sich im Flur gegenüberstanden. „Mein Verhalten und mein Privatleben stehen *nicht* zur Debatte. Wir werden keine Freunde. Ich will nicht wissen, wie oft Ihnen das Herz gebrochen wurde oder wie oft Sie sich als Kind in die Hose gemacht haben. Im Grunde will ich überhaupt nichts mit Ihnen zu tun haben. Ich will diesen Fall lösen und so schnell wie möglich meine Ruhe vor Ihnen haben. Ist das klar?"

Cruz lächelte, als wüsste er, dass er den Nagel auf den Kopf getroffen hatte. Am liebsten wollte Beau ihn auf der Stelle erwürgen, aber darüber wäre der Captain nicht gerade erfreut. Er beschloss, dass der Kerl die Mühe nicht wert war.

„Punkt sieben Uhr", zischte Beau.

Auf dem Weg aus dem Gebäude traf er auf Auggie. „Wie ist es mit Mrs. Villerie gelaufen?", fragte er.

„Wir haben sie erfasst", sagte Auggie. „Ihr Schwiegersohn, also ihr Anwalt, ist gekommen und hat eine Kautionsanhörung arrangiert. Wie lief es mit Della Penna?"

Während sie zu ihren Autos gingen, erzählte Beau Auggie, was mit Della Penna passiert war, von dem Geld und dass sie sein Alibi noch überprüfen mussten.

„Morgen ist auch noch ein Tag", sagte Auggie, als sie seinen Wagen erreichten.

„Hey Auggie?", sagte Beau. „Kann ich dich etwas fragen?"

„Sicher", antwortete Auggie.

„Ist es unangenehm, mit mir zu arbeiten?"

„Für mich? Nein", sagte Auggie zögernd.

Beau hob eine Augenbraue. „Und für andere?"

Auggie seufzte. „Okay, vielleicht manchmal. Besonders für Bruce."

Bevor Beau etwas erwidern konnte, hob Auggie die Hand. „Ich verstehe auch, warum. Aber Mann, du musst das langsam hinter dir lassen."

Beau senkte den Blick und trat nach einem Kieselstein. Als er wieder aufschaute, trafen sich ihre Augen und Auggie lächelte ihn schwach an.

„Du hast recht", meinte Beau. „Aber ich bin einfach so wütend, dass er unser Leben ruiniert hat."

„Sieh mal", erwiderte Auggie. „Sei nicht sauer, aber wenn alles so perfekt zwischen euch gewesen wäre, hätte Bruce sich nie woanders umgesehen. Ich kenne ihn, vergiss das nicht, und ich denke, er ist ein guter Kerl, der einen dummen Fehler gemacht hat. Das passiert uns allen."

„Wenn Jenny dich betrogen hätte, könntest du dann noch jeden Tag mit ihr arbeiten, ohne dass es deinen Job beeinflusst?"

„Auf keinen Fall", sagte Auggie. „Aber ich bin auch ein siebenundvierzig Jahre alter Neandertaler, der der Ansicht ist, dass sein kleines Frauchen ihm zu gehorchen hat. Du bist ein vierunddreißig Jahre alter Homosexueller, der modern, aufgeschlossen und nachgiebig sein sollte."

Beau kicherte. „Lass das bloß nicht Jenny hören."

„Wem sagst du das", sagte Auggie nervös, während er seine Autotür öffnete.

Beau klopfte auf die Motorhaube von Auggies schwarzem Crown Vic. „Danke, Mann", sagte er. „Ich werde darüber nachdenken."

Auggie beugte sich vor, streckte ein Bein in das Auto und erstarrte. „Scheiße", brüllte er und stützte sich an dem Dach des Autos ab. „Beau?"

Beau war augenblicklich an seiner Seite. „Ist es wieder dein Rücken?“, fragte er.

„Ja“, sagte Auggie. „Ich komme nicht hoch.“

„Was meinst du mit 'du kommst nicht hoch'?“, fragte Beau.

Auggie schnaufte. „Was ist denn daran nicht zu verstehen?“

„Ernsthaft?“, wollte Beau wissen.

Auggie versuchte, sich aufzurichten, und fiel fast auf die Knie. „Bitte sag mir, dass du heute mit deinem SUV gekommen bist.“

„Ja. Wieso?“

„Ich schaffe es nur nach Hause, wenn ich mich flach in den Kofferraum dieses Dings lege.“

Beau schaute sich um. „Ich stehe eine Etage höher. Kommst du klar, während ich das Auto hole?“

Auggie nickte. „Aber beeil dich bitte.“

Beau rannte los zur Treppe. Dort nahm er immer zwei Stufen auf einmal, eilte durch das Parkhaus und saß kurz darauf hinter dem Steuer seines SUV. Er blieb mit quietschenden Reifen vor Auggies Auto stehen, öffnete die Heckklappe und warf seine Sporttasche auf den Beifahrersitz, dann klappte er die Rückbank um und half Auggie auf.

Langsam machten sie sich in kleinen, vorsichtigen Schritten auf den Weg zum SUV. Auggie kroch auf allen vieren hinein und streckte sich aus. Beau ging zu Auggies Wagen, schloss die Tür und verriegelte ihn, bevor er die Klappe seines SUV schloss.

„Versuchst du mit Absicht, jedes Schlagloch auf der Rampart Street zu treffen?“, schrie Auggie.

„Ich tue, was ich kann“, antwortete Beau. „New Orleans ist die Heimat der Schlaglöcher.“

„Verdammt, Mann“, zischte Auggie. „Mach langsam, sonst ende ich noch im Streckverband.“

Beau pfiff. „Hat dir schon einmal jemand gesagt, dass du ein schwieriger Patient bist?“

„Halt den Mund und fahr.“

Beau aktivierte seine Freisprechanlage. „Auggie zu Hause anrufen.“

Eine weibliche Stimme wiederholte sofort: „Auggie zu Hause anrufen.“

Das Telefon klingelte ein paar Mal, dann nahm Jenny ab. „Was ist passiert, Beau?“, fragte sie nervös.

„Ebenfalls Hallo. Warum nimmst du immer sofort das Schlimmste an?“, fragte er mit einem Kichern.

„Du hast meine Frage nicht beantwortet", sagte Jenny.

„Auggie hat sich wieder den Rücken verrenkt."

Jenny seufzte. „Was hast du dieses Mal mit ihm angestellt?"

„Gar nichts, das schwöre ich", murrte Beau. „Er wollte bloß in sein Auto einsteigen."

„Meine Güte", antwortete Jenny. „Wo ist er?"

„Er liegt im Kofferraum meines SUV. Wir sind in fünf Minuten da."

„Ich erwarte euch."

Beau hörte, wie die Computerstimme verkündete: „Anruf beendet."

„Bis gleich", sagte er.

Eine Stunde später war Auggie in guten Händen und Beau machte sich auf den Weg nach Hause. Er ging sein Gespräch mit Auggie über seine Stimmungsschwankungen, und wie er seine Kollegen, ganz besonders Bruce, behandelte, noch einmal durch. Er stellte fest, dass Auggie wahrscheinlich recht hatte. Bruce *war* ein guter Kerl, der einen großen Fehler gemacht hatte. Aber diese Erkenntnis würde ihm nicht helfen, schneller damit fertig zu werden.

Er verachtete Bruce dafür, dass er ihr Leben ruiniert hatte, aber die Schuld lag nicht allein bei Bruce. Je mehr er darüber nachdachte, desto überzeugter war er, dass er noch etwas für den Kerl empfand, wenn ihm das alles immer noch so nah ging. Aber Beau wusste auch, dass er Bruce nie wieder würde vertrauen können, auch wenn er ihm nach wie vor etwas bedeutete, und er konnte nicht mit jemandem zusammen sein, dem er nicht vertraute.

„Wir werden nie wieder in einer Beziehung sein, deshalb sollte ich dem Typ vielleicht eine Pause gönnen", sagte er zu sich selbst. „Es bringt nichts, sich an die Vergangenheit zu klammern." Dann kam ihm plötzlich Tollison Cruz' attraktives Gesicht in den Sinn. „Aber dieses Arschloch ist ein anderes Thema. Der verdient keine Pause."

5

BEAU SASS an seinem Schreibtisch und ging die Akte des Falls durch, als Cruz mit einem Becher Kaffee in der Hand das Büro betrat und sich in den Stuhl ihm gegenüber setzte. Beau schaute auf seine Uhr, aber blickte nicht auf. „Ich wusste, dass Sie zu spät kommen würden."

„Und ich wusste, dass Sie immer noch einen Stock im Arsch haben werden."

Beau las weiter, aber er musste ein Grinsen unterdrücken. „Ich habe gerade erfahren, dass eines der Gemälde vielleicht in Charleston aufgetaucht ist."

„Welches?", wollte Cruz wissen.

„*Robert E. Lee*", antwortete Beau. „Ich habe einen Flug gebucht, der in zwei Stunden geht."

„Ich komme mit Ihnen", sagte Cruz.

„Das habe ich mir gedacht", meinte Beau. „Ich habe Ihnen auch ein Ticket reserviert und von der Reiseabteilung ein Hotelzimmer buchen lassen."

„Vielen Dank", sagte Cruz mit überraschter Stimme. „Was ist mit Ihrem Partner?"

Beau klopfte mit dem Radiergummi seines Bleistifts auf den Schreibtisch. „Er fällt wegen einer Rückenverletzung ein paar Wochen aus."

„Meine Güte", fluchte Cruz. „Also muss ich es allein mit Ihnen aushalten, bis ich diesen Fall gelöst habe?"

Arroganter Bastard, dachte Beau, aber er sprach es nicht aus. „Sieht so aus", sagte er nur und deutete zur Tür. „Sie machen sich besser auf den Weg und packen eine Tasche."

Cruz stand auf. „Wie lange werden wir weg sein?"

„Wahrscheinlich nur über Nacht, aber man kann nie wissen."

Beau schaute auf, als es an seiner Tür klopfte. Er unterdrückte einen bösen Blick, als er Bruce entdeckte, der mit einer Mappe in der Hand winkte.

„Darf ich reinkommen?", fragte Bruce.

Beau deutete auf den anderen Stuhl und Cruz setzte sich erneut.

„Gibt es etwas Neues?", fragte Cruz.

„Ja", sagte Bruce, ohne zu zögern, und fuhr fort: „Anscheinend war Della Penna letzte Nacht tatsächlich bei Brennan's. Laut der Kellnerin hat er mit einem attraktiven Mann Mitte dreißig zu Abend gegessen. Sie schienen sich ziemlich intensiv unterhalten zu haben. Wir versuchen im Moment noch, ihn zu identifizieren. Della Penna war auch etwa drei Stunden lang am Black Jack Tisch bei Harrah's, wo sich nach etwa einer Stunde eine attraktive Brünette zu ihm gesellte. Laut der Überwachungskamera draußen und der in der Parkgarage sind sie gegen ein Uhr morgens zusammen gegangen."

„Verdammt", sagte Beau. „Nicht das, was ich hören wollte."

„War das alles?", fragte Cruz.

Bruce nickte. „Im Moment ja."

Cruz stand erneut auf. „Wenn Sie mich entschuldigen, ich muss packen." Er drehte sich zu Bissonet. „Ich bin in einer Stunde zurück."

Beau nickte.

Bruce sah sehr nervös aus und stand auf.

„Warte", sagte Beau. „Bevor du gehst, wollte ich … ich wollte sagen, dass es mir leidtut, wie ich dich behandelt habe."

Bruce' Augen weiteten sich und sein Mund stand offen.

Beau hob die Hand. „Versteh mich nicht falsch", sagte er. „Ich bin immer noch unglaublich wütend, dass du … über das, was du getan hast, aber mir ist bewusst geworden, dass ich auch einen Anteil daran hatte. Aber das war unser Privatleben und das hier ist unser Beruf und wir müssen zusammenarbeiten. Davon abgesehen wird es Zeit, dass ich das alles hinter mir lasse."

Bruce stand auf und schloss die Tür. „Ich habe einen Fehler gemacht, Beau", gab er zu und Tränen traten in seine Augen. „Den schlimmsten Fehler meines Lebens, und wenn ich könnte, hätte ich es in dem Moment rückgängig gemacht, als es passiert ist. Ich weiß auch, dass ich dich deshalb verloren habe, und damit muss ich für immer leben. Es tut mir leid, dass ich dich verletzt habe."

„Es ist nicht nötig, das alles noch einmal durchzukauen", sagte Beau. „Das haben wir schon hundertmal gemacht, aber das ändert nichts an den Fakten."

Bruce wischte sich eine Träne von der Wange. „Danke, dass du das gesagt hast, aber keine Sorge, du warst nicht härter zu mir als ich selbst. Ich verdiene alles und noch mehr, was du getan hast."

Beau stand auf und kam um seinen Schreibtisch herum. Er stand vor Bruce und nahm ihn in die Arme. Es fühlte sich gut an, ihn zu halten. Beau atmete ein und Bruce' vertrauter Geruch füllte seine Nase. Einen Moment lang fühlte es sich an, als wäre er zu Hause, aber auf eine andere Art. Das Verlangen und die Erwartung waren nicht mehr da, und schließlich fühlte es sich einfach traurig und leer an. Beau spürte, wie Bruce sich an ihn klammerte, und als Bruce sein Gesicht an Beaus Hals vergrub, ließ Beau ihn los und trat zurück.

Bruce glättete sein Hemd und wischte seine Augen. „Ich danke dir."

Beau nickte, öffnete die Tür und trat zur Seite.

Bruce ging an ihm vorbei, dann blieb er stehen und drehte sich um. „Ich sage dir Bescheid, sobald wir herausgefunden haben, wer der Typ ist, mit dem Della Penna gegessen hat."

„Danke Bruce."

DER VERKEHR auf der I-10 Richtung Westen war vom Causeway Boulevard bis zur Ausfahrt zum Flughafen verstopft und die Fahrt war anstrengend. Beau versuchte ein paar Mal, ein Gespräch anzufangen, aber anscheinend hatte Cruz ihn am vorigen Abend genau verstanden. *Wir werden keine Freunde. Ich will nicht wissen, wie oft Ihnen das Herz gebrochen wurde oder wie oft Sie sich als Kind in die Hose gemacht haben. Im Grunde will ich überhaupt nichts mit Ihnen zu tun haben. Ich will diesen Fall lösen und so schnell wie möglich meine Ruhe vor Ihnen haben. Ist das klar?*

Wenn Cruz ihn mit einer Antwort beehrte, die mehr war als ein Grunzen, ging es um den Fall und war knapp. Beau war erleichtert, als sie endlich am Flughafen parkten und zum Schalter von Delta Airlines gingen, um ihre Tickets zu bezahlen.

Beau feixte, als er hörte, wie Cruz, dem gerade aufgefallen sein musste, dass sie nebeneinander sitzen würden, um einen anderen Platz bat. Er musste lächeln, als die Dame am Schalter ihm sagte, dass beide Flüge praktisch ausgebucht waren. Sie konnte ihm nur auf der Strecke New Orleans - Atlanta einen Platz am Ausgang anbieten und auf der Strecke Atlanta - Charleston überhaupt nichts. Als er das hörte, akzeptierte Cruz den Platz, den er hatte. Aber Beau bemerkte, dass er den Mann wirklich verärgert haben musste, wenn er nicht einmal im Flugzeug neben ihm sitzen wollte.

Beau zeigte seine Marke und informierte die Flugbegleiterin, dass er eine Waffe und Munition dabei hatte, die eingecheckt werden mussten. Dabei hörte er mit, wie Cruz diskutierte, weil seine Erlaubnis, eine verdeckte Waffe zu tragen, nicht akzeptiert wurde und er seine Waffe nicht im Handgepäck mitnehmen durfte.

Beau ging hinüber und lächelte die Flugbegleiterin an. Er schielte auf ihr Namensschild, während er erneut seine Marke zeigte. „Entschuldigen Sie, Ms. Tisdale. Tisdale? Was für ein schöner Name."

„Vielen Dank", sagte sie.

„Ich habe Ihr Gespräch mitgehört und ich wollte Ihnen sagen, dass Sie einen exzellenten Job machen, was die Sicherheitsbestimmungen angeht."

Die Frau lächelte ihn an und klimperte mit den Wimpern. „Vielen Dank noch einmal" – sie schielte auf seine Marke – „Detective. Das Gleiche gilt auch für Sie."

Beau setzte sein strahlendstes Lächeln auf. „Es ist mir ein Vergnügen, Ma'am. Und dieser Mann begleitet mich nach Charleston wegen eines wichtigen Falls. Ich kann für ihn bürgen, und wenn Sie möchten, darf er seine Waffe in meine Tasche packen. Wäre das einfacher für Sie?"

„Das wäre es tatsächlich."

„Also dann machen wir es so."

Cruz rollte mit den Augen und Beau zwinkerte ihm zu, öffnete seine Tasche und hielt sie geöffnet hin, damit Cruz seine 45er mit einer Schachtel Munition hineinlegen konnte.

Beau trat wieder zu der Flugbegleiterin und legte seine Tasche auf die Waage. Nachdem sie gewogen war, legte die Frau sie auf das Förderband hinter sich und reichte ihm seine Bordkarte. Cruz war schon auf dem Weg zur Security, als Beau zu ihm aufschloss.

„Gern geschehen", sagte Beau und verlangsamte seinen Schritt.

„Scheiße, Bissonet. Seid ihr Weißen alle gleich?"

Beau sah das Feuer, das in Cruz' dunklen Latino-Augen brannte, und beschloss, dass es das Beste wäre, wenn er nicht mit seinem üblichen, sarkastischen Humor antwortete.

„Nur weil in meinem Pass Tollison Eduardo Braga Cruz steht, und ich Amerikaner mit portugiesischer Abstammung bin, sehe ich aus wie ein Drogenbaron oder ein Terrorist? Das gerade eben", sagte Cruz und deutete über seine Schulter, „hatte einzig und allein mit meiner Hautfarbe zu tun. Für wen hält die sich eigentlich? Nur weil Miss Tisdale blond ist und blaue Augen hat, in einem Vorort lebt mit ihrem Ehemann, zwei Komma fünf Kindern und einem verdammten Hund, ist sie nicht besser als ich."

„Machen Sie mal einen Punkt, Cruz", meinte Beau. „Sie sind bestimmt nicht der Erste, der nach seiner Rasse beurteilt wurde."

Cruz funkelte ihn an, was fast schon normal war, aber er ging weiter und antwortete nicht.

Als sie durch die Security waren, konnten sie sofort einsteigen. Zum Glück hatten sie Plätze in einer Zweierreihe und Cruz setzte sich, ohne zu fragen, auf den Fensterplatz. „Ich glaube, ich habe den Fensterplatz", sagte Beau.

„Machen Sie mal einen Punkt, Bissonet. Sie sind bestimmt nicht der Erste, dem jemand den Fensterplatz im Flugzeug wegschnappt."

Beau stand im Gang und schüttelte den Kopf. Auch wenn Cruz ihm zu jeder Gelegenheit widersprach, er war ziemlich schlagfertig, das musste man ihm lassen.

Nachdem Beau die Akte hervorgeholt und seine Tasche verstaut hatte, setzte er sich auf den Platz am Gang, der ihm sowieso lieber war, und legte die Akte in seinen Schoß, dann blickte er stur geradeaus.

Cruz zog das Rollo herunter, dann lehnte er sich an das Fenster, verschränkte die Arme vor der Brust und schloss die Augen.

„Nacht", brummte Beau sarkastisch.

TOLLISON SCHÄUMTE vor Wut. Sein Herz pumpte das Blut mit halsbrecherischer Geschwindigkeit durch seine Venen und es erforderte große Mühe, Bissonet nicht zu zeigen, wie wütend er tatsächlich war. Wie wütend er war, seit er in New Orleans angekommen und mit dem Nicht-gerade-dynamischen Duo zusammengesteckt worden war.

Er konnte sich nicht erinnern, wann er zuletzt wegen jemandem so aufgebracht gewesen war, und schon gar nicht wegen jemandem, mit dem er zusammenarbeitete. Andererseits war auch niemand, mit dem er bisher gearbeitet hatte, ein solches Arschloch gewesen.

Für wen hält der Kerl sich eigentlich?, dachte Tollison. *Ich versuche doch nur, meinen Job zu machen.*

Als sie in der Luft waren, röhrten die Triebwerke auf und die Vibration beruhigte Tollison. Seine Atmung verlangsamte sich und er zwang sich, loszulassen und sich zu entspannen. *Lass dich von diesem Idioten nicht auf die Palme bringen*, sagte er zu sich selbst.

Als das Flugzeug seine Flughöhe erreicht hatte und waagerecht flog, konnte Tollison wieder rational denken. Da es nun keine Ablenkungen mehr gab, konnte er die Dinge auch endlich aus Bissonets Perspektive sehen. Der Mann war daran gewöhnt, mit seinem Partner zu arbeiten, der seine Autorität nicht infrage stellte. Und plötzlich tauchte Tollison auf und warf ihm einen Knüppel zwischen die Beine. Aber Tollison hatte nicht wissen können, dass der Bürgermeister sich einschalten und ihn zusammen mit Bissonet und Hebert auf den Fall ansetzen würde. Das war auch für Tollison eine Überraschung gewesen.

Auch wenn Tollison ständig dagegen ankämpfen musste, Bissonet eine zu verpassen, musste er zugeben, dass der Mann verdammt heiß war. Er sah sehr gut aus und war gebaut wie ein muskulöser Gymnast. *Der Kerl muss jeden Tag Stunden im Fitnessstudio verbringen.* Aber Tollison konnte sich nicht vorstellen, wie er das bei ihrem derzeitigen Zeitplan bewerkstelligte.

Wenn Bissonet losließ, was nicht oft vorkam, war er fast kindlich, was Tollisons Herz berührte. Wenn sich etwas in ihrem Fall ergab, leuchteten seine silbrig blauen Augen kurz auf und sein Lächeln strahlte vor Zufriedenheit und Stolz, bevor er sich wieder zusammenreißen konnte. Außerdem wurde seine Stimme warm und samtig und schlang sich um Tollison wie weiche Seide, wenn seine Laune sich besserte. Aber das passierte nur äußerst selten. Die meiste Zeit war Bissonet ein knallharter, verdammter Besserwisser, der keine Meinung außer seiner eigenen akzeptierte.

Der Mann war einschüchternd, keine Frage, und auch wenn sie in etwa die gleiche Größe hatten, hatte Tollison versucht, sich größer zu machen, nur um einen kleinen Vorteil zu haben. Als sie einmal dicht nebeneinander gestanden hatten, hatte Tollison sich davon abhalten müssen, dass er sich vorstellte, wie sie im Bett zusammenpassten und wie Bissonet sich in seinen Armen anfühlen würde.

Bevor er einschlief, galt sein letzter Gedanke der Art, wie Bissonet Detective Jenkins behandelte. Tollison wollte darauf wetten, dass da etwas dahintersteckte, das nichts mit dem NOPD zu tun hatte.

BEAU LAS die Seiten, die den Fall betrafen, mehrmals sorgfältig durch. Das hatte er sich schon vor langer Zeit angewöhnt, um vielleicht etwas zu entdecken, das er übersehen haben könnte. Aber egal, wie viel Mühe er sich gab, er konnte sich nicht konzentrieren. Immer wieder ertappte er sich dabei, wie er Cruz aus den Augenwinkeln beobachtete. Etwas an dem schlafenden Mann neben sich zog ihn an.

Nach einer Weile gab Beau auf, sich auf den Fall konzentrieren zu wollen, und betrachtete Cruz, dessen Atemzüge schließlich regelmäßig wurden und aus dessen Gesicht die Sorgenfalten verschwanden. Hin und wieder gab Cruz leise, wimmernde Laute von sich, die Beau aus irgendeinem Grund zum Lächeln brachten. Neugierig lehnte Beau den Kopf an das Kopfteil, Cruz zugewandt, und studierte ihn. In seiner momentanen Position sah es für die anderen Passagiere und die Crew so aus, als machte Beau ebenfalls ein Nickerchen, deshalb nutzte er die Gelegenheit, die vielleicht nie wieder kommen würde.

Cruz' dunkles Haar war zerzaust und fiel in seine Stirn. Beau stellte sich die tiefen, karamellfarbenen Augen vor, die sich hinter den geschlossenen Lidern verbargen, und bewunderte die langen, schwarzen Wimpern, die auf seiner naturgebräunten Haut lagen. Cruz' Nase, seine Lippen und sein Kinn waren perfekt geformt für sein schmales Gesicht. Der Kopf saß auf breiten Schultern. Seine Seidenkrawatte war locker um seinen starken Hals gebunden und die Arme waren noch immer vor der Brust verschränkt. Beau konnte seinen breiten Oberkörper und seine muskulösen Arme erkennen, die sich unter seinem teuren, gut sitzenden, weißen Hemd befanden.

Sein Oberkörper mündete in eine schmale Taille, einen flachen Bauch und lange Beine, die vor ihm ausgestreckt waren, an den Knöcheln mit auf Hochglanz polierten Schuhen an den Füßen überschlagen. Cruz war wirklich ein Anblick, selbst wenn er ein arrogantes und wirklich nervtötendes Arschloch war.

Während Beau den Mann studierte, erkannte er, dass Cruz der erste Mann war, der sein Interesse geweckt hatte, seit seine Beziehung mit Bruce den Bach hinuntergegangen war.

Nachdem er heute begonnen hatte, mit seiner Wut abzuschließen und Bruce gegenüber nicht mehr so hart zu sein, hoffte Beau, dass er endlich den ersten Schritt geschafft hatte, sein emotionales Chaos zu überwinden.

Er schloss die Augen und wünschte sich einen Moment lang die schöneren Zeiten mit Bruce zurück, aber tief in seinem Inneren wusste er, dass sie vorbei waren. Beau erkannte, dass er es leid war, wütend und verletzt zu sein, deshalb beschloss er, sein Leben zu ändern. Keine Flucht mehr ins Fitnessstudio, wo er stundenlang auf den Sandsack eindrosch und sich vorstellte, es wäre das Gesicht von Bruce. Kein endloses Gewichtheben mehr, um seine Wut und Frustration abzubauen, bis er zu erschöpft war, um noch denken zu können. Er wollte wieder lachen können und normale Dinge tun wie normale Menschen. Wenn er ehrlich zu sich selbst war, konnte er erkennen, dass er selbst an dem Schmerz festgehalten hatte, auch wenn er schwächer und der Ärger weniger geworden war, statt ihn gehen zu lassen.

Es war an der Zeit, damit aufzuhören.

Er wurde aus seinen Gedanken gerissen, als ein vertrautes Klingeln ertönte und eine Stimme ankündigte, dass der Landeanflug auf Atlanta begann. Cruz schlief immer noch fest, deshalb berührte Beau ihn sanft am Arm.

„Cruz?"

Der schlafende Riese rührte sich nicht.

„Cruz? Aufwachen. Wir sind fast in Atlanta."

TOLLISON HÖRTE eine leise, samtig weiche Stimme und drehte sich auf die Seite, legte den Kopf auf eine solide Schulter und schlang den Arm um die Brust des Mannes neben sich.

„Cruz? Was machen Sie da?"

Tollison öffnete die Augen und geriet in Panik, als er sah, wie Bissonet ihn amüsiert ansah. Er zog den Arm zurück, setzte sich auf und räusperte sich. „Äh, tut mir leid. Ich habe geschlafen."

„Aha", gab Bissonet sarkastisch zurück. „Sie können die Hände nicht von mir lassen, was?"

„Arschloch", flüsterte Cruz zum x-ten Mal. „Sie bilden sich ganz schön was ein."

Tollison hob die Arme über den Kopf und streckte sich. Er legte die Hand auf den Mund und versuchte, ein Gähnen zu unterdrücken. Als das Flugzeug den Boden berührte, öffnete er das Rollo und musste wegen des hellen Sonnenscheins die Augen zusammenkneifen.

Er schaute auf die Uhr. *Genau pünktlich*, dachte er. *Ich hoffe, der zweite Teil der Reise verläuft genauso glatt.*

Und so kam es auch. Sie stiegen um und eine Stunde später landeten sie in Charleston.

Bissonet und Cruz durchquerten den ungewöhnlich vollen Flughafen, um ihr Gepäck zu holen, und warteten an der Gepäckausgabe auf ihre Taschen. Als Beau sich umschaute, entdeckte er lauter durchtrainierte Männer und Frauen.

„Oh guter Gott", sagte er. „Ich hoffe, dieses Wochenende ist nicht das Cooper River Bridge Race. Wenn ja, dann sind wir echt am Arsch."

„Und wieso das?", fragte Tollison.

„Die Innenstadt ist voller Teilnehmer und Zuschauer und die Straßen sind dicht."

Als sie ihre Taschen bekommen hatten, überprüfte Bissonet ihre Waffen, dann machten sie sich auf den Weg zu den Ständen für Mietwagen. Kurz bevor sie das Parkhaus verließen, suchte Bissonet in seiner Manteltasche und reichte Cruz den Reiseplan. „Können Sie nachsehen, wo wir wohnen werden und die Adresse ins GPS eingeben?"

Tollison faltete den Zettel auseinander und überflog ihn. „Anscheinend sind wir im Planters Inn in der Market Street."

„Oh, okay", sagte Bissonet. „Das müssen Sie nicht eingeben. Ich weiß genau, wo das ist."

Sie hatten erst knapp fünf Kilometer auf der I-26 zurückgelegt, als der Verkehr ins Stocken geriet. „Verdammt", sagte Bissonet und fuhr ein wenig zur Seite, um zu erkennen, was das Problem war. Als er anscheinend nichts erkennen konnte, fuhr er wieder in die Spur.

„Können Sie Cooper River Bridge Race googeln und mir bitte sagen, dass es nicht dieses Wochenende stattfindet?", bat er.

Tollison holte sein iPhone hervor und gab die Information ein. „Verdammt", sagte er. „Sie hatten recht."

„Fuck", sagte Bissonet und schlug mit beiden Händen auf das Lenkrad. „Es ist ein Wunder, dass wir überhaupt Hotelzimmer bekommen haben."

„Vielleicht können wir zu der Galerie fahren und überprüfen, ob unser Gemälde aufgetaucht ist, und anschließend wieder zurückfliegen."

Bissonet zuckte mit den Schultern. „Meinetwegen, wenn Sie einen Flug finden."

Tollison tippte „delta.com" in sein iPhone und suchte nach geeigneten Flügen. „Sieht schlecht aus", sagte er und schüttelte den Kopf. „Der letzte Flug verlässt Charleston heute Abend um sechs Uhr fünfzig. Wenn es so weiter geht, sind wir bis dann nicht einmal in der Innenstadt."

„Naja", meinte Bissonet. „Damit wäre das geklärt."

EINE STUNDE und fünfundvierzig Minuten später parkte Beau in der Broad Street, dann liefen sie zwei Blocks die Church Street hinunter und wandten sich nach rechts. Drei weitere Blocks und sie standen vor der Church Street Art Gallery.

Beau legte die Hände an das Fenster, um das Licht auszusperren, und spähte hinein. Ähnlich der Royal Renaissance Galerie, schien auch diese Galerie auf Kunst aus den Südstaaten aus der Zeit des Bürgerkrieges spezialisiert zu sein. Es gab mehrere Gemälde, die Plantagen und Baumwollfelder zeigten, ebenso einige, die den Angriff auf Fort Sumter darstellten, manche porträtierten auch anscheinend das alte Charleston vor dem Krieg. Bevor Beau etwas sagen konnte, hörte er, wie die Tür sich öffnete, und sah Cruz' Rückseite, als dieser die Galerie betrat.

„Oh nein, ist der etwa ohne mich hineingegangen? Shit!" Beau fluchte leise, als er Cruz hinein folgte.

„Ist Kurator Ferry im Haus?", fragte Cruz die junge Frau hinter dem Tresen.

„Darf ich fragen, wer Sie sind?"

„Sicher, ich bin Tollison Cruz von Lloyd's of London und das", sagte er, wobei er über seine Schulter deutete, „ist Detective Montgomery Bissonet vom New Orleans Police Departement."

„Lassen Sie mich nachsehen", sagte die Frau und verschwand durch eine Tür hinter dem Tresen.

Einen Moment später erschien sie wieder mit einem großen, dünnen Mann, der eine Hornbrille und eine Fliege trug.

Der Mann setzte seine Brille ab und schaute Cruz an. „Ich bin Kurator Ferry. Wie kann ich Ihnen helfen?"

Beau sah, wie Cruz den Mund öffnete, also trat er zwischen die beiden Männer. „Mr. Ferry, ich bin Lead Detective Bissonet und ich untersuche einen Raub in der Royal Renaissance Galerie in New Orleans. Ich habe gehört, dass Sie eventuell wegen eines der Gemälde, die während dieses Einbruchs gestohlen wurden, kontaktiert wurden."

Cruz funkelte ihn an und Beau lächelte zufrieden, während er auf Ferrys Antwort wartete.

Dieser nickte. „Ich nehme an, Sie spielen auf den 'Royal Street Überfall' an, wie er von der Presse genannt wurde?"

„Ganz genau", bestätigte Beau. „Aber ich bin überrascht, dass Sie bereits davon gehört haben."

„Detective, äh, Bisso…?"

„Bissonet", erklärte Beau. „Beau Bissonet."

„Detective", sagte Ferry. „Die Kunstwelt ist in der Tat sehr klein, besonders hier im Süden. Und diejenigen von uns, die ähnliche Kunst anbieten, teilen Informationen untereinander."

Cruz holte einen Notizblock und einen Stift aus seiner Manteltasche. „Also, Mr. Ferry, haben Sie –"

„Ich verstehe", sagte Beau mit erhobener Stimme, um Cruz zu unterbrechen. „Also Sie wurden *tatsächlich* von jemandem kontaktiert, der eines der gestohlenen Gemälde veräußern will?"

Cruz senkte den Blick und wandte sich ab, zweifellos mit einem Fluch auf den Lippen.

„Das wurde ich", sagte Ferry.

Beau schaute in Cruz' Richtung und hoffte, dass sein Blick deutlich sagte, dieser solle den Mund halten. „Können Sie mir bitte davon erzählen?"

„Aber sicher", sagte Ferry. „Ich habe einen anonymen Anruf von jemandem erhalten, der wissen wollte, ob unsere Galerie an dem kürzlich wiederentdeckten und restaurierten Gemälde *General Robert E. Lee and the Battle of Chancellorsville* von Louis Mathieu Didier Guillaume interessiert ist. Selbstverständlich wusste ich zu diesem Zeitpunkt schon von dem Überfall, also habe ich sofort abgelehnt. Ich kenne keinen Händler, der sich im Moment auch nur in die Nähe dieses Gemäldes begeben würde. Aber" – Ferry hob den Zeigefinger – „nicht bevor ich gefragt habe, wer am Apparat ist."

„Und …?", fragte Cruz, bevor Beau etwas sagen konnte.

„Natürlich hat der Anrufer aufgelegt."

Cruz machte Notizen, aber er schaute auf. „Was ist mit –"

Beau unterbrach ihn erneut. „Konnten Sie die Nummer erkennen, von der der Anruf kam?"

Dieses Mal fluchte Cruz laut genug, dass Ferry in seine Richtung schaute.

„Ich muss mich für Mr. Cruz entschuldigen", sagte Beau. „Es fällt ihm schwer, zu verstehen, wer für die Ermittlungen zuständig ist."

„Oh, das verstehe ich sehr gut", entgegnete Cruz. „Aber der Bürgermeister zweifelt offensichtlich an Detective Bissonets Fähigkeit, den Fall zu lösen, und hat mich deshalb um Unterstützung gebeten."

Jetzt war es an Beau, sich abzuwenden und zu fluchen.

„Oh!", sagte Ferry nervös. „Wie auch immer", fuhr er fort, wobei er beide Männer anschaute, „ich habe nach der Nummer gesehen, aber sie wurde unterdrückt. Selbstverständlich habe ich sofort nachdem der Mann den Anruf beendete das Charleston Police Departement angerufen, wodurch Sie davon erfahren haben, nehme ich an."

Beau nickte. „Ihnen macht es bestimmt nichts aus, wenn wir Ihren Telefonanbieter kontaktieren und versuchen, den Anruf trotzdem zurückzuverfolgen?"

„Auf keinen Fall, wenn es Ihnen weiterhilft."

Beau schüttelte Ferrys Hand. „Danke für Ihre Zeit, Mr. Ferry. Ich melde mich, wenn ich noch weitere Fragen habe."

Beau drehte sich um und verließ die Galerie. Ob Cruz ihm hinaus folgte oder nicht, war ihm egal. Er schaute auch nicht zurück, als er sich auf der Church Street nach links wandte. Er stieg ins Auto, fuhr los und ließ Cruz zurück.

TOLLISON WAR so wütend, dass Sterne vor seinen Augen tanzten. Er mochte Bissonet wirklich nicht, aber sie hatten in den letzten Tagen recht gut zusammengearbeitet, zumindest im Verhörraum. Was hatte sich bloß geändert?

Als er die Galerie verlassen hatte, hatte Tollison gesehen, wie Bissonet die Straße hinunter zum Auto geeilt war. Da er nicht in Stimmung für die Konfrontation war, die ihm bevorstand, wandte Tollison sich in die entgegengesetzte Richtung und machte sich auf die Suche nach einem Taxi. „Ich weiß, wo ich hin muss", murmelte er. „Ich brauche diesen Idioten nicht."

Er brummte immer noch vor sich hin, als er in ein Green Taxi einstieg. „Was für ein Arsch", murrte er, dann sagte er zu dem Fahrer: „Zum Planters Inn auf der Market Street, bitte."

Als Tollison die Lobby des Hotels betrat, war das Erste, was er hörte, Bissonets Stimme, der gerade aus irgendeinem Grund eine Rezeptionistin anfuhr, was Tollison nur noch mehr verärgerte. Er hatte in seiner Zeit am College an der Rezeption eines kleinen Hotels gearbeitet, daher wusste er aus erster Hand, wie schwer es war, wenn man den ganzen Tag mit Leuten zu tun hatte, die ständig Forderungen stellten und unhöflich waren, ohne auch noch von einem Mistkerl wie Bissonet angebrüllt zu werden.

Tollison stürmte zur Rezeption und stieß Bissonet beiseite. „Ich muss mich für meinen Mitreisenden entschuldigen, Ma'am. Was gibt es denn für ein Problem?"

Die junge Frau wischte sich die Tränen aus den Augen. „Mr. Bissonet scheint der Meinung zu sein, dass wir zwei Zimmer für Sie beide haben, aber ich habe hier nur eine Reservierung für ein Zimmer. Das Hotel ist wegen des Cooper River Bridge Race an diesem Wochenende komplett ausgebucht und ich sehe, dass die Reservierung erst heute Morgen gemacht wurde."

Cruz hörte, wie Bissonet am anderen Ende der Lobby jemanden über sein Handy anbrüllte – jemanden von der Reiseabteilung, nahm er an. Er wandte sich wieder an die Rezeptionistin. „Können Sie versuchen, irgendwo ein zweites Zimmer für uns zu finden?"

„Das würde ich liebend gern, Mr. …"

„Cruz. Tollison Cruz."

„Mr. Cruz", sagte sie. „Allerdings habe ich den Großteil des Tages am Telefon auf der Suche nach Zimmern verbracht und alles in der Stadt ist ausgebucht. Das Einzige, was ich finden konnte, war ein Einzelzimmer im Days Inn in Mt. Pleasant."

„Wo ist das?"

„Knapp fünfzig Kilometer entfernt von hier."

„Das geht nicht", sagte Tollison. „Unser Rückflug geht morgen früh. Bitte sagen Sie mir wenigstens, dass das Zimmer zwei Betten hat."

Die Frau schaute betreten und Cruz fluchte leise. Dann lächelte sie zaghaft. „Aber es hat eine Schlafcouch. Hilft Ihnen das weiter?"

„Das muss es", erwiderte Cruz. „Wir nehmen es. Und ich entschuldige mich erneut für meinen Kompagnon."

„Ich verstehe, dass Sie ungehalten sind, Sir, und es tut mir wirklich sehr leid. Es ist einfach nichts anderes verfügbar."

„Das ist nicht Ihre Schuld", sagte Tollison, während er eincheckte und zwei Schlüsselkarten annahm. Dann durchquerte er die Lobby, warf Bissonet eine der Karten zu und ging zum Aufzug. „Zimmer 315", sagte er über seine Schulter.

Bissonet hatte anscheinend die Treppe genommen, denn als Tollison um die Ecke kam, sah er, wie Bissonet die Tür öffnete. Bissonet trat ein und Tollison hörte, wie die Tür hinter ihm zuschlug. Er holte tief Luft und steckte die Schlüsselkarte in das Schloss. Das rote Licht wurde grün, und als Tollison die Tür aufstieß, erwartete Bissonet ihn bereits.

Bissonet trat die Tür zu und stieß Tollison dagegen, dann fixierte er ihn zwischen sich und der Wand, mit den Händen neben Tollisons Kopf. „Hör gut zu, Wichser! Wenn du das nächste Mal meinst, dich in meine Ermittlungen einzumischen oder dich für mich entschuldigen zu müssen, wird es dir leidtun."

Als Bissonet fertig war, hob Tollison die Arme und drückte sie auseinander, wodurch er Bissonets Hände von seinem Kopf entfernte, dann stieß er so fest gegen dessen Brust, dass der Mann durch den Raum stolperte. Seine Beine berührten das Bett und er fiel flach auf den Rücken. Tollison kroch auf Händen und Knien auf das Bett, fixierte Bissonets Hände über dessen Kopf und umspannte dessen großgewachsenen Körper.

Als er Bissonet so nah war, dass er den Atem des Mannes auf der Haut spüren konnte, sagte er: „Und jetzt hörst du *mir* zu, Wichser! Wenn du mich das nächste Mal unterbrichst oder auch nur versuchst, mich herabzusetzen, wird dir das noch viel mehr leidtun. Ist das klar, *Kumpel*?"

Tollison bereitete sich auf Bissonets Reaktion vor, dabei rechnete er mit allem: ein Knie in die Eier, vielleicht auch ein Kopfstoß. Aber als dann eine Reaktion kam, fiel sie nicht einmal annähernd so aus, wie Tollison erwartet hatte. Bissonet hob den Kopf und presste seine Lippen in einem harten Kuss auf Tollisons.

ALS BEAU sich zurückzog, war Tollisons einzige Erwiderung Totenstille. Ihre Augen hielten den Blick des anderen und Beau versuchte verzweifelt zu erkennen, was Cruz dachte. Er wusste nicht, was über ihn gekommen war, und er hatte sich mit dieser dämlichen Aktion selbst schockiert. Dafür würde er nun bezahlen müssen. Sein Herz raste, während er in Cruz' Augen schaute und darauf wartete, dass dieser reagierte. Als Cruz sich nicht sofort zurückzog, weiteten Beaus Augen sich überrascht und er entspannte sich ein wenig.

Tollison ließ sich auf Beau fallen und rollte sich herunter, aber er schaffte es nicht, seine Erregung dabei vor Beau zu verbergen, als ihre Lenden sich berührten.

Beau wusste, dass Cruz zwischen ihm und Bruce etwas wahrgenommen hatte, aber er wusste nicht, was genau. Er hatte seine Sexualität nie versteckt, aber er rief sie auch nicht von den Dächern, besonders wegen seines Berufs. Bruce und er hatten von ihren Kollegen einiges zu hören bekommen, als diese von ihrer Beziehung erfahren hatten, aber irgendwann waren die Neckereien wohl zu langweilig geworden und hatten aufgehört. Sie hatten beide einen tadellosen Ruf und hielten ihr Sexleben vom Job fern. Aber Cruz? Er hatte nur ein paar Tage gebraucht, um Beau unter die Haut zu gehen.

Könnte er bi sein? Oder spielt er vielleicht sogar in meinem Team?

Beau und Cruz lagen nebeneinander auf dem Bett und keiner sagte ein Wort. Schließlich räusperte Cruz sich. „Äh, gibt es etwas, das du mir sagen willst, Beau?"

Es war das erste Mal, dass Cruz ihn beim Vornamen genannt hatte. Es gefiel Beau, wie sein Name von dessen Lippen floss.

Beau zögerte und überlegte, wie er antworten sollte. „Wahrscheinlich nichts, auf das du nicht schon selbst gekommen bist", sagte er schließlich, dabei überraschte ihn die Unsicherheit in seiner eigenen Stimme.

„Damit hast du wohl recht", antwortete Cruz nervös.

„Gibt es etwas, das du *mir* sagen willst?", fragte Beau seinerseits.

Tollison stützte sich auf einen Ellenbogen. In seinen dunklen Augen lagen Vorsicht und Zögern, aber da war noch mehr. Konnte es Lust und Verlangen sein?

Bevor Beau die Situation noch weiter analysieren konnte, beugte Cruz sich vor und näherte sich Beaus Gesicht. Als ihre Lippen sich berührten, hatte Beau seine Antwort.

Beau erzitterte und öffnete zögernd den Mund. Er schloss die Augen, packte Cruz' Hemd und zog ihn näher. Cruz verstärkte den Druck auf Beaus Lippen und Beau stöhnte leise, als er sich nicht mehr zurückhalten konnte und sich endlich dem Kuss hingab.

Cruz rollte sich auf ihn und intensivierte den Kuss. Die Hitze zwischen ihnen wuchs und dieses Mal war es Cruz, der stöhnte, als Beau die Hand an dessen Hinterkopf legte und ihn an den Haaren packte.

Beau kämpfte um die Kontrolle, als er Cruz dichter an sich zog und ihn umdrehte. Cruz' Griff um Beaus Rücken verstärkte sich, was eine Welle der Erregung durch diesen sandte. Beau öffnete die Augen und sah, dass Cruz zu ihm aufblickte. Wut und Feindseligkeit waren Hitze und Leidenschaft gewichen und Beau hatte keine Ahnung, was passieren würde, wenn es vorbei war. Doch für den Moment ließ er sich einfach treiben. Scheiß auf morgen. Jetzt wollte er Tollison Eduardo Braga Cruz, und zwar sehr.

Beau verlor selten einen Kampf – weder im Job noch beim Sex – deshalb war er sehr überrascht, als Cruz ihn mit einer Bewegung wieder auf den Rücken drehte. „Ich wusste, dass zwischen dir und Jenkins etwas läuft", sagte Cruz und schaute auf Beau herab.

Beau biss in Cruz' Unterlippe. „Und ich wusste, dass du ein Arschloch bist. Dann sind wir ja quitt."

Cruz zischte wegen des Bisses. „Gleichfalls."

Beau schnaubte spöttisch. „Ziehen wir das jetzt durch oder wollen wir uns über unsere Qualitäten unterhalten?"

Cruz' Mundwinkel hoben sich leicht und er nickte. „Oh ja, wir ziehen es auf jeden Fall durch", war alles, war er sagte, bevor er aufstöhnte und sich zu einem weiteren Kuss herunterbeugte.

Der Körper von Cruz schien perfekt an Beaus Körper zu passen, als Cruz sich an ihn schmiegte. „Klamotten", sagte Beau, während er mit der Hand durch Cruz' Haar strich. „Viel zu viele Klamotten."

Cruz rollte sich von ihm herunter und hielt ihm die Hand hin. Beau packte sie und wurde auf die Füße gezogen. Er küsste Cruz' erneut, dabei riss er ihm den Mantel von den Schultern und ließ ihn zu Boden fallen. Er löste die Seidenkrawatte und zog sie durch den Kragen, während Cruz seine Manschetten aufknöpfte. Beau packte die Vorderseite von Cruz' Hemd und riss es auf, dabei flogen Knöpfe in alle Richtungen davon.

„Das Hemd war neu", beschwerte Cruz sich an Beaus Lippen.

„Ich kaufe dir ein anderes", gab Beau zurück.

Beau unterbrach ihren Kuss gerade lange genug, um Cruz das weiße T-Shirt über den Kopf ziehen zu können, dann trafen sich ihre Lippen erneut, während Beau mit Cruz' Gürtelschnalle kämpfte. Cruz schlüpfte aus seinen Schuhen, während seine Hose zu Boden fiel. Er stieg heraus und machte sich bei Beau an die Arbeit.

Innerhalb von Sekunden waren beide in ihrer Unterwäsche. Cruz war wirklich ein Anblick. Sein muskulöser, gebräunter Körper war noch schöner, als Beau ihn sich vorgestellt hatte, und Cruz' Erektion spannte den weichen Stoff seiner Unterhose.

Beau schubste Cruz wieder auf das Bett und schaute auf ihn hinab. Er schob einen Finger in Cruz' schwarze Socken und zog sie einen nach dem anderen aus. „Ich kann keine Kerle ficken, die schwarze Kniestrümpfe tragen", meinte er, bevor er sich wieder auf Cruz stürzte und einen weiteren Kuss forderte.

Cruz löste sich und schaute Beau an. „Eigentlich wollte ich das Ficken übernehmen."

„Alles zu seiner Zeit", sagte Beau vor einem weiteren Kuss. „Warum wechseln wir uns nicht ab?"

„Hast du Kondome und Gleitgel?", fragte Cruz.

Beau glitt vom Bett, kramte in seiner Tasche und holte seine Waschtasche hervor. Er wühlte sich hindurch, dann warf er ein Kondom und eine Tube Gleitmittel auf das Bett, wo sie neben Cruz landeten.

Beau kniete sich auf das Bett und hakte die Finger in Cruz' Unterwäsche. Als er sie herunterzog, landete Cruz' Erektion auf dessen Bauch. Beau zog seine eigene Unterhose aus, schleuderte sie zur Seite und kroch auf Händen und Knien auf das Bett. Er drehte Cruz um und stützte sich auf dessen Rücken, dabei schmiegte sich seine Erektion wunderbar in dessen Arschspalte. Er vergrub die Nase in Cruz' Nacken und atmete dessen männlichen Geruch tief ein, bevor er sich an Cruz' Schultern und Rücken entlangküsste. Danach ließ Beau kleine Bisse folgen, die leichte Spuren hinterließen. Cruz wimmerte bei jedem Biss und dieser Klang machte Beau wahnsinnig.

Beaus Hände wanderten an Cruz' Körper auf und ab, während Cruz sich unter ihm wand, und mit jeder Bewegung wurde Beau härter. Er benetzte seine Finger mit dem Gleitgel und strich langsam durch die Spalte von Cruz. Als Beau Cruz' Öffnung berührte, verspannte dieser sich ein wenig bei der intimen

Berührung, dann entspannte er sich wieder. Beau hasste den Kerl, aber zu spüren, wie Cruz sich unter ihm wand, erregte ihn wie nichts anderes zuvor. Er streckte sich auf Cruz aus und fuhr mit seiner Länge über Cruz' Öffnung auf und ab. Cruz drehte den Kopf und Beau fand seine Lippen. Er bog seinen Rücken Beaus Berührung entgegen und Beau gab sein Bestes, um Cruz' Öffnung zu reizen und zu entspannen, um ihn auf das vorzubereiten, was gleich folgen würde. Er drang mit einem benetzten Finger ein und bearbeitete Cruz, während dieser verführerisch stöhnte und sich unter ihm anspannte.

„Alles okay?", flüsterte Beau.

„Beweg dich einfach", bettelte Cruz.

Das schien für Beau ein gutes Zeichen zu sein. Er drang mit einem weiteren Finger ein und Cruz bäumte sich auf, doch als er zustimmend stöhnte, wusste Beau, dass er bereit war. Er zog das Kondom über seine schmerzhaft harte Erektion und stützte sich mit den Händen auf Cruz' Schultern, dann drang er ein.

Cruz keuchte und krallte sich in das Laken, als Beau die Muskeln durchbrach, die seine Öffnung schützten, deshalb gab Beau ihm einen Moment, sich daran zu gewöhnen.

Nach einer Weile begann Beau, sich langsam hin und her zu bewegen. Cruz spannte sich an, offensichtlich versuchte er, den Schmerz auszuhalten, bis er sich daran gewöhnt hatte, um sich um Beau herum zu entspannen und sich mit ihm zu bewegen.

Beau beugte sich vor und presste die Lippen auf Cruz' Schulter. Erneut bewegte er sich, erst nur ein wenig, dann immer tiefer, bis er vollkommen eingedrungen war. Cruz hob die Hüften vom Bett und drängte sich ihm entgegen, eine wortlose Bitte um mehr. Beau gab ihm, was er wollte und begann, gegen Cruz' muskulösen Arsch zu stoßen. Er langte herum und fand Cruz' Gerät hart und tropfend vor Aufregung.

„Beweg dich", flehte Cruz, während er sich gegen Beaus Schwanz drückte und dann in dessen Hand stieß.

Einmal mehr drehte Cruz den Kopf, offensichtlich auf der Suche nach Beaus Lippen. Als Beau ihm gab, was er wollte, keuchte Cruz laut auf. Beau liebte es, Cruz in dieser Position zu haben. Er bettelte geradezu, und das war ein himmelweiter Unterschied zu dem, wie sie bisher miteinander umgegangen waren. Der Ärger und der Zynismus waren verschwunden und nur das pure Verlangen blieb zurück. Cruz erzitterte und Beau wusste, dass er dessen Selbstkontrolle erschütterte. Es war lange her, dass Beau mit jemandem zusammen gewesen war, und dieses unerwartete Stelldichein war mit seiner Intensität fast mehr, als er ertragen konnte.

„Gott, Beau", sagte Cruz immer wieder. Seinen Namen aus Cruz' Mund zu hören, während er bettelte und flehte, brachte Beau gefährlich nah an den Rand.

Beau war von Cruz' Hitze umgeben, in die er tiefer und tiefer drang. Jeder Stoß wurde mit einem lang gezogenen Stöhnen belohnt. Cruz war jetzt auf allen Vieren und Beau rammte hart in ihn, dabei lag seine Hand um Cruz' Hüfte und er streichelte dessen Erektion.

„Härter", flehte Cruz in einer kaum zu erkennenden Stimme.

Beau brachte sie an den Rand des Bettes und glitt herunter, dann stemmte er die Füße auf den Boden. Er zog Cruz an sich und rammte wieder und wieder in ihn. Cruz rutschte bei jedem Stoß vorwärts, aber Beau zog ihn wieder zurück. Er stöhnte hemmungslos, tief aus seinem Inneren, und versuchte, sich zu erinnern, ob es mit jemand anderem schon einmal so gewesen war, aber ihm fiel niemand ein.

„Cruz", keuchte Beau auf, als er spürte, wie sein Körper sich verkrampfte und anspannte, so kurz vor der Erlösung. Cruz antwortete nicht, aber er stieß härter in Beau und gab ihm, was er brauchte.

„Gottverdammt …", zischte Beau, als er kam und seine Bewegungen ungleichmäßig wurden, während er spürte, wie die Wellen der Hitze und Leidenschaft über seinen Körper spülten. Beau merkte, wie Cruz sich gleichzeitig in seiner Hand anspannte und hektisch pumpte, während Beau weiterhin in seinen Arsch stieß. Cruz stöhnte erstickt auf und vergrub das Gesicht in den Kissen, während er in Beaus Hand kam und die beiden einander bearbeiteten, während sie den Orgasmus ritten.

Beau ließ Cruz los. Der Anblick von Cruz' Saft, der von Beaus Fingern tropfte, sagte ihm, dass er es gut gemacht hatte.

Cruz fiel um Luft ringend nach vorn auf das Bett, und Beau landete neben ihm, außer Atem und mit geschlossenen Augen. „Scheiße", sagte Beau und rollte sich auf den Rücken.

„Genau", stimmte Cruz atemlos zu.

„Ich wusste, dass getrennte Zimmer besser gewesen wären", murmelte Beau.

Cruz prustete. „Die Schlafcouch brauchen wir aber wohl nicht."

„Idiot!", schnaubte Beau.

„Arschloch!", gab Cruz zurück. „Ich habe Hunger."

„Als ob mich das interessiert", meinte Beau.

Cruz stützte sich auf einen Ellenbogen und schaute Beau an. „Du lädst mich also nicht zum Abendessen ein?"

Beau öffnete ein Auge und schaute Cruz an. Der Ausdruck auf dessen Gesicht war unbezahlbar. „Na schön. Ich habe sowieso ein Spesenkonto. Aber ... das bedeutet trotzdem nicht, dass ich dich nicht mehr hasse."

„Gleichfalls", sagte Cruz.

6

CRYMES SASS in seinem Lieblingssessel und trank seinen abendlichen Cocktail. Harper war in der Küche und half Charmaine, das Abendessen vorzubereiten, während sie auf Jamies Ankunft warteten.

Da Charmaines Handeln in jeder Zeitung zu lesen war, wusste Harper mittlerweile mit Sicherheit, wie dicht sie davor gewesen waren, alles zu verlieren. Zum Glück hatte die Versicherung widerwillig bezahlt, nachdem sich bestätigt hatte, dass zwischen Charmaine und Della Penna kein Geld geflossen war und Charmaine mit dem Diebstahl nichts zu tun gehabt hatte. Durch diese Zahlung wurden alle Schulden getilgt.

Abgesehen von Jamies Spielschulden. Jamie hatte keine Ahnung, dass Crymes darüber Bescheid wusste. Crymes wollte ihm helfen, aber erst, wenn Jamison sich Hilfe besorgt hatte, damit er sicher sein konnte, dass Jamie nicht wieder in dieselbe Situation geriet. Crymes hatte immer noch keine Gelegenheit gefunden, Harper davon zu erzählen. Er wusste nicht einmal, ob er es überhaupt tun sollte, doch er hoffte, heute Abend einen Moment allein mit Jamie sprechen zu können, um eine Lösung zu finden.

Charmaines Ärger mit dem Gesetz war noch lange nicht gelöst, und auch wenn die Vorwürfe gegen sie schwerwiegend waren, arbeitete Jamie sehr hart daran und Crymes forderte jeden möglichen Gefallen ein, um sie vor dem Gefängnis zu bewahren. Nach Jamies Meinung standen die Chancen gut, dass sie mit gemeinnütziger Arbeit und einem Klaps auf die Finger davonkam, angesichts ihres Alters, der Tatsache, dass sie keine Vorstrafen hatte und des Einflusses ihrer Freunde in hohen Positionen. Aber im Moment war sie auf Bewährung und sie versuchten, etwas Normalität wiederzuerlangen.

Crymes schaute auf, als er hörte, dass die Hintertür geöffnet wurde und sich wieder schloss. Kurz darauf betrat Jamie das Wohnzimmer mit einem Drink in der Hand. „Guten Abend, Crymes", sagte er.

„Jamison", sagte Crymes mit einem Nicken und deutete auf den Stuhl gegenüber. „Wo sind die Damen, mein Junge?"

„Mit dem Abendessen beschäftigt, Sir. Sie sagten, es würde noch etwa dreißig Minuten dauern."

„Das ist gut", meinte Crymes. „Das gibt uns Gelegenheit, uns zu unterhalten."

„Okay", meinte Jamie mit erhobenen Augenbrauen und neugierig geneigtem Kopf. „Geht es um Charmaines Fall?", fragte er.

„Nicht direkt", sagte Crymes. „Sieh mal, mein Junge, ich werde nicht um den heißen Brei herumreden. Detective Bissonet hat mir von deinem –" Er räusperte sich. „– äh Spielproblem erzählt."

Alles Blut wich aus Jamies Gesicht, während er nervös zwischen Crymes und der Tür hin und her schaute. „Was genau hat er dir erzählt?"

Crymes nahm einen Schluck von seinem Drink. „Von deinem … Problem und wie hoch deine Schulden bei ein paar zwielichtigen Figuren sind."

Jamies Augen wurden fahl und emotionslos, während er Crymes zuhörte.

„Dir ist bewusst, dass du immer noch ein Verdächtiger bist, nicht wahr?", fragte Crymes.

Jamie schaute in seinen Drink, als läge dort die Antwort auf Crymes' Frage. „Ja", sagte er schließlich.

Crymes beugte sich in seinem Stuhl vor. „Jamie, ich möchte dir helfen, aber ich werde deine Schulden nicht begleichen, nur damit du sofort neue machst. Du brauchst Hilfe, Junge. Und du musst es Harper sagen."

„Ich will es ja", sagte Jamie, stand auf und begann, auf und ab zu gehen. „Aber ich weiß einfach nicht, wie. Das alles hat sich verselbstständigt. Erst wette ich auf ein paar Pferde und im nächsten Moment muss ich mir von Buchmachern Geld leihen, um meine Verluste auszugleichen."

„Jamie", sagte Crymes, erhob sich und legte eine Hand auf dessen Schulter. „Zuzugeben, dass du ein Problem hast, ist der schwerste Teil."

„Nein!", sagte Jamie. „Ein Geheimnis zu bewahren, ist der schwerste Teil. Aber jetzt, da es herausgekommen ist, werde ich einen Weg finden, es Harper zu erzählen und die Hilfe zu finden, die ich brauche."

„Das ist gut, mein Junge. Wirklich gut. Lass mich wissen, wenn Harper Bescheid weiß und du dich um Hilfe gekümmert hast, dann helfe ich dir mit den Schulden."

Jamie nahm Crymes' Hand und schüttelte sie mehrmals. „Ich danke dir vielmals. Ich weiß deine Unterstützung wirklich zu schätzen."

CRUZ GLITT vorsichtig aus dem Bett und begann, seine Klamotten einzusammeln, dabei schielte er ein paar Mal zu Bissonet. Der lag auf dem Rücken und war bis zur Hüfte zugedeckt. Sein blondes Haar fiel in seine Stirn und er sah entspannter aus, als Tollison ihn je erlebt hatte. Seine Brust war definiert und seine Arme waren muskulös. Was zum Teufel hatten sie sich bloß gedacht? Vielleicht zu einem anderen Zeitpunkt, aber nicht jetzt. Sie hätten die gesamten Ermittlungen gefährden können.

Nach dem Abendessen und ein paar Drinks waren sie ins Hotel zurückgekehrt und hatten es erneut getrieben. Cruz hatte es Beau gleich zwei Mal besorgt, und keiner von ihnen hatte an die Konsequenzen gedacht.

Cruz setzte sich umständlich auf die Couch und verzog das Gesicht, weil sein Hintern schmerzte. Still verfluchte er Bissonet, aber gleichzeitig fand er, dass es das wert gewesen war. Davon abgesehen dürfte Beau sich mindestens genauso fühlen, wenn er sich hinsetzte, und das war ein gutes Gefühl. Der Mann war heiß. Und der Sex war heiß. Aber um welchen Preis?

Cruz schaute zum Bett, als er hörte, wie Beau sich regte. „Morgen", sagte er lahm, als Beau sich auf einen Ellenbogen stützte und zu ihm schielte.

Beau rieb sich seine verschlafenen Augen. „Wie viel Uhr ist es?"

„Halb sechs", antwortete Cruz und schaute auf die Uhr. „Unser Flug geht um acht?"

Beau nickte.

Die Stille war unangenehm. Da er nicht wusste, was er sagen sollte, stand Cruz auf. „Wie fühlst du dich heute Morgen?"

Beau legte sich wieder hin, streckte sich und gähnte. „Müde und ein wenig verkatert. Und du?"

Ohne nachzudenken, platzte Cruz heraus: „Mein Arsch brennt wie Feuer." Sobald er die Worte ausgesprochen hatte, bereute er sie, aber es war zu spät. Deshalb setzte er sich wieder und wartete auf Bissonets Reaktion.

Beaus Lippen verzogen sich zu einem schiefen Grinsen. Er rutschte auf dem Bett herum und sein Gesichtsausdruck veränderte sich. „Meiner auch."

Cruz unterdrückte ein Lächeln und beschloss, das bemühte Gespräch zu beenden und eine Dusche zu nehmen. Beau hatte ihm bereits versichert, dass der Sex nichts zwischen ihnen ändern würde, also warum sich Gedanken machen?

Cruz runzelte die Stirn, als ihm einfiel, dass sein Koffer noch im Auto war. „Verdammt."

Beau schaute ihn verwirrt an. „Was?"

„Meine Tasche ist im Auto."

Beau schaute ihn nachdenklich an, dann lächelte er. „Pass auf. Ich dusche zuerst, und während du duschst, gehe ich zum Auto und hole deine Tasche."

Cruz schaute Bissonet mit hochgezogener Augenbraue an. „Ich dachte, du hasst mich immer noch."

„Das tue ich auch."

„Warum bist du dann so nett zu mir?"

„Keine Ahnung. Vielleicht mag ich es einfach, wenn jemand weiß, was er tut, wenn er passiv ist."

Cruz zuckte mit den Schultern. „Wenn das alles ist."

Beau lachte, dann stieg er aus dem Bett und streckte seinen Rücken und seinen Nacken, dabei knackte es bei jeder Bewegung. Er stand auf. „Autsch", flüsterte er und packte seinen Hintern. „Mein Arsch tut wirklich weh."

Auf dem Weg zum Flughafen waren ihre Gespräche immer noch angespannt, aber besser als am Vortag. Sie sprachen kurz über den Fall und beschlossen, dass es am besten war, als nächstes Dudley Robinette einen Besuch abzustatten.

Nachdem sie das Thema ausgereizt hatten, breitete sich Stille zwischen ihnen aus. Nicht aus Ärger, sondern größtenteils aus Verlegenheit.

Auf dem Flug zurück nach New Orleans grübelte Cruz über die Situation. Er hatte keine Ahnung, welche Folgen ihr schlechtes Urteilsvermögen – eigentlich mehrere Fälle davon – haben würde, und er war sich ziemlich sicher, dass es Bissonet ebenso ging.

Cruz erkannte, dass er die heiße Nummer mit Beau Bissonet gern noch einmal wiederholen würde, aber er müsste abwarten, wie die Situation sich entwickelte. Er ging die verschiedenen Szenarios in Gedanken durch.

Drei Dinge konnten passieren: Der Sex würde ihnen helfen, besser zusammenzuarbeiten, oder … er würde genau das Gegenteil bewirken und noch mehr Spannung in ihre bereits stressbeladene Partnerschaft bringen. Im besten Falle würden sie tatsächlich Freunde, lösten zusammen den Fall und überlegten sich dann, ob sie sich weiterhin sehen wollten, aber das war zweifelhaft. Der Sex war wirklich heiß gewesen, aber er hatte in dem Mann, der ihn einmal und den er zweimal gefickt hatte, keine versöhnlichen Züge festgestellt.

Als sie wieder in New Orleans angekommen waren, das Auto abgeholt hatten und zur Wache fuhren, war Cruz erschöpft vom vielen Grübeln und dem Versuch, nichts zu sagen, das Bissonet die Laune verderben würde. Er rechnete ständig damit, dass der Kerl auf ihn losging wie ein Pitbull. Und das war anstrengender als ein tatsächlicher Kampf.

BISSONET SCHLOSS seine Bürotür auf, schaltete das Licht an und warf seine Tasche auf den Boden, dann umrundete er seinen Schreibtisch und ließ sich auf seinen Stuhl fallen. Cruz setzte sich auf seinen üblichen Platz ihm gegenüber, aber er sah aus, als wartete er darauf, dass Bissonet das Wort ergriff. Seit sie am Morgen aufgewacht waren, wirkte der Mann, als hätte er Angst, den Mund aufzumachen.

Beau rollte mit den Augen und lehnte sich in seinem Stuhl zurück. „Stimmt etwas nicht, Tollison?"

Cruz schnaubte und schüttelte amüsiert den Kopf. „Tollison?"

„Das ist doch dein Name, oder?", fragte Bissonet sarkastisch.

„Was ist aus Cruz geworden?"

Beau schaute zur Tür, dann lehnte er sich über den Schreibtisch und lächelte. „Ich nenne Männer, denen ich den Schwanz in den Arsch gesteckt habe, immer beim Vornamen."

Cruz schnaubte erneut, überrascht von Beaus Direktheit. „Oh", machte er nur.

Beau lehnte sich wieder zurück. „Du hast meine Frage nicht beantwortet."

„Ganz ehrlich", sagte Tollison. „Es gefällt mir besser, wenn wir nicht streiten, deshalb versuche ich, nichts zu sagen, was dich zum Explodieren bringen könnte."

Beau verzog das Gesicht. „Denkst du wirklich, dass ich eine tickende Zeitbombe bin?"

„Bisher habe ich dich nicht anders erlebt."

Beau seufzte. „Sieh mal. Du bist mir vor die Nase gesetzt worden durch Umstände, auf die wir beide keinen Einfluss haben, und vielleicht bin ich nicht besonders souverän damit umgegangen, aber ich bin, wer ich bin –"

„Willkommen zurück", unterbrach Bruce und streckte den Kopf durch die Tür.

Beau zwang sich, ein Lächeln aufzusetzen. „Danke." *Na also. Das war doch gar nicht so schwer.*

„Oh! Der Captain will dich sofort sehen", fügte Bruce hinzu.

„Bin schon unterwegs", sagte Beau und stand auf, woraufhin sein Stuhl gegen die Wand rollte.

Tollison stand ebenfalls auf. „Haben Sie einen Moment Zeit, Mr. Cruz?", fragte Detective Jenkins. „Ich würde gern noch ein paar Dinge mit Ihnen durchgehen, die den Fall betreffen."

„Sicher", sagte Tollison und nahm wieder Platz.

„Danke", sagte Jenkins. „Ich hole die Akten. Bin gleich zurück."

Bruce folgte Beau aus dem Büro, aber anstatt seine Akten zu holen, schob er Beau in einen leeren Konferenzraum und schloss die Tür.

Beau schaute ihn fragend an. „Was ist los, Bruce?"

„Es gibt Neuigkeiten über die Person, die mit Della Penna am Abend des Überfalls zu Abend gegessen hat, und das wird dir wahrscheinlich nicht gefallen."

„Und …?"

„Es war kein anderer als Tollison Cruz."

„Was?", fragte Beau, der seinen Ohren nicht trauen wollte. „Woher weißt du, dass es Cruz war?"

„Ich war noch einmal bei Brennan's und habe mit der Kellnerin gesprochen, um eine bessere Beschreibung des Mannes zu bekommen, und während sie ihn beschrieben hat, habe ich sofort Cruz' Gesicht vor mir gesehen. Ich habe im Internet ein Foto von ihm herausgesucht und es ihr gezeigt. Sie hat ihn sofort identifiziert."

Beau fuhr sich mit den Händen durchs Haar und ging auf und ab. „Es ist Cruz. Er ist unser Dieb."

„Da ist noch mehr", sagte Bruce.

„Fuck! Wie viel mehr?"

Bruce verzog das Gesicht. „Eine Menge."

„Okay", meinte Beau. „Raus damit."

„Du kannst dir nicht vorstellen, was ich herausgefunden habe, als ich im Internet nach Cruz gesucht habe."

Bruce zögerte.

„Sag es einfach, Bruce."

„Okay, aber vielleicht solltest du dich hinsetzen."

Beau schaute Bruce mit einem Blick an, den dieser oft genug gesehen hatte, um ihn zu ignorieren. „Bruce!"

„Okay. Okay. Rate mal, womit Cruz sich seinen Lebensunterhalt verdient hat, bevor er von Lloyd's of London engagiert wurde."

„Ich weiß es nicht. Vielleicht war er Raketenwissenschaftler."

„Sehr witzig. Er war ein weltbekannter Kunstdieb. Naja, angeblich weltbekannter Kunstdieb."

Beau schüttelte den Kopf, denn anscheinend hatte er etwas an den Ohren. Er musste sich gerade verhört haben, nicht wahr? *Ein Kunstdieb?* „Was? Du willst mich wohl verarschen", war alles, was er hervorbrachte.

„Jep. Anscheinend war er für ein paar ziemlich hochkarätige Diebstähle verantwortlich, aber man konnte ihm nie etwas nachweisen."

„Und wie kam es, dass er nun für eine Versicherungsgesellschaft arbeitet?"

Bruce lächelte schwach. „Vor fünf Jahren ist er zu Lloyd's of London gegangen und hat gesagt, dass er seine vergangenen Verbrechen wiedergutmachen will. Er hat ihnen sogar gesagt, wo die Schwachstellen in ihrer Security liegen."

Beau schaute zur Decke. „Lass mich raten. Cruz hat vorgeschlagen, dass sie ihn engagieren, und jetzt arbeiten sie zusammen."

„Genau. Anscheinend hat sein schlechtes Gewissen nicht lange angehalten", meinte Bruce.

„Nur dass er seinem Lebenslauf nun ein weiteres Verbrechen hinzufügen kann. Mord." Beau schüttelte den Kopf. „Jetzt ergibt alles einen Sinn. Er ist der einzige, der wissen konnte, wie der Dieb in die Galerie gekommen ist, weil er selbst der Dieb war."

71

„Dann hat er sich mit uns verbündet, um den Verdacht auf Villerie und Della Penna zu lenken", fügte Bruce hinzu.

Der Wichser hat mit mir gespielt!

Es klopfte an der Tür und Captain Trenchard trat ein. „Ist er wirklich daran beteiligt?"

„Wir sind nicht sicher, Sir", sagte Beau. „Aber die Beweise deuten an, dass –"

„Ich will ihn in Handschellen sehen", sagte Captain Trenchard. „Auf der Stelle!"

„Unsere Beweise sind nicht stichhaltig", erklärte Beau.

„Dann besorgt etwas Handfestes", verlangte Trenchard. „Ich will nicht, dass mein Revier bloßgestellt wird."

„Ja, Sir", sagte Beau.

Der Captain schaute zwischen Bruce und Beau hin und her, dann verließ er den Konferenzraum.

„Was ich aber nicht verstehe", meinte Beau, „ist, dass er es anscheinend nicht eilig hat, die Stadt zu verlassen."

„Dann sollten wir wohl unseren Vorteil nutzen", sagte Bruce. „Er weiß nicht, dass wir ihm auf der Spur sind."

„Ganz genau", sagte Beau.

Bruce ging auf und ab. Er fühlte sich wie ein Narr, aber er schob den Gedanken beiseite. „Also machen wir es heimlich. Wie stellen wir das an?", fragte er.

„Ganz einfach", erklärte Beau. „Zuerst fordern wir ein paar Gefallen ein, um einen Durchsuchungsbefehl für sein Hotelzimmer zu bekommen. Er sagte, dass er am Nachmittag wieder dorthin geht, um einen Bericht für seinen Boss zu schreiben, um ihn auf den neuesten Stand zu bringen. Ich treffe mich dort mit ihm und schlage vor, dass wir zusammen zu Abend essen. Damit beschäftige ich ihn ein paar Stunden, sodass du und ein anderer Detective sein Zimmer durchsuchen könnt."

„Das klingt gut", stimmte Bruce zu. „Aber ich sollte mich besser sofort um den Durchsuchungsbefehl kümmern und dann wieder zurück zu Cruz gehen, bevor er misstrauisch wird."

„Mach das", sagte Beau. „Ich schreibe dir eine Nachricht, wenn er sein Hotelzimmer verlassen hat."

Bruce verschwand und verbrachte etwa zwanzig Minuten mit Cruz, während Beau nach draußen ging und ein paar Mal gegen das Gebäude trat, um seine Wut abzureagieren. *Ich kann nicht glauben, dass ich zugelassen habe, dass der Kerl so mit mir spielt.*

Als er sich beruhigt hatte, ging er wieder in sein Büro und tat sein Bestes, den Schein zu wahren.

„Ist alles okay mit dem Captain?", fragte Cruz, als er zurückkam.

„Ja", sagte Beau. „Er wollte nur wissen, wie es gelaufen ist." Beau lehnte sich an die Ecke seines Schreibtisches. „Jenkins versucht herauszufinden, wo Robinette sich aufhält, also warum gehst du in der Zwischenzeit nicht in dein Hotelzimmer und kümmerst dich um deinen Bericht?" Da er Cruz nicht misstrauisch machen wollte, stand Beau auf und schloss die Tür, dann gab er Cruz einen warmen Kuss auf die Lippen. „Soll ich dich nachher dort abholen, damit wir zusammen zu Abend essen können?"

Cruz sah überrascht aus, aber er nickte. „Okay", sagte er zögernd und schaute auf seine Uhr. „Es ist jetzt kurz nach zwei. Ich werde ein paar Stunden für den Bericht brauchen. Warum treffen wir uns nicht an der Bar? Sagen wir gegen fünf?"

Er will mich nicht in seinem Zimmer haben!, dachte Beau. „Perfekt. Dann sehen wir uns dort. Du wohnst im Royal Sonesta, oder?"

Cruz stand auf und ging zur Tür. „Richtig."

„In Ordnung", sagte Beau und presste seine Lippen auf Cruz'. „Dann sehen wir uns."

BEAU SASS, immer noch im Anzug, am hinteren Ende der Bar, von wo aus er einen klaren Blick auf den Eingang hatte. Er hatte auf seinem Handy eine Textnachricht geöffnet, die „Los!" lautete. Es war fast sechs Uhr und er begann, sich Sorgen zu machen, dass Cruz den Braten gerochen hatte und geflohen war.

Er entspannte sich, als Cruz in der Tür erschien und sich umschaute. Beau schickte die Nachricht ab, packte das Telefon weg und winkte Cruz heran. Er betrachtete Cruz' schmale Hüften, während dieser näherkam, seine Schritte elegant und selbstsicher. Es war das erste Mal, dass er den Mann in etwas anderem als einem Anzug sah, und es war wirklich ein heißer Anblick.

„Du siehst toll aus", sagte Beau, als Cruz neben ihm Platz nahm. Und verdammt, das war nicht gelogen. Das erste, was Beau in den Sinn kam, war GQ-Model. Cruz trug ein weißes Hemd, das tailliert geschnitten war und an Aufschlägen und Kragen mit einem schwarz-weißen Paisley-Muster verziert war. Er trug das Hemd über einer gut sitzenden, blauen Jeans. Schwarze Slipper komplettierten den Look. Beau musste sich in Erinnerung rufen, dass Tollison ein Dieb und Mordverdächtiger war.

„Danke", sagte Cruz.

Der Barkeeper kam zu ihnen und legte eine Serviette auf die Bar.

„Was darf ich Ihnen bringen?"

Cruz schaute auf Beaus halb geleerten Bourbon. „Ich nehme einen Grey Goose Martini ohne Eis mit einem Spritzer Olive."

„Kommt sofort", erwiderte der Barkeeper.

Dann schaute Cruz in Beaus Augen. „Wie war dein Tag?"

Beau musste sich abwenden, um sich nicht in Cruz' Blick zu verlieren. *Verdammt! Ich hätte nicht gedacht, dass das so schwer sein würde.*

Er schaute in seinen Bourbon, dessen Farbe ihn sofort wieder an Cruz' tiefe, dunkle Augen erinnerte. Beau drehte sich um und schaute Cruz an, dabei konzentrierte er sich auf den Kragen des Mannes, statt auf sein Gesicht. „Oh, du weißt schon. Immer das gleiche. Tolles Hemd übrigens", sagte er und bewunderte den glatten weißen Stoff, auf dem er nun ebenfalls Paisley-Muster Ton in Ton erkennen konnte.

Cruz zeigte sein strahlendes Lächeln. Zum Glück saß Beau bereits, sonst hätten seine Knie nachgegeben. *Was soll das? Seit wann stehe ich auf Bad Boys? Bisher konnte ich mich in seiner Gegenwart doch auch kontrollieren, größtenteils jedenfalls, und jetzt, wo ich weiß, dass er ein Dieb und vielleicht auch ein Mörder ist, kann ich nicht aufhören, ihm hinterher zu hecheln.*

Cruz' samtige Stimme unterbrach seine Gedanken. „Danke, aber hör mal. Ich weiß, dass du mich nicht eingeladen hast, um Smalltalk zu machen. Ich meine, du hast ziemlich deutlich gemacht, was du von mir denkst und dass wir niemals Freunde werden."

Beau antwortete nicht sofort. Er wollte Tollison nicht anlügen, doch er musste ihn lange genug beschäftigen, sodass Jenkins sein Zimmer durchsuchen konnte. Wenn er Cruz jetzt verärgerte, würde er alles ruinieren. „Vielleicht war ich da ein wenig vorschnell."

Cruz kicherte, neigte den Kopf und studierte Beau. „Gibt der große, böse Detective etwa gerade zu, dass er in Bezug auf mich unrecht hatte?"

„Für alles gibt es ein erstes Mal", sagte Beau. „Ich hatte *ein Mal* unrecht, aber es war so."

Dieses Mal lachte Cruz laut auf. „Also, das klingt wie der Montgomery Beaumont Bissonet, den ich kenne."

Der Barkeeper brachte Cruz' Martini und unterbrach ihr Wortgefecht. Cruz senkte leicht den Kopf und nahm einen Schluck. „Gut."

Beau starrte auf Cruz' Adamsapfel, der auf und ab hüpfte, und ihm lief das sprichwörtliche Wasser im Mund zusammen.

„Genau das, was der Arzt empfohlen hat", meinte Cruz, als er das Glas abstellte und sich wieder zu Beau wandte. „Also was bedeutet das für *uns*?"

Beau versuchte, den Anblick von eben zu verdrängen und seine Worte sorgfältig zu wählen. Er musste das Gespräch am Laufen halten, aber seltsamerweise fiel es ihm schwer, den Mann anzulügen. „Ich weiß nicht, was

ich darauf antworten soll", war alles, was aus seinem Mund kam. *Bitte sehr.*
Das war ehrlich, dachte er.

Cruz nickte. „Beau, bleibt das unter uns?"

„Ich glaube schon", antwortete Beau ehrlich.

„Bedeutet das, dass ich dir eine persönliche Frage stellen darf?"

Beau zuckte nur mit den Schultern. „Na gut."

„Was ist zwischen dir und Bruce Jenkins?"

Wenn Beau mit dieser Geschichte anfing, brauchte er sich keine
Sorgen zu machen, dass der Abend zu schnell zu Ende ging. Er beschloss, die
Kurzfassung zu erzählen und gleichzeitig zu versuchen, Cruz Informationen zu
entlocken. *Erzähl ein wenig, finde viel heraus*, hoffte er.

„Die alte Geschichte. Mann trifft Mann. Mann verliebt sich. Mann
verliert Mann."

„Ist es so für dich gewesen?", fragte Cruz.

Beau nickte und nahm einen Schluck von seinem Drink. „So in der Art."

„Das tut mir leid", sagte Cruz und schüttelte den Kopf. „Aber im Ernst.
Mehr willst du mir nicht erzählen?"

Beau fühlte, wie seine Schultern sich versteiften und er versuchte, sich zu
entspannen, bevor er weitersprach. „Wir haben uns bei der Arbeit kennengelernt
und ein paar schöne Jahre zusammen verbracht. Dann wurde ich zum Detective
befördert und musste jede Menge Arbeit mit unserer Beziehung unter einen Hut
bringen. Darin habe ich kläglich versagt. Ich habe dafür gesorgt, dass Bruce
auch befördert wurde, damit wir mehr Zeit füreinander haben."

Beau hob den Finger. „Versteh mich nicht falsch. Seine Beförderung
war schon in Bearbeitung, ich habe den Prozess bloß etwas beschleunigt. Aber
leider war es schon zu spät."

Cruz hob eine Augenbraue und neigte interessiert den Kopf.

„Nach zu vielen Nächten allein hat Bruce woanders gesucht, was er
brauchte. Die Affäre war schon vorbei, als ich es herausgefunden habe, aber
der Schaden war angerichtet. Ich kann keinen Mann lieben, dem ich nicht
vertrauen kann. So einfach ist das."

„Also hast du ihm zu einer Beförderung verholfen und jetzt müsst ihr
jeden Tag zusammenarbeiten?"

„So kann man es sagen", meinte Beau.

Cruz nahm einen Schluck von seinem Drink. „Und muss ich fragen, ob
das funktioniert?"

„Mittlerweile besser", sagte Beau ehrlich. „Auggie hat mir neulich den
Kopf gewaschen und das scheint geholfen zu haben."

„Was hat er gesagt?"

„Er hat einfach erklärt, dass die Schuld nicht allein bei Bruce lag. Wenn Bruce von mir bekommen hätte, was er brauchte, hätte er sich nicht anderswo danach umsehen müssen."

„Denkst du, dass es so gewesen ist?", fragte Cruz.

Beau dachte über die Frage nach. „Ja, das tue ich."

„Warum versucht ihr es dann nicht noch einmal?"

„Wie ich bereits sagte", wiederholte Beau. „Ich kann nicht mit einem Mann zusammen sein, dem ich nicht vertraue." Er schwenkte den Rest seines Bourbon in seinem Glas. „Ich kenne mich. Ich weiß, dass ich mich jedes Mal, wenn ich verreisen oder lange arbeiten muss, fragen würde, was zu Hause vor sich geht. So könnte ich nicht leben."

Cruz' Gesicht nahm einen ernsten Ausdruck an. „Das kann ich vollkommen verstehen. Es ist nur einfach traurig, dass ein einziger Fehler so drastische Folgen haben kann. Bis zu dem Punkt, an dem es kein Zurück mehr gibt."

Bei dieser Aussage horchte Beau auf. „Das klingt, als sprächest du aus Erfahrung."

Bevor Cruz antworten konnte, erschien die Hostess. „Mr. Bissonet, Ihr Tisch ist bereit, Sir."

Perfektes Timing, verdammt, dachte Beau.

Beau stand auf und streckte die Hand aus, um Tollison zu bedeuten, ihm zu folgen. Nachdem sie Platz genommen und neue Drinks bestellt hatten, sprach Beau das Thema erneut an. „An der Bar wolltest du etwas über Fehler sagen und dass es kein Zurück mehr gibt."

Cruz schüttelte den Kopf. „Oh, nichts. Hast du schon einmal hier gegessen?", fragte er in dem offensichtlichen Versuch, das Thema zu wechseln.

JENKINS UND Detective Tim Kloor betraten mit Hilfe der Hotel Security das Zimmer von Cruz. Jenkins pfiff. „Mann", fügte er hinzu. „Der Kerl hat eine Suite. Wir bekommen bloß ein schäbiges Motelzimmer."

„Das hat man davon, wenn man als Gesetzeshüter arbeitet", gab Kloor zurück. „Fängst du im Schlafzimmer an und ich hier?"

Jenkins öffnete eine Schublade und fand einen Filzbeutel. Er öffnete ihn und fand überraschenderweise einen Vibrator darin. „Ich wusste es." Er steckte ihn wieder in den Beutel, gerade als Kloor hereinkam. „Hast du schon etwas gefunden?"

Jenkins schlug die Schublade zu. „Bisher nicht."

„Ich auch nicht", sagte Kloor.

„Verdammt", zischte Jenkins. „Hier muss etwas sein."

„Du willst diesen Kerl wirklich kriegen, oder?", fragte Kloor.

„Das ist mein Job", gab Jenkins zurück.

Kloor runzelte die Stirn. „Schon, aber es scheint mehr zu sein als das."

Da er nicht preisgeben wollte, was er über Cruz und Beau vermutete, sagte er bloß: „Nein. Such einfach weiter."

IHRE MENÜKARTEN lagen geöffnet vor ihnen auf dem Tisch, aber keiner von ihnen schien es eilig zu haben, zu bestellen. Cruz starrte Beau verführerisch an und Beau versuchte, die Fassung zu behalten. Er stellte sich immer wieder diesen knackigen Arsch vor, den er am vergangenen Abend gefickt hatte, und verdammt, er wollte es wieder tun, Dieb und Mörder oder nicht.

In dem Versuch, seine Libido unter Kontrolle zu bekommen, schaute Beau auf die Karte. „Wie bist du Versicherungsermittler geworden? Das ist bei den Berufswünschen von kleinen Jungs nicht gerade oben auf der Liste."

Cruz schien seine Worte sorgfältig abzuwägen. „Sagen wir einfach, es war ein kürzlicher Karrierewechsel."

„Wirklich?", sagte Beau und schaute Cruz in die Augen. „Was hast du vorher gemacht?"

Cruz zögerte, dann beugte er sich vor und flüsterte: „Ich war ein Dieb."

„Ist nicht wahr", sagte Beau, erstaunt über Cruz' Offenheit.

„So haben die Museen mich genannt, aber ich habe mich immer als Kunst-Wiederbeschaffer gesehen."

Beau schloss die Menükarte und lehnte sich zurück. „Wo liegt der Unterschied?"

„Also zuerst einmal", sagte Cruz, „die Kunstwerke, die ich wiederbeschafft habe, waren zuvor anderen Leuten gestohlen worden."

Beau beugte sich vor und schaute Cruz fragend an.

Cruz erklärte: „Ich war darauf spezialisiert, Objekte ihren rechtmäßigen Besitzern zurückzubringen. Es hat mit einem kleinen Kunstwerk angefangen, das meiner Familie während des Krieges gestohlen wurde."

Beau setzte sich wieder zurück und verschränkte die Arme vor der Brust. „Du bist also eine Art moderner Zorro ohne Peitsche und Maske?"

„Naja, ohne Peitsche", sagte Cruz und seine Lippen verzogen sich amüsiert.

Plötzlich wurde Beau sehr warm und er fächelte sich mit der Hand Luft zu. „Es ist heiß hier."

„Ich habe eine Idee", sagte Cruz und leerte den Rest seines Martini. „Ich bin plötzlich nicht mehr sehr hungrig. Warum lassen wir das Essen nicht ausfallen und gehen auf mein Zimmer?"

„Warum die Eile?", fragte Beau. „Wie ich bereits sagte, das Essen hier ist außergewöhnlich gut."

„Das glaube ich." Cruz beugte sich dicht heran, leckte seine Lippen und sagte in tiefem, verführerischem Tonfall: „Aber was klingt besser für dich? Außergewöhnlich gutes Essen oder ein außergewöhnlich gutes Stück Fleisch?"

Beau fühlte, wie sein Blut von seinem Gesicht in seinen Schwanz rauschte. „Äh, die Desserts sind hier auch sehr gut."

„Toll", sagte Cruz und legte eine Einhundertdollarnote auf den Tisch. „Nachdem ich zuerst dich als Dessert hatte, können wir beim Zimmerservice noch mehr bestellen."

Cruz stand auf und ging in Richtung Ausgang.

Beau stand ebenfalls auf, langte in seine Tasche und holte sein Handy hervor. Er tippte „Raus da" ein und schickte die Nachricht ab, bevor er Cruz in die Lobby folgte.

JENKINS LEGTE sein Telefon auf den Nachttisch und öffnete die Schublade. Er holte Cruz' iPad hervor und durchsuchte seine E-Mails, als Kloor aus dem Schrank nach ihm rief. Jenkins stand auf und ging zu ihm, während er immer noch auf dem iPad las.

„Sieh mal, was ich gefunden habe", sagte Kloor und hielt einen geöffneten Koffer hoch. „Sein Werkzeug."

„Und ich habe eine Menge E-Mails zwischen Cruz und Della Penna gefunden, ebenso von ein paar anderen Händlern. Rate mal, wer versucht, Südstaatenkunstwerke zu verkaufen?"

BEAU BEHIELT sein Handy im Auge, aber er erhielt keine Antwort von Bruce. Cruz und er durchquerten den Flur zu Cruz' Zimmer, als endlich der Text kam. „Sind unterwegs. Halt ihn auf."

„Da wären wir", sagte Cruz und deutete auf die Suite am Ende des Flurs. Beau hörte, wie die Tür sich öffnete, und tat das Einzige, was ihm einfiel. Er schubste Cruz gegen die Wand und nahm seine Lippen in einen harten Kuss.

Jenkins und Kloor kamen aus der Suite und erstarrten. Jenkins räusperte sich und sie wandten sich in seine Richtung.

„Jenkins? Was machen Sie in meiner Suite?", sagte Cruz überrascht und schaute zwischen Beau und den beiden Detectives hin und her.

„Wir sind hier, um Sie wegen Diebstahls zu verhaften. Und wegen Mordes", sagte Jenkins.

Cruz schaute Beau mit einem Ausdruck an, den man nur als zutiefst verletzt bezeichnen konnte.

Beau fühlte den Blick bis in sein Innerstes, als er Cruz Handschellen anlegte.

WÄHREND CRUZ' Fingerabdrücke abgenommen wurden, erzählte Bruce Beau, was sie in Cruz' Suite gefunden hatten.

Beau massierte seine Schläfen. „Ich glaube nicht, dass er beteiligt war."

„Was zum Teufel, Beau? Jetzt sagst du mir, dass der Typ sauber ist?", fuhr Bruce auf.

Beau fuhr mit der Hand durch seine blonden Locken. „Warum sollte er mir von seinem früheren Leben erzählen, wenn er etwas zu verbergen hätte?"

„Vielleicht, weil du mit dem Kerl schläfst. Und … deshalb erzählt er dir gerade genug von der Wahrheit, damit du seine Lügen leichter schluckst", fauchte Jenkins.

Beau war nicht überrascht, dass Bruce etwas zwischen ihnen wahrgenommen hatte, und er seufzte. „Zuallererst geht es dich nichts mehr an, mit wem ich schlafe. Hältst du mich wirklich für so einfältig, dass ich wegen eines One Night Stands einen Fall riskieren würde?"

„Ein One Night Stand?", fragte Bruce. „Zwischen euch ist mehr als ein One Night Stand, Beau."

„Weißt du was", sagte Beau, dabei klang er ebenso frustriert, wie er sich fühlte. „Ich habe keine Ahnung, was zwischen uns ist, aber mein Bauchgefühl sagt mir, dass er damit nichts zu tun hat."

Jenkins schlug die Faust auf Beaus Schreibtisch. „Und … ich denke, dass du mit dem falschen Kopf denkst."

„Ich will zuerst Cruz' Seite der Geschichte hören", sagte Beau.

„Beau, willst du ihn allen Ernstes selbst verhören?"

„Selbstverständlich tue ich das."

„Du bist zu tief drin, Beau. Kannst du das nicht sehen? Muss ich zum Captain gehen?"

„Ich sage dir eins, Bruce", zischte Beau, „wenn du damit zum Captain gehst, ist was auch immer zwischen uns" – er gestikulierte zwischen ihnen hin und her – „ist, aus und vorbei. Und zwar endgültig. Keine Chance auf Freundschaft, keine Arbeitsbeziehung, nichts, und ich werde alles in meiner Macht stehende tun, damit einer von uns versetzt wird."

Bruce sah ihn lange hart an und Beau konnte in seinen Augen sehen, wie verletzt er war, doch Beau musste Tollison eine Chance geben. „Das schulde ich ihm, Bruce."

Bruce ging zur Tür, blieb stehen und drehte sich um. „Na schön, Beau. Du hast gewonnen. Du gewinnst immer. Aber nur unter einer Bedingung. Du kannst dabei sein, aber ich führe das Verhör. Basta. Akzeptier es oder lass es."

„Fuck", rief Beau, trat gegen seinen Schreibtisch und zuckte zusammen, als er den Schmerz in seinem Fuß spürte.

Beau sass Cruz gegenüber, der ihm nicht in die Augen sehen wollte.

„Eins muss ich Ihnen lassen, Cruz", sagte Jenkins. „Diese Betrügereien mit den Versicherungsgesellschaften – das ist genial."

„Cruz, sieh mich an", sagte Beau.

Das tat Cruz auch endlich. „Wir sind also wieder bei Cruz, hm?"

Jenkins fuhr fort: „Das Vertrauen der Versicherungsgesellschaften zu gewinnen, sie zu überzeugen, dass Sie ehrlich geworden sind, während sie auf Ihren nächsten Coup warten. Das ergibt wirklich Sinn."

Cruz drehte sich zu Jenkins. „*Wovon* reden Sie da bloß?"

„Das einzige Problem war, dass Sie Della Penna als Köder brauchten", sagte Jenkins. „Sie haben nicht damit gerechnet, dass Le Moyne versuchen würde, die Bilder selbst zu stehlen. Sie mussten den Gewinn schon mit Della Penna teilen, da wollten sie nicht auch noch mit Le Moyne teilen müssen, deshalb haben Sie ihn getötet. Dann haben Sie sich in unsere Ermittlungen eingeschaltet, um Ihre Spuren zu verwischen."

„Also bitte, Detective Jenkins", sagte Cruz. „Sie klingen wie ein Krimiautor, der am Ende seiner Geschichte verzweifelt versucht, alles aufzuklären."

„Ich bin nicht verzweifelt. Ich kenne Ihre Verbindung zu Della Penna, einem bekannten Kunstdieb."

„Della Penna und ich kennen uns schon sehr lange", entgegnete Cruz. „Ich habe versucht, Informationen für einen anderen Fall von ihm zu bekommen. Ich wusste zu der Zeit nicht, dass er von Mrs. Villerie beauftragt worden war, die Bilder zu stehlen, erst nachdem ich mich Ihren Ermittlungen angeschlossen hatte."

„Komm schon, Cru–" Beau brach ab. „Tollison. Wenn das Treffen so unschuldig war, warum hast du uns dann nicht schon vorher davon erzählt?"

„Weil ich nicht besonders stolz darauf bin, dass ich nicht erkannt habe, was Della Penna vorhatte. Dann wären die Bilder vielleicht nicht gestohlen worden und Le Moyne wäre noch am Leben."

Beau fand, dass Cruz überzeugend klang. Und er war ungewöhnlich ruhig, wenn man bedachte, dass ihm Diebstahl und Mord vorgeworfen wurden. *Entweder ist er unschuldig oder ein Psychopath.*

„Wie erklären Sie den Werkzeugkoffer, den wir in Ihrem Hotelzimmer gefunden haben?", wollte Jenkins wissen.

„Ich bin auf Wiederbeschaffung spezialisiert", sagte Cruz. „Meinem Boss ist egal, wie ich die Kunstwerke wiederbekomme, Hauptsache ich tue es."

„Im Grunde sind Sie also immer noch ein Dieb", meinte Jenkins.

„Wiederbeschaffung. Nicht Diebstahl", korrigierte Cruz.

„Ach wirklich!", sagte Jenkins. „Und an welchem Punkt der Wiederbeschaffung versucht man, originale Ölgemälde, die mehr als zwei Millionen Dollar wert sind, zu verkaufen?"

Cruz rutschte auf seinem Sitz herum. „Der Dieb wird mit Sicherheit versuchen, die Bilder zu verkaufen, und ich wollte potenzielle Abnehmer ermitteln."

Er stützte die Ellenbogen auf den Metalltisch und legte das Kinn auf seine verschränkten Finger. „Hören Sie, Gentlemen", sagte er und schaute zwischen ihnen hin und her. „Ich habe mich über Sie beide informiert, bevor ich hergekommen bin. Ich weiß, dass Sie beide intelligente und methodische Ermittler sind, denen ihr Instinkt sagt, dass ich unschuldig bin. Was ich nicht verstehe, ist, dass Sie diese Instinkte ignorieren. Kann es sein, dass ich hier in einen Zwist unter Liebenden geraten bin?"

Beau fluchte leise und Jenkins schüttelte den Kopf. „Es ist nichts Persönliches", sagte Jenkins. „Und ich weise Ihre Andeutungen entschieden zurück."

„Mir ist egal, was Sie zurückweisen", sagte Cruz, dann stand er auf und bot seine Handgelenke an. „Also entweder verhaften Sie mich und lassen mich meinen Anwalt anrufen oder Sie lassen mich gehen, damit ich weiter meinen Job machen kann."

„Sieh mal, Tollison", sagte Beau. „Dein Job ist die Wiederbeschaffung, wie du es nennst, und unser Job ist es, diesen Diebstahl und Mord aufzuklären."

„Warum sagst du deinem Ex-Liebhaber dann nicht, dass er seine persönlichen Motive beiseitelassen soll, damit wir den Fall lösen können? Und zu deiner Information, ich habe gerade mit meinem Boss telefoniert, als der Einbruch gemeldet wurde."

„Tollison", sagte Beau ruhig, „wenn du jetzt die Wahrheit sagst, warum hast du das die ganze Zeit vor mir geheim gehalten?"

„Weil, Beau, ich die Erfahrung gemacht habe, dass die Polizei ebenfalls Informationen zurückhält, wenn wir zusammenarbeiten, was meine Ermittlungen behindert, deshalb tue ich das Gleiche. Außerdem ist es mein Job, die Gemälde wiederzufinden, nicht ein netter Kerl zu sein. Aber du hast recht", fügte er hinzu. „Ich habe das hier wie einen gewöhnlichen Fall behandelt und das ist er mit Sicherheit nicht. Also verspreche ich, dass es von nun an keine Geheimnisse mehr gibt."

„Das wird nicht nötig sein", warf Jenkins sein. „Wir werden nicht mehr zusammenarbeiten."

Beau wandte den Blick ab und fluchte. *Das ist nicht sein Fall, verdammt!*

„Würde es denn einen Unterschied machen, wenn ich erzähle, welche Theorie ich habe, die zu einer Verhaftung führen könnte?"

„Ja, das würde es", sagte Beau, dabei funkelte er Bruce an und forderte ihn heraus, seine Autorität noch einmal infrage zu stellen.

Bruce stützte die Hände in die Hüften. „Ernsthaft, Beau?"

„Todernst", sagte Beau entschieden. „Wenn du jetzt zu Captain Trenchard rennen willst, bitte sehr. Ich komme gleich mit. Ich muss ihn sowieso auf den neuesten Stand der Ermittlungen bringen."

Bruce stürmte aus dem Verhörraum und schlug die Tür hinter sich zu.

Cruz schaute Beau ausdruckslos an. „Kann ich gehen?"

Bei Cruz' emotionsloser Stimme erkannte Beau, dass es wahrscheinlich keine Chance mehr auf eine vernünftige Arbeitsbeziehung gab. Von einer Beziehung im Schlafzimmer gar nicht erst zu reden. „Es tut mir wirklich leid, Tollison. Ich musste meinen Job machen, Mann."

„Kann ich *gehen*?", wiederholte Cruz mit zornigem Blick.

„Darf ich dich daran erinnern, dass du auch nicht sehr mitteilsam warst mit dem, was *du* weißt?"

Cruz verschränkte die Arme vor der Brust und schaute ihn direkt an. „Ich habe nur meinen Job gemacht, *Mann*. Jetzt sag mir, ob ich gehen kann oder ob ich meinen Anwalt anrufen muss."

„Natürlich kannst du gehen", sagte Beau. „Lass mich dich wenigstens zum Hotel fahren."

„Wieso?", fragte Cruz. „Willst du mein Zimmer *persönlich* durchsuchen?"

Beau ließ die Schultern hängen. „Komm schon, Tollison, das ist nicht fair."

„Wieso hast du mich nicht einfach gefragt, statt so zu tun, als würdest du mich hassen? Und dann … so zu tun, als magst du mich? Und dann … so zu tun, als wolltest du mit mir schlafen? Um Gottes willen, Beau, wie weit würdest du noch gehen, um einen Fall zu lösen?"

„Einen Moment mal, Tollison", fuhr Beau auf. „Das verstehst du vollkommen falsch."

„Aber sicher", meinte Tollison bitter.

„Im Ernst. Zuerst habe ich dich wirklich gehasst, später habe ich dich gemocht und ich hatte von all dem keine Ahnung, als ich mit dir geschlafen habe. Ich habe es erst herausgefunden, als wir aus Charleston zurückgekommen sind."

Endlich schaute Cruz auf und sah Beau durchdringend an, als suchte er etwas in Beaus Augen.

Vielleicht die Wahrheit, dachte Beau.

Beau setzte sich ihm gegenüber und nahm seine Hände. „Ich schwöre es dir. Als wir zurückgekommen sind und Bruce gesagt hat, dass der Captain mich sehen will, hat er mich zur Seite genommen und mir erzählt, was er über dich herausgefunden hat. Aber zu dem Zeitpunkt war der Captain schon involviert, deshalb musste ich ermitteln."

„Du hättest zu mir kommen können."

Beau fuhr sich frustriert durchs Haar. Das tat er in letzter Zeit oft. „Ja, das hätte ich schon, aber der Captain hat mir einen Befehl gegeben. Und *ich* brauchte einen Beweis, bevor ich dich damit konfrontieren konnte. Wenn du ernsthaft darüber nachdenkst, ohne die ganze Wut, dann kommst du bestimmt zu demselben Schluss und erkennst, dass du dasselbe getan hättest."

Cruz schnaufte und Beau wusste, dass er ihn hatte.

„Es tut mir leid, dass alles so gelaufen ist, aber ich bin froh, dass es vorbei ist und wir uns wieder auf die Ermittlungen konzentrieren können. Da fällt mir ein", fügte Beau hinzu, „du wolltest doch von deiner Theorie erzählen."

Tollison seufzte. „Können wir wenigstens aus dem Verhörraum gehen, damit ich mich nicht wie ein Krimineller fühle?"

Beau lachte und schüttelte amüsiert den Kopf. „Sicher. Gehen wir in mein Büro."

Als sie wieder in Beaus Büro waren, schaute Cruz auf, als er sein Foto an der Tafel mit Bildern von Crymes Villerie, Charmaine Villerie, Harper Hayes, Jamison Hayes, Anthony Le Moyne, Emanuel Della Penna und Dudley Robinette entdeckte. Auf den Bildern von Dudley Robinette und Anthony Le Moyne war ein X, und bevor er sich setzte, machte Beau auch ein X auf das Gesicht von Cruz.

Tollison grinste und nahm Platz, ohne ein Wort über die Geste zu verlieren. Wie versprochen, erzählte er Beau von seiner Theorie. Er hatte noch keine Beweise, aber er konnte seine Vermutung genau begründen.

Beau hörte gespannt zu, und als Cruz geendet hatte, dachte er über das nach, was er gerade gehört hatte. „Ich weiß nicht, Tollison, das ist ziemlich verworren. Aber es ergibt Sinn. Jetzt müssen wir es nur noch beweisen. Und ich denke, wir sollten bei Robinette anfangen."

„Das denke ich auch. Weißt du, wo er ist?"

„Bruce versucht, ihn aufzuspüren. Morgen früh sollten wir etwas haben."

„Okay", sagte Tollison. „Bis dahin können wir wohl nichts machen."

„Also", sagte Beau und schaute auf die Uhr. „Es ist spät. Bitte lass mich dich zum Hotel fahren."

„Na schön", sagte Cruz. „Aber denk nicht einmal daran, mit hineinzukommen."

Beau packte sich an die Brust, als wäre er angeschossen worden. „Autsch. Mitten ins Herz."

„So ein Unsinn", sagte Tollison. „Du hast doch gar kein Herz."

„Ach ja, hatte ich vergessen", stimmte Beau zu und rollte mit den Augen. *„Arschloch."*

7

TOLLISON WURDE mit dem Rücken an die Tür seiner Suite gepresst und von Beaus Oberkörper fixiert. Beaus Hände hielten sein Gesicht, während seine Zunge jeden Winkel von Tollisons Mund erkundete. Die Erektion, die sich an seinem Schritt rieb, machte es ihm sehr schwer, die Schlüsselkarte ins Schloss zu stecken, aber Gottseidank glitt die Karte endlich in den Mechanismus. Tollison zog sie schnell wieder heraus und wurde mit einem leisen Piepsen belohnt. Er drückte die Klinke herunter und sie fielen zusammen durch die Tür und landeten an der Wand des Foyers, während die Tür hinter ihnen zuschlug.

Die Fahrt vom Revier zum Hotel war still gewesen. Beau hatte versucht, Konversation zu betreiben, aber Tollison war nicht interessiert gewesen. Stattdessen hatte er gegrübelt, ob er Beau verzeihen sollte oder nicht. Tief in seinem Inneren wusste er natürlich, das Beau nur seinen Job gemacht hatte, aber diese Erkenntnis machte ihn nicht weniger wütend.

Und Beau hatte recht gehabt, als er Tollison daran erinnerte, dass er wichtige Informationen zurückgehalten hatte. Bei früheren Fällen hatte Tollison sich in die Ermittlungen eingeschaltet und so viele Informationen gesammelt, wie er konnte. Aber da war alles innerhalb eines Tages erledigt gewesen. Dieses Mal war alles anders. Er hatte die Enttäuschung auf Beaus Gesicht gesehen, und dass Beau ihm misstraute, schmerzte mehr, als er erwartet hatte.

Tollison wusste, dass Beau den Nagel auf den Kopf getroffen hatte, als er festgestellte, dass Tollison ebenso gehandelt hätte. Das hätte er. Aber dass Beau dies wusste, ärgerte ihn mächtig.

Doch als sie das Hotel erreicht hatten, hatte Tollison beschlossen, sich nichts vorzumachen. Schmerz, Vertrauen, Betrug. Tollison würde dennoch jede Gelegenheit nutzen, Beau wieder unter sich zu spüren, und das war eine Tatsache.

Beau hatte angehalten und Tollison angesehen, als wartete er auf ein Zeichen. Tollison hatte die Zündung wortlos ausgeschaltet. Das war anscheinend alles, was Beau gebraucht hatte. Er lächelte, sprang aus dem Auto und gab dem Mann vom Parkservice seine Schlüssel. Sie eilten zu den Aufzügen und waren enttäuscht, dass noch andere Leute dort warteten. Sie fuhren nervös zu Tollisons Stockwerk, und als die Türen sich öffneten und sie wieder allein waren, küssten sie sich den ganzen Weg zu Tollisons Suite.

Beau knurrte, glitt aus seiner Anzugjacke und ließ sie zu Boden fallen. Er bewegte seine Hände an Tollisons Hemd hinunter, als wollte er es ihm wieder herunterreißen.

„Nein!", stöhnte Tollison in Beaus Mund und legte die Hände an dessen Brust, um ihn wegzustoßen.

Beau unterbrach den Kuss und trat mit einem verwirrten Gesichtsausdruck einen Schritt zurück.

„Das ist ein Zweihundertdollar-Hemd", erklärte Tollison. „Kein Zerreißen."

Beaus Lippen zeigten ein wissendes Lächeln. „Alles klar! So macht es eh mehr Spaß."

Er küsste Tollison und tastete sich langsam nach unten, wobei er nach und nach jeden Knopf öffnete und Tollisons Brust entblößte. Beau unterbrach den Kuss und hob Tollisons linke Hand zu seinem Mund. Tollisons Schwanz zuckte, als seine Finger in Beaus warmen, feuchten Mund glitten und Beau an jedem einzelnen knabberte, während er die Knöpfe an Tollisons Manschetten löste, und als er mit dem zweiten fertig war, zuckte Tollisons Schwanz unaufhörlich.

Beau strich das Hemd langsam über Tollisons Schultern und warf es auf den Tisch im Foyer. Tollison keuchte, als Beau einen seiner Nippel in den Mund nahm. Er saugte ihn ein und kratzte vorsichtig mit den Zähnen darüber. Gleichzeitig fuhr Tollison unruhig mit den Händen durch Beaus Haar, packte ihn am Nacken und zog ihn dichter heran.

Tollison warf den Kopf zurück, während Beau erst den einen, dann den anderen Nippel bearbeitete und ihn mit Lecken und leichten Bissen quälte. Er war so abgelenkt, dass er nicht bemerkte, wie Beau seinen Gürtel und seine Jeans öffnete, woraufhin sie an seine Knöchel rutschten. Beau hakte die Finger in Tollisons Unterwäsche und ließ sie dort, während er sich an dessen Brust entlang hinunterküsste, auf die Knie ging und Tollisons Unterhose herunterzog.

Beau nahm Tollisons Erektion bis zum Anschlag in den Mund und Tollisons Knie wurden weich. Er legte die Hände auf Beaus Schultern, um sich festzuhalten, während Beau begann, sich langsam an seiner Länge auf und ab zu bewegen. Als Tollison wieder Gewalt über seine Beine hatte, legte er eine Hand an Beaus Hinterkopf und leitete ihn, während er auf der Welle der Leidenschaft ritt, die die sanfte Hitze, die ihn umgab, erzeugte. Beau schob den Zeigefinger neben Tollisons Schwanz in den Mund und befeuchtete ihn, bevor er ihn zu dessen Öffnung bewegte. Als er den engen Muskel durchbrach, zischte Tollison und seine Knie gaben fast wieder nach. Beau traf instinktiv den richtigen Punkt und berührte ihn immer wieder, dabei verursachte er weitere Wellen, die jeden Zentimeter von Tollisons Sein durchdrangen.

Die Kombination von Beaus Finger, der pausenlos seine Prostata traf und Beaus warmen Lippen, die ihn umgaben und sich im Gleichklang mit seinem Finger bewegten, brachten ihm die höchste Sinneseuphorie. Tollison spannte sich an, packte Beaus Haar und hielt sich fest, als der herannahende Orgasmus begann, sein Innerstes zu durchfluten. Tollison warf den Kopf zurück und schrie Beaus Namen. „Beau! Ich werde –"

Beau erhöhte Geschwindigkeit und Intensität, da konnte Tollison sich nicht mehr zurückhalten und ergoss sich tief in Beaus Kehle. Beau nahm alles, was Tollison ihm gab. Er hob die andere Hand und strich damit an Tollisons Länge entlang, um auch den letzten Tropfen dicken, weißen Samens aus ihm zu saugen.

Schließlich gaben Tollisons Knie nach. Er glitt mit geschlossenen Augen an der Wand entlang und hielt an, als sein Hintern auf seine Waden traf, dabei versuchte er, zu Atem zu kommen. Er zuckte zusammen, als Beaus Finger aus ihm rutschte, aber er erholte sich schnell, als Beau seine Lippen mit einem harten Kuss nahm.

Tollison schmeckte etwas seines Saftes auf Beaus Zunge und genoss es, während er die Nachbeben des Orgasmus immer noch spürte.

„Meine Güte, Beau", murmelte er, dabei konnte er noch immer kaum atmen.

„Das nennt man Druckabbau", sagte Beau. „Ich habe noch viel mehr mit dir vor."

Beau rutschte zur Seite, als Tollison auf seinem Hintern landete und seine Beine ausstreckte, an denen noch immer seine Jeans und seine Unterwäsche hingen. Beau zog Tollison die Slipper und Socken aus, packte den Bund seiner Jeans und zog sie ihm zusammen mit der Unterhose aus, dann warf er sie zur Seite. Tollison spürte Beaus Blick, während er nackt und entblößt auf dem kühlen Marmorboden saß.

„Das ist nicht fair", brummte er.

Beaus Augen wanderten an Tollisons Körper auf und ab, dann lächelte er finster. „Ich finde, es ist sehr fair."

Tollison kam auf die Füße und reichte Beau beide Hände, der ihn hochzog und ins Schlafzimmer führte. Dort nahm Beau sein Schulterholster ab und legte es auf den Stuhl neben dem Bett.

Tollison verschwendete keine Zeit, Beau auszuziehen, abgesehen von den Socken. Damit hatte er noch etwas vor. Er riss die Tagesdecke vom Bett, legte eine Hand auf Beaus Brust, dann stieß er ihn auf das Bett. Tollison verschwand im Badezimmer und kam mit Kondomen und Gleitgel zurück. Das Erste, was er tat, nachdem er zurückkam, war Beaus Socken auszuziehen.

„Ich ficke keine Kerle mit schwarzen Socken", sagte Tollison, während er die Verpackung und die Flasche mit dem Gleitgel neben Beau aufs Bett warf, in Erinnerung an Beaus Kommentar bei ihrem ersten Stelldichein.

Beau grinste Tollison schief an, als wollte er sagen: „Touché."

Tollison kletterte auf ihn und küsste ihn hart auf die Lippen.

„So hat alles angefangen", sagte Beau und schaute lächelnd zu Tollison auf.

Nach dem Blowjob im Foyer hatte Tollison eigentlich vorgehabt, sich heute Abend von Beau durch die Matratze ficken zu lassen, aber er war bereits wieder hart und beschloss, dass er stattdessen den aktiven Part übernehmen würde. Vielleicht hatte er nach diesem Tag diesen Akt der Dominanz nötig. Aber der Grund war ihm im Moment eigentlich egal. Er würde Beau ficken, und zwar hart.

„Ja, fast!", sagte Tollison mit einem bedrohlichen Grinsen. „Außer dass ich dieses Mal fürs Ficken zuständig bin."

Beaus kristallblaue Augen weiteten sich überrascht, als Tollison sich über ihn beugte und küsste, dabei nahm er seine harte Länge in die Hand und pumpte fieberhaft. Tollison glitt an Beaus Körper hinunter, bis er auf einer Höhe mit dessen Schwanz war. Die Spitze war feucht und zeigte Beaus Erregung. Tollison umspannte sie mit den Lippen und glitt bis ganz nach unten, wodurch Beau scharf einatmete und den Rücken durchbog.

Tollisons Mund glitt mehrmals auf und ab, dann konzentrierte er sich auf die Unterseite der Spitze. Er neckte sie und brachte Beaus Schwanz mit jedem Lecken zum Hüpfen und Zucken. Tollison gab Beau frei, öffnete das Gleitgel und gab etwas auf seine Handfläche. Er bestrich Beaus Schwanz großzügig und pumpte ihn mehrmals, bevor er Beaus Beine hob und sie auf seine Schultern legte. Er nahm noch mehr Gleitgel und strich mit dem Daumen um Beaus Öffnung herum, woraufhin ein weiteres Keuchen von dessen Lippen entkam.

Zuerst vorsichtig drang Tollison mit einem Finger in Beau ein, dann mit einem weiteren, bis Beau sich entspannte. Er positionierte sich und drang mit einer fließenden Bewegung in ihn ein, wo Beaus Wärme ihn augenblicklich umgab. Beau zischte, klammerte sich an das Laken und hob sich erneut vom Bett. Tollison hielt seine Position und erlaubte Beau, sich anzupassen, aber nur Sekunden später lagen dessen Hände auf Tollisons Oberschenkeln und leiteten ihn hinein und heraus.

„Beweg dich! Bitte!", flehte Beau.

Beau warf den Kopf zurück und wand sich hin und her. Den Ausdruck auf seinem attraktiven Gesicht konnte man nur als pure Leidenschaft bezeichnen. Tollison war wie hypnotisiert und konnte den Blick nicht abwenden. Er dachte, dass dies vielleicht das Schönste und Sinnlichste war, was er jemals gesehen hatte.

Tollison packte Beaus Schwanz und pumpte ihn im Rhythmus mit seinen eigenen Stößen. Bei jeder Bewegung gab Beau wimmernde Laute von sich, bei denen es Tollison vor Aufregung eiskalt den Rücken hinunterlief. Er ließ Beaus Schwanz los und hielt seine Beine an den Fersen fest. Er hob sie höher und spreizte sie weiter, damit er noch tiefer eindringen konnte. Er wurde mit einem kehligen Knurren belohnt, das Verlangen durch seinen Körper jagte. Beau legte selbst Hand an sich und streichelte sich fieberhaft, die andere Hand führte Tollison immer noch vor und zurück. Er stöhnte zwischen jedem Wimmern und Tollison spürte, wie Beaus Orgasmus bevorstand, als er sich um ihn herum verengte.

„Jetzt", flehte Beau. „Härter! Oh Gott …"

Die erste Welle von Beaus Erguss traf seine Brust und Tollison fickte ihn härter und tiefer. Der nächste Strahl traf Beaus Oberkörper und die letzten Tropfen liefen über seine Finger.

Tollison rammte weiter in Beau, bis er spüren konnte, wie seine Eier sich zusammenzogen, als sein eigener Orgasmus näherkam. Beau schaute nun mit großen Augen zu ihm auf, während Tollison so hart in seinen Arsch stieß, wie er konnte.

„Oh mein Gott …", brüllte Tollison, als die erste Ladung die Spitze des Kondoms tief in Beau füllte. Ein Zucken nach dem anderen durchfuhr Tollisons Körper, bis er sein eigenes Gewicht nicht mehr halten konnte. Er brach auf Beau zusammen, der die Arme um ihn schloss und ihn festhielt.

Tollisons Pulsschlag raste und er kämpfte darum, die Fassung wiederzuerlangen. Beau schien es nicht besser zu gehen und ihre Herzen schlugen gegen die Brust des anderen.

Beau stöhnte auf, als Tollison aus ihm glitt. Tollison stieg aus dem Bett, entfernte das Kondom und ging ins Badezimmer. Kurze Zeit später kehrte er mit einem warmen Waschlappen zurück und zusammen entfernten sie die Reste ihres Spermas vom Bett, dann warf Tollison den Lappen ins Bad.

Er legte sich auf den Rücken und Beau legte den Kopf auf seine Brust. Lange Zeit lagen sie still da, bevor einer von ihnen etwas sagte. Es war Beau, der die Stille durchbrach. „Was ist mit uns?", fragte er. „Das war einfach unglaublich."

„Das war es", stimmte Tollison zu. „Macht es dir etwas aus, wenn wir es nicht sofort analysieren und es noch eine Weile genießen?"

Beau lachte. „Tut mir leid. Eine schlechte Angewohnheit."

Tollison verstärkte den Griff um Beau und schloss die Augen.

ALS TOLLISON sich umdrehte und nach Beau tastete, fand er nur ein kaltes Laken vor. Er öffnete ungläubig die Augen und starrte auf den leeren Fleck im Bett. Er schaute auf die Uhr. Viertel vor sechs. Er tastete auf dem Nachttisch und schaltete die Lampe an, da vernahm er ein leises Quietschen und entdeckte Beau, der halb angezogen auf Zehenspitzen aus dem Badezimmer schlich. Seine Krawatte hing lose um seinen Hals und er hatte seine Schuhe und seinen Mantel in der Hand. Beau erstarrte und schaute auf.

„Tut mir leid, ich wollte dich nicht aufwecken", flüsterte er.

„Wolltest du dich etwa gerade hinausschleichen, ohne dich zu verabschieden?"

Beau deutete auf das Bett, seine Augenbrauen erreichten fast seinen Haaransatz.

Tollison schaute herab und entdeckte ein gefaltetes Blatt Papier auf dem Kissen. Er öffnete es und las: „Ich hatte viel Spaß. Wir sehen uns im Büro. Was hältst du von Abendessen bei mir?" Unterzeichnet war es mit einem simplen „B".

Ein kleines Grinsen erschien auf Tollisons Gesicht. „Komm wenigstens her und gib mir einen Abschiedskuss, bevor du gehst. Und gern!"

„Gern was?", fragte Beau, als er zum Bett kam, ein Knie auf die Matratze stützte und sich vorbeugte.

„Abendessen bei dir", murmelte Tollison, packte Beaus Hemd und zog ihn auf das Bett, dabei flogen Beaus Mantel und seine Schuhe in verschiedene Richtungen davon. Beau landete auf dem Rücken und Tollison saß auf ihm, schaute zufrieden auf ihn herab. „Das wird dich lehren, dich einfach davonzuschleichen, ohne dich zu verabschieden."

„Ich habe eine Nachricht hinterlassen", verteidigte Beau sich.

„Schon, aber wenn ich nicht wach geworden wäre, hättest du das verpasst." Tollison beugte sich vor und berührte Beaus Lippen fast, bevor er innehielt und vom Bett aufstand. „Nicht bewegen."

Eine Minute später kam er zurück und nahm seine Position wieder ein. „Ich musste erst die Zähne putzen."

„Das ist unfair!", protestierte Beau. „Ich habe keine Zahnbürste."

„Halt die Klappe", sagte Tollison und presste seine Lippen in einem langen, heißen, feuchten Kuss auf Beaus. Er konnte fühlen, wie dieser sofort unter ihm hart wurde, und er lächelte an Beaus Lippen. „Okay! Jetzt kannst du gehen."

Beau hob die Hände und schaute zu Tollison auf. „Ist das dein Ernst?"

Tollison öffnete langsam Beaus Gürtel und dessen Hose, dabei ließ er ihn nicht aus den Augen. Er riss dessen Unterwäsche herunter, steckte sie unter Beaus Eier und packte ihn mit der Faust. „Na schön. Aber ich mache das nur, damit du weißt, was dir entgeht, wenn du dich das nächste Mal hinausschleichen willst."

BEAU STAND in der Tür zu seinem Büro. Tollison saß bereits auf seinem üblichen Platz und nahm mit einem zufriedenen Grinsen im Gesicht einen Schluck Kaffee.

„Guten Morgen", sagte Beau und schaute sich um, um sicherzugehen, dass niemand in Hörweite war. „Zum zweiten Mal", sagte er mit einem Augenzwinkern.

Tollison hob seine Kaffeetasse. „Guten Morgen, du Hengst."

Beau richtete sich auf und fühlte sich geschmeichelt. „Hengst, hm?"

„Ich finde es passend, du nicht auch?"

Beau genoss das Kompliment. „Naja, ich bin schon Schlimmeres genannt worden."

„Das glaube ich gern", sagte Tollison. „Größtenteils von mir."

„Unter anderem", fügte Beau hinzu und nahm an seinem Schreibtisch Platz.

„Wenn man vom Teufel spricht", sagte Tollison, als Bruce im Türrahmen erschien.

Bruce deutete wütend auf Tollison. „Warum ist er noch hier?"

„Also bitte, meine Damen", sagte Beau und schaute zwischen ihnen hin und her. „Bleiben wir professionell. Wir haben einen Job zu erledigen. Wo wir gerade davon sprechen ... hast du Robinette schon gefunden?"

„Ja", antwortete Bruce und riss ein Blatt aus seinem Notizblock und reichte es Beau. „Er hat ein kleines Büro in der Magazine Street. Hier ist die Adresse. Und wir überprüfen immer noch Jamison Hayes. Meiner Meinung nach stimmt da etwas nicht."

Tollison schaute Beau an und zwinkerte.

„Was ist mit Überwachungsmaterial aus der Gegend um die Galerie?"

„Wir haben mehrere Überwachungskameras an Privathäusern und Geschäften in der Umgebung der Galerie aufgetan, sodass wir genug Material haben, um ein eindeutiges Bild zu zeichnen. Wir gehen im Moment alles durch, in einem oder zwei Tagen sollten wir damit fertig sein."

„Danke", sagte Beau. „Sag mir Bescheid, wenn noch etwas auftaucht. Oh! Etwas Neues von Auggie?"

Bruce nickte. „Ich habe heute Morgen mit ihm gesprochen. Er liegt immer noch flach, aber er sagt, es geht ihm etwas besser."

„Gut. Ich rufe ihn später an." Beau schaute zu Tollison. „Wollen wir Mr. Robinette einen Besuch abstatten?"

„Ein Wort von dir und ich folge dir bis ans Ende der Welt", witzelte Tollison.

Beau rollte mit den Augen. Er konnte sehen, dass Bruce immer wütender wurde, und er wusste, dass er die beiden auseinanderhalten musste. „Dann lass uns gehen."

BEAU HIELT vor einer Parkuhr im 3900er-Block der Magazine Street. Er sah, wie Tollison auf seine Taschen klopfte und anscheinend nach Kleingeld suchte. Er schaute Beau an. „Ich habe kein Kleingeld."

„Brauchen wir nicht", sagte Beau und legte seinen Polizeiausweis auf das Armaturenbrett.

Tollison hob eine Augenbraue.

Beau lächelte schief. „Einer der Vorteile des Jobs."

Die beiden Männer schlenderten die Magazine Street entlang, dabei passierten sie einen Antiquitätenladen nach dem anderen. Sie blieben vor einem kleinen Laden im 4100er-Block stehen, in dessen Fenster ein Schild hing, auf dem „Haushaltsauflösungen" stand.

Beau schaute auf und fand das Haus wirklich toll. Es sah aus, als stammte es aus Mayberry aus der Andy Griffith Show. Er rechnete fast damit, Tante Bea, Andy, Barney und Goober darin zu sehen.

Eine kleine Glocke erklang, als Beau die Tür öffnete und Tollison vor sich eintreten ließ. Zu seiner Überraschung stand eine ältere Dame, die ihn an Tante Bea erinnerte, auf und lächelte warm. „Kann ich Ihnen helfen, Gentlemen?"

Beau zeigte seine Polizeimarke. „Ich bin Detective Bissonet vom NOPD und das ist Mr. Cruz. Wir würden gern mit Mr. Robinette sprechen."

„Ach herrje", sagte die Rezeptionistin und legte die Hand aufs Herz. „Ich hoffe, er hat keinen Ärger."

„Dazu darf ich Ihnen nichts sagen, Ma'am. Sagen Sie ihm bitte, dass wir hier sind?"

„Leider ist er im Moment nicht im Haus."

Beau schaute Tollison an. „Und wo finden wir ihn?"

„Er kümmert sich heute um eine Haushaltsauflösung in der Louisiana Avenue."

„Wie lautet die genaue Adresse?", fragte Tollison und holte einen Notizblock aus seiner Manteltasche.

„Also ich bin nicht sicher, ob ich Ihnen diese Information geben darf", zögerte die Rezeptionistin.

„Sehen Sie mal, Ms. ..." Tollison hielt inne.

„Ball", sagte die Dame. „Iona Ball."

Iona Ball? Ernsthaft? „Was für ein schöner Name", sagte Tollison und schielte zu Beau, wobei er versuchte, einen ernsten Gesichtsausdruck beizubehalten. „Hat Mr. Robinette eine Anzeige für diese Haushaltsauflösung geschaltet?"

„Vielen Dank. Ich habe ihn von meinem verstorbenen Ehemann Earl Ball übernommen. Und ja, die Anzeige war am letzten Sonntag in der *Times Picayune*."

Tollison nickte und lächelte ehrlich. „Wurde die Adresse in der Anzeige genannt?"

„Das wurde sie tatsächlich", antwortete Ms. Ball, die anscheinend begann, zu verstehen, worauf er hinauswollte.

„Wenn sie also in der –"

Ms. Ball hob die Hand. „Ich verstehe, was Sie meinen, Mr. Cruz. Die Adresse lautet –" Ms. Ball blätterte in einem Notizbuch. „– Louisiana Avenue 1324."

„Vielen Dank", sagte Tollison.

„Und seine Handynummer?", fragte Beau.

Ms. Ball runzelte die Stirn. Sie öffnete den Mund und sah aus, als wollte sie widersprechen, aber dann schloss sie ihn wieder. Anscheinend war sie zu der Erkenntnis gekommen, dass sie keine Wahl hatte. Sie kritzelte die Nummer auf einen Zettel und reichte ihn Beau.

„Vielen Dank, Ma'am. Einen schönen Tag noch."

Tollison nickte ihr zu, dann verließen sie den Laden.

„Ist das wirklich ein Name?", sagte Tollison lachend. „Iona Ball? Ich frage mich, wie ihr Mädchenname war. Man sollte doch meinen, dass sie *den* stattdessen behalten hätte. Es sei denn, er war noch schlimmer als Ball."

„Da gibt es viele Möglichkeiten", meinte Beau. „Iona Dick. Iona Twat. Iona Wasauchimmer. Die Möglichkeiten sind endlos. Klingt wie der Name einer Dragqueen."

Tollison lachte laut auf. „Du hast recht."

„Wir sind da", sagte Beau und hielt an.

Tollison schaute aus dem Fenster und pfiff. „Das ist vielleicht ein Haus."

„Anscheinend ist unser Mr. Robinette ziemlich gut im Geschäft. Ich frage mich, wie hoch sein Anteil an dem Erlös ist."

Die Vordertür des Hauses war offen und ständig kamen und gingen Leute. Beau trat ein und wartete, bis seine Augen sich an das trübe Licht gewöhnt hatten.

Tollison war direkt hinter ihm, während sie langsam durch das Haus gingen. Als sie die Küche erreichten, blieb Beau wie angewurzelt stehen. Er stellte erstaunt fest, dass Della Penna an der Anrichte lehnte und leise mit einem kleinen, untersetzten Mann diskutierte, der mit dem Rücken zur Tür stand.

Beau trat schnell zurück und hob den Arm, um Tollison aufzuhalten, dann deutete er lächelnd in die Küche. „Sieh mal, wen wir hier haben", flüsterte er.

Tollison lugte in die Küche und hielt inne. „Della Penna."

„Und Dudley Robinette, nehme ich an", fügte Beau hinzu. „Beim Streiten."

Beau hörte genau hin. Die beiden Männer sprachen leise, aber hitzig, doch er konnte nicht verstehen, was sie sagten. „Kannst *du* hören, worüber sie streiten?"

Tollison schüttelte den Kopf. „Nein. Sie reden zu leise."

Beau dachte, dass ihnen nur das Überraschungsmoment blieb, deshalb bedeutete er Tollison, ihm zu folgen.

„Guten Morgen, Gentlemen", sagte Beau, als er mit Tollison durch die Tür trat. Della Penna erkannte ihn zuerst und die beiden Männer fixierten einander.

Della Penna sah aus wie ein Kind, das man beim Süßigkeitenklauen erwischt hatte, aber er fing sich schnell wieder und lächelte dreist. „Detective Bissonet. Ermittler Cruz. So treffen wir uns wieder. Ich finde wirklich, dass Sie beide ein seltsames Paar sind."

„Das hören wir öfter", meinte Beau und zwinkerte Tollison zu.

Mittlerweile hatte sich auch der andere Mann umgedreht. Die Worte „Detective Bissonet" hatten offensichtlich seine Aufmerksamkeit erregt, und mit einem nervösen Lächeln sagte er: „Wie kann ich Ihnen helfen, Gentlemen?"

„Mr. Robinette, nehme ich an", sagte Beau.

„Ja, ich bin Dudley Robinette."

Nachdem sie sich einander vorgestellt hatten, sagte Beau: „Was für eine Überraschung, Sie hier vorzufinden, Mr. Della Penna. Mir war nicht bewusst, dass Sie beide sich kennen. Und was für ein hitziges Gespräch."

„Die Kunstszene in New Orleans ist recht klein", gab Della Penna zurück, wobei er den Kommentar über das „hitzige Gespräch" ignorierte. „Früher oder später treffen wir uns immer irgendwo."

„Und wie kommt es, dass Sie heute hier sind?", wollte Beau wissen.

„Ich habe die Anzeige über die Haushaltsauflösung gelesen und mir gedacht, dass ich mich einmal umschaue."

Beau setzte sein bestes falsches Lächeln auf. „Wie seltsam. Ich dachte, Sie stehlen Kunst, nicht dass Sie sie kaufen."

Della Penna schürzte die Lippen und verengte die Augen. „Das ist schon lange her, Detective."

„Jedenfalls wollen Sie uns das glauben machen."

„Bin ich verhaftet?", fragte Della Penna.

„Nicht im Moment", antwortete Beau.

„Dann entschuldigen Sie mich bitte, meine Herren. Ich verabschiede mich."

„Ich muss wohl nicht erneut erwähnen, dass Sie den Staat nicht verlassen sollten."

Della Penna winkte ihm beim Gehen zu, aber antwortete nicht.

Robinette hantierte mit ein paar Papieren auf der Anrichte, dann schaute er auf. „Wie kann ich Ihnen helfen, Detective Bissonet?"

„Ich habe ein paar Fragen über die Kunstwerke, die Sie Mr. Crymes Villerie von der Royal Renaissance Galerie verkauft haben."

Robinette schaute zur Decke und legte den Zeigefinger ans Kinn. „Crymes Villerie? Das sagt mir nichts."

„Ich bitte Sie, Mr. Robinette. Wie oft verkaufen Sie originale Gemälde aus der Zeit des Bürgerkriegs?", sagte Tollison.

„Wer, sagten Sie, sind Sie?", wollte Robinette wissen, dabei sah er offensichtlich verärgert aus.

„Tollison Cruz, Versicherungsermittler von Lloyd's of London."

„Mr. Cruz, bei allem Respekt, ich verkaufe jedes Jahr hunderte Gemälde. Tatsächlich stehen bei fast jedem meiner Verkäufe Kunstwerke auf dem Programm. Wann soll dieser angebliche Verkauf stattgefunden haben?"

„Vor etwa sechs Monaten", sagte Beau.

„Und sie wurden von mir verkauft?"

„Ja, Mr. Robinette", erwiderte Beau ungeduldig. „Vielleicht kann ich Ihrer Erinnerung auf die Sprünge helfen."

Robinette neigte den Kopf und sah fast interessiert aus.

„Die fraglichen Bilder sind *The Little Soldier* und *Robert E. Lee and the Battle of Chancellorsville*. Sie stammten beide von dem Le Moyne Anwesen in der St. Charles Avenue und Sie haben sie an Mr. Crymes Villerie verkauft. Und … sobald sie restauriert waren – oder konserviert, wie man in Ihrem Gewerbe sagt – wurden sie nach einer Veranstaltung aus der Royal Renaissance Galerie gestohlen. Klingelt es jetzt?"

„Vage", meinte Mr. Robinette. „Aber noch einmal, ich verkaufe so viele Gemälde, da ist es schwer, sich an alle zu erinnern. Ich meine aber, dass ich etwas darüber in den Nachrichten gesehen habe."

Tollison holte sein Telefon aus der Tasche und rief Fotos der Gemälde und von Crymes Villerie auf, die er von der Webseite der Galerie heruntergeladen hatte. Er wischte mit dem Finger über den Bildschirm und zeigte Mr. Robinette die drei Bilder. „Vielleicht hilft Ihnen das."

Robinette schaute sich die Fotos an und schüttelte den Kopf. „Es tut mir leid, aber diese Bilder sagen mir überhaupt nichts."

Beau schaute Tollison an. „Also dann erzählen Sie mir von Ihrer Beziehung zu Mr. Della Penna."

„Beziehung? Ich kenne den Mann kaum. Obwohl –" Robinette schaute sich über seine Schulter um. „– sein Ruf als Kunstdieb ist mir bekannt. Wenn jemand wertvolle Kunstwerke gestohlen hat, würde ich ihn mit Sicherheit nicht ausschließen."

„Danke für die Information", sagte Beau. „Sie beide schienen in ein intensives Gespräch vertieft zu sein, als wir ankamen."

„Ach das", meinte Robinette und wedelte nervös mit der Hand. „Nur Kunstkram."

„Oh prima", sagte Tollison und klatschte in die Hände. „Ich liebe Kunstkram. Erzählen Sie."

Robinette schnaubte abfällig. „Wohl kaum. Und jetzt entschuldigen Sie mich bitte, Gentlemen. Ich muss mich um den Verkauf kümmern."

Der Mann drehte sich ungeduldig um und verließ die Küche.

„Er lügt", sagten Beau und Tollison wie aus einem Munde.

„Und wie", fügte Beau hinzu. „Ich denke, ich setze Bruce darauf an, etwas über unseren Mr. Dudley Robinette herauszufinden. Mal sehen, was er ausgräbt."

„Gute Idee."

ALS SIE wieder im Auto saßen, erzählte Beau Bruce am Telefon von ihrer Unterhaltung mit Robinette und steuerte gleichzeitig den Wagen durch den dichten Verkehr in den Straßen von New Orleans. Tollison beobachtete ihn genau. Er fing doch tatsächlich an, den Mann zu mögen. Beau war toll im Bett und wirklich nett anzusehen. Seine Augen, und dass sie je nach seiner Stimmung manchmal grau und dann wieder blau waren, waren faszinierend. Aber der Kerl konnte so verdammt arrogant und herablassend sein. Beau brachte Tollisons Blut innerhalb von Sekunden zum Kochen. Der Mann konnte ihn spielen wie ein Instrument, das war Tollison klar. Und das ärgert ihn mehr als alles andere.

Tollison wusste, dass Arroganz und Herablassung Beau bei seiner Karriere sehr geholfen hatten und gut zu seinem Verhörstil passten, aber was sie beide anging, konnte diese Art gern im Verhörraum bleiben. Tollison wusste, dass er ein solches Verhalten in einer Beziehung niemals tolerieren würde. *Was? Hast du gerade von einer Beziehung gesprochen?*, dachte Tollison und schüttelte den Kopf. *Wirklich?*

„Woran denkst du?", fragte Beau, der anscheinend nicht mehr mit Telefonieren beschäftigt war.

Tollison dachte schnell nach. „Oh, ich habe nur über Robinette nachgedacht", wich er aus, denn er war noch nicht bereit, über das zu sprechen, was zwischen ihnen vorging.

Beau neigte den Kopf und schaute Tollison ungläubig an. Schließlich nickte er. Anscheinend hatte er beschlossen, Tollison zu glauben. „Ja. Dieser Typ weiß mehr, als er zugibt, und wir müssen herausfinden, was. Und wie er uns Della Penna zum Fraß vorgeworfen hat. Erstaunlich."

„Ich wette, die beiden verbindet etwas", meinte Tollison. „Ich kann es fühlen."

„Das sehe ich auch so. Wenn dem so ist, wird Bruce es herausfinden. Und da wir gerade von Bruce sprechen", fügte Beau hinzu, „ihr beide müsst einen Weg finden, miteinander auszukommen. Zumindest, bis diese Ermittlung vorbei ist."

Zumindest, bis diese Ermittlung vorbei ist, dachte Tollison. *Ich bin wohl der einzige, der an mehr als Sex gedacht hat. Dumm von mir.*

Tollison vernahm vage das Wort „Revier", aber er wurde endgültig aus seinen Gedanken gerissen, als er seinen Namen hörte. „Was?"

„Ich fragte, was du von Mittagessen hältst, bevor wir zum Revier zurückfahren", wiederholte Beau. „Geht es dir gut?"

„Ja, alles bestens. Mittagessen klingt gut. Danke."

TOLLISON SCHAUTE auf, als Beau vor einem Restaurant auf der Poydras Street parkte und erneut seine Polizeimarke auf das Armaturenbrett legte. Auf dem Schild des Gebäudes stand Mother's Restaurant.

„Das Beste in New Orleans", sagte Beau.

Tollison zeigte so viel Enthusiasmus, wie er zusammenkratzen konnte. „Klingt gut."

Sie waren wortlos zum Restaurant gefahren und Tollison hatte starr geradeaus geblickt, während Beau ihm immer wieder fragende Blicke zugeworfen hatte. Er wusste nicht warum, aber der kleine Satz „zumindest, bis diese Ermittlung vorbei ist" machte ihm große Sorgen. Er rief sich ins

Gedächtnis, dass er den Mann gerade erst kennengelernt hatte. Und ihn auf Anhieb gehasst hatte. Aber in weniger als einer Woche hatte Beau es geschafft, ihm unter die Haut zu gehen. Darüber war Tollison überhaupt nicht erfreut.

Das Restaurant war zur Mittagszeit ein Tollhaus. Als sie endlich einen Tisch bekamen, bestellte Beau ein Po'Boy-Sandwich mit Austern und einen Eistee. Tollison bestellte Jambalaya und ebenfalls Eistee.

Als die Bedienung ihren Tee gebracht hatte, verschränkte Beau die Finger und stützte die Ellenbogen auf den Tisch. „Erzählst du mir jetzt, was dir auf dem Herzen liegt?"

Tollison sagte das einzige, was ihm einfiel, das nichts mit seinen wirklichen Gedanken zu tun hatte. „Was, wenn Della Penna und Robinette zusammen drinstecken?"

„Ich höre."

„Gehen wir mal davon aus, dass Robinette gewusst hat, dass es Originale sind, und es vor dem Besitzer verheimlicht hat. Dann hat er Villerie angerufen, denn er wusste, dass dieser die Bilder kaufen, restaurieren und versuchen würde, sie weiterzuverkaufen. Sobald das geschehen war, hat er Della Penna angeheuert, sie zu stehlen."

Beau schien darüber nachzudenken. „Aber wieso hat Robinette die Bilder nicht einfach selbst gekauft?"

„In seinem Vertrag könnte es eine Klausel geben, die ihm verbietet, bei seinen Verkäufen selbst etwas zu kaufen. Oder ... wenn Robinette wusste, dass die Bilder zwei Millionen wert sind und er sie dann für zweihundertfünfzigtausend selbst kauft, würde sich das herumsprechen und sein Geschäft und sein Ruf wären ruiniert."

„Kann sein", sagte Beau mit einem Nicken.

„Oder", fügte Tollison hinzu, „vielleicht hatte er einfach keine zweihundertfünfzigtausend Dollar und brauchte jemanden, der sein Projekt finanziert."

„Das ist auch möglich", meinte Beau. „Aber vergiss nicht, dass Della Penna ein wasserdichtes Alibi hat."

„Ja", gab Tollison zu. „Daran arbeite ich noch."

Das Essen kam und Tollison freute sich über die Ablenkung. Beau stürzte sich auf sein Essen wie auf alles andere mit voller Kraft, wohingegen Tollison nur in seinem Essen stocherte. Er hatte so viel über sich und Beau nachgedacht und das musste aufhören. Das zwischen ihnen war, was es war, und wenn sie den Fall lösten, würde es vorbei sein. Davon abgesehen begann es, seinen Job zu beeinflussen, und er musste sich auf den Fall konzentrieren.

Der Vorteil aber war, dass er sich etwas hatte einfallen lassen müssen, als Beau bemerkt hatte, wie nachdenklich er war, und da waren ihm Della Penna und Robinette als Erstes in den Sinn gekommen. Er hatte nicht bewusst über die beiden nachgedacht, aber unbewusst musste er die Verbindung zwischen ihnen gemacht haben. Und jetzt, da er seine Vermutung ausgesprochen hatte, ergab sie wirklich Sinn. Beau und er mussten ihre Theorie immer noch beweisen und da konnte sich diese neue Verbindung zwischen Della Penna und Robinette als zielführend erweisen, den Fall zu lösen.

„Du tust es schon wieder", sagte Beau, dabei hing ihm ein Salatblatt aus dem Mund.

Tollison tippte sich mit dem Finger an den Mund, um Beau zu zeigen, dass er da etwas hatte. „Was tue ich?", fragte er.

Beau legte seinen Po'Boy ab und wischte sich mit der Serviette übers Gesicht. „Nachdenken."

„Das ist mein Job", meinte Tollison. „Ich versuchte, mir ein Bild zu machen."

„Kannst du nicht einmal zum Essen eine Pause machen? Du hast dein Jambalaya kaum angerührt. Wie ist es übrigens?"

„Wirklich gut. Möchtest du probieren?"

Beau nahm mit seiner Gabel einen großen Bissen von Tollisons Essen. „Das *ist* gut."

„Hier", sagte Tollison und schob ihm seinen Teller hin. „Ich bin satt. Nimm es dir."

Beau seufzte. „Nein danke. Reden wir weiter über den Fall."

Tollison schüttelte den Kopf. Das letzte, wonach ihm der Sinn stand, war Reden. „Nein danke. Noch nicht. Ich muss mir erst selbst darüber klar werden. Wenn wir wieder auf dem Revier sind, kann ich dir bestimmt alles erzählen."

„Wenn du meinst", sagte Beau, dann schaufelte er sich Jambalaya auf die Gabel und hob sie zum Mund. Als er sie fast in den Mund gesteckt hatte, klingelte sein Handy. „Verdammt. Fast."

Er holte sein Handy hervor und schaute auf das Display. „Es ist Bruce", murmelte er.

Beau strich mit dem Finger über das Telefon. „Montgomery … Ja", sagte er und nickte.

Tollison beobachtete, wie Beaus Augen sich weiteten und sein Gesichtsausdruck sich mehrmals änderte.

„Heilige Scheiße", sagte er. „Okay. Wir sind unterwegs." Beau beendete das Gespräch und schaute Tollison direkt an. „Robinette ist tot."

Tollison legte beide Hände flach auf den Tisch. „Was?"

„Man hat ihn gerade gefunden und du wirst nicht glauben, wie."

ALS SIE wieder auf dem Anwesen in der Louisiana Avenue waren, war Beau überrascht, zu sehen, wie schnell sich Polizeiautos, Tatortermittler und Journalisten eingefunden hatten.

„Verdammte Presse", schimpfte er, während er dem wachhabenden Officer seine Marke zeigte und unter dem gelben Absperrband hindurchging. Er hielt das Band hoch, damit Tollison ihm folgen konnte. „Diese Typen sind unmöglich. Bestimmt sitzen die den ganzen Tag herum und hören den Polizeifunk ab."

Beau schaute auf und entdeckte Bruce auf der Veranda.

„Wo ist er?", fragte Beau und musste lächeln, als Bruce Tollison mit Blicken aufspießte.

„Folgt mir", sagte Bruce und trat durch die Eingangstür.

Als sie einen Raum im hinteren Teil des Hauses erreichten, der anscheinend ein Büro war, fanden sie Robinette, der auf einem Ledersessel hinter einen großen Schreibtisch saß und dessen Augen ins Leere starrten. Beau konnte ein Lächeln nicht unterdrücken, als er das große, golden gerahmte Bild um dessen Hals entdeckte.

„Wir wissen es erst nach der Autopsie mit Sicherheit, aber davon ausgehend" – er deutete auf eine schmale, rote Markierung rund um Robinettes Hals – „scheint er erwürgt worden zu sein."

„Mit einem Bild?", fragte Tollison.

Beau kicherte, aber Bruce ignorierte den Kommentar und sprach weiter.

„Wir glauben, dass das Bild dort platziert wurde, als er bewusstlos oder bereits tot war."

Beau schaute sich das Bild genauer an. Es zeigte einen älteren Herrn, der hinter demselben oder einem sehr ähnlichen Schreibtisch saß. Das seltsame war, dass Robinettes Kopf genauso aus dem Bild ragte, wie der Kopf des Mannes auf dem Bild gewesen sein musste.

Beau schaute Tollison an. „Denkst du das, was ich auch denke?"

„Della Penna?", erwiderte Tollison.

„Ganz genau", meinte Beau. „Bruce?"

Bruce tastete nach seinem Telefon. „Bin schon dran. Oh, übrigens, das hätte ich fast vergessen. Wir haben ein Video von Della Penna auf der Royal Street in der Nacht des Raubes gegen viertel vor acht abends etwa einen Block von der Galerie entfernt."

„Sie meinen, er war bei der Spendenveranstaltung?", fragte Tollison.

„Es sieht so aus", sagte Beau und drehte sich zu Tollison. „Um wie viel Uhr hast du dich mit ihm im Brennan's zum Abendessen getroffen?"

„Gegen neun Uhr."

Beau rechnete nach. „Von der Galerie zu Brennan's ist es ein Fünfzehnminuten-Marsch, wenn er denn gelaufen ist: Damit hätte er mindestens eine Dreiviertelstunde, um die Galerie auszukundschaften und trotzdem um neun Uhr im Restaurant zu sein."

Er schaute Tollison an. „Wie lange dauert es, ein Ziel auszuspionieren?"

„Das ist unterschiedlich", meinte Tollison. „Aber bei dieser Galerie? Nicht mehr als dreißig Minuten."

„Gibt es Überwachungsmaterial von später am Abend?"

„Noch nicht, aber wir suchen noch."

„Perfekt", sagte Beau. „Ach Bruce. Hol Villerie. Vielleicht erkennt er Della Penna von der Galerie wieder."

BEAU, TOLLISON und Bruce standen gemeinsam mit Crymes Villerie hinter dem Zwei-Wege-Spiegel und beobachteten Della Penna, der am Tisch im Verhörraum saß.

„Er war nicht nur in der Galerie", sagte Villerie, „er war auch auf dem Anwesen in der St. Charles Avenue, als ich die Bilder gekauft habe. Er hat sich vorgestellt und sogar über ein anderes Bild gesprochen, an dem ich interessiert war."

„Heureka", sagte Beau. „Ich glaube, hier haben wir unseren Dieb, meine Herren."

„Aber wo sind die Gemälde?", fragte Tollison. „Ich meine … ich stimme zu, dass Robinette und Della Penna irgendwie involviert waren, aber wenn meine Theorie nicht vollkommen falsch ist, ist Della Penna wohl eher nicht der Dieb."

„Vielleicht *ist* Ihre Theorie falsch", stellte Bruce bissig fest.

Beau unterbrach. „Ich unterhalte mich allein mit Della Penna. Vielleicht kriege ich etwas aus ihm heraus."

„ZWEI MAL an einem Tag, Mr. Della Penna. Wenn ich Sie wäre, würde mich das sehr nervös machen", sagte Beau, der nun gemütlich ihrem Verdächtigen Nummer Eins gegenüber saß.

„Wirklich? Wieso? Es gibt nichts, weswegen ich nervös sein müsste."

„Ach kommen Sie", sagte Beau. „Sie sind ein verurteilter Kunstdieb –"

Della Penna hob einen Finger und unterbrach ihn. „Früherer Kunstdieb. Ich habe meine Zeit abgesessen."

Beau fuhr fort: „Und dennoch stehen Sie in irgendeiner Beziehung zu Dudley Robinette, mit dem sie vorhin eine angeregte Diskussion hatten, und der nun zufällig tot ist."

Della Penna riss die Augen auf. „Tot?" Er wandte den Blick ab und fluchte leise. „Damit habe ich nichts zu tun."

„Waren Sie schon einmal in der Royal Renaissance Galerie?"

„Ich kann es nicht mit Sicherheit sagen", antwortete Della Penna. „Ich gehe zu vielen Ausstellungen. Ich könnte schon einmal dort gewesen sein."

„Lassen Sie es mich anders ausdrücken. Kennen Sie Crymes Villerie, den Besitzer der Galerie, persönlich?"

„Meines Wissens nach nicht."

„Das ist sehr interessant", erklärte Beau. „Denn wir haben Sie auf einem Überwachungsvideo nur einen Block von der Galerie entfernt und Sie sind in diese Richtung unterwegs. Und … Crymes Villerie hat Sie identifiziert. Sie waren nicht nur am Abend des Raubes in der Galerie. Er hat sie auch auf dem Anwesen in der St. Charles Avenue, als er die Bilder gekauft hat, die Sie später gestohlen haben, getroffen."

„Wie ich sagte, ich gehe zu vielen Ausstellungen und treffe viele Leute", gab Della Penna sehr ruhig zu. „Es ist möglich, dass ich bei beiden war. Aber … ich habe keine Bilder gestohlen und auch niemanden umgebracht."

Beau schlug auf den Tisch, stand auf und begann auf und ab zu gehen. „Ich soll also glauben, dass Sie nur zufällig eine hitzige Diskussion mit dem Mann hatten, der die gestohlenen Bilder an den Galeriebesitzer verkauft hat und nun tot ist? Derselbe Galeriebesitzer, mit dem Sie an dem Tag, als er die Bilder gekauft hat, gesprochen haben? Dieselben Bilder, die Sie etwa sechs Monate später in der Galerie ausgespäht haben?"

„Glauben Sie, was Sie wollen, aber ich habe ein Alibi für den gesamten Abend, Detective. Sie haben übrigens nicht danach gefragt, mit wem ich an diesem Abend gegessen habe."

Beau lächelte. „Weil ich nämlich schon weiß, mit wem Sie zu Abend gegessen haben."

„Und hat er Ihnen auch gesagt, dass er nicht mehr aus mir herausbekommen hat, als Sie es tun werden?"

„Ich brauche Mr. Cruz nicht, um mir irgendetwas zu sagen. Ich leite meine Verhöre selbst."

„Warum versuchen Sie dann, mir das hier anzuhängen?"

„Weil alle Beweise auf Sie deuten. Und Beweise lügen nicht."

„In diesem Fall sind Ihre Beweise falsch. Sind Sie sicher, dass Sie alle Verdächtigen ausgeschlossen haben? Vielleicht ist der Dieb direkt vor Ihrer Nase."

„Ich sehe, das hier führt zu nichts", sagte Beau. „Entschuldigen Sie mich."

BEAU GING wieder zu Tollison und Bruce. „Ich glaube, er will uns etwas sagen. Aber was?"

„Er weiß bestimmt etwas", meinte Tollison. „Aber er kann es uns nicht sagen, ohne zuzugeben, dass er dort war." Tollison schaute von Beau zu Della Penna. „Lass mich mit ihm reden."

„Das soll wohl ein Scherz sein", fuhr Bruce auf. „Er ist ein Verdächtiger und Sie sind nicht einmal ein Cop. Beau, das ist verrückt."

„Nein. Ich bin ein Dieb", sagte Tollison. „Genau wie er. Mit mir wird er reden."

„Tu es", sagte Beau und hob die Hand, bevor Bruce protestieren konnte.

„ALSO MACHT der böse Cop jetzt eine Pause und der gute Cop ist dran?", sagte Della Penna. „Aber du bist nicht einmal ein Cop. Wer bist du wirklich, Ermittler Cruz?"

„Das kommt darauf an, wen du fragst", meinte Tollison und nahm Platz. „Ich hatte in der Vergangenheit viele Namen. Namen, die du vielleicht wiedererkennst, abhängig davon, wie weit du herumgekommen bist. In Zürich kennt man mich als Luca Birrer. In Spanien kennt mich die Polizei als Cruz Del Olmo und in Großbritannien kennt Scotland Yard mich als Kiwi. Aber du kennst mich wahrscheinlich als Kane Pousso."

Della Penna setzte sich auf. „San Francisco Museum of Fine Art 2006? Willst du sagen, dass du das warst?"

„Jep", machte Tollison.

„Wie bist du an den Schallsensoren vorbeigekommen?", wollte Della Penna wissen.

„Der Chinese hat einen Schallschutz für mich gebaut", sagte Tollison.

„Ist nicht wahr."

Tollison lehnte sich in seinem Stuhl zurück und lächelte.

„Aber jetzt bist du hier und arbeitest mit den Cops zusammen", stellte Della Penna fest. „Du bist also geschnappt worden."

„Nein, ich bin klüger geworden", meinte Tollison und beugte sich vor. „Ich habe erkannt, dass mich das alles eines Tages einholen würde und jemand verletzt werden könnte. Ich wollte nicht, dass ich das bin."

„Ich habe weder Robinette noch Le Moyne getötet", sagte Della Penna.

„Aber du warst an dem Abend, als Le Moyne getötet und die Gemälde gestohlen wurden in der Galerie, und wir haben mitangehört, dass du mit Robinette gestritten hast."

Della Penna schaute Tollison lange an, bevor er etwas sagte, dann seufzte er. „Ich wurde nicht angeheuert, um die Gemälde zu stehlen. Mein Kontakt hat mir gesagt, dass ich bezahlt würde, um das Sicherheitssystem zu testen und Schwachstellen zu finden. Das ist alles. Und für meine Mühe bekam ich hunderttausend Dollar im Voraus. Als ihr uns habt streiten hören, hat Robinette gerade von mir verlangt, dass ich ihm die Bilder gebe. Wir haben gestritten, weil ich ihm gesagt habe, dass er mich mal kann. Ich würde mit diesem Mann keine Geschäfte machen, auch wenn mein Leben davon abhinge. Er ist der Grund, weshalb ich für den Einbruch ins New Orleans Museum of Art fünf Jahre gesessen habe. Er hat mich dafür angeheuert und dann gegen mich ausgesagt. Ich habe meine Zeit abgesessen und er hat nur einen Klaps auf die Finger bekommen."

„Wo sind die Bilder jetzt?", wollte Tollison wissen.

„Keine Ahnung. Ich habe sie nicht wirklich gesehen."

„Shit!", fluchte Tollison leise. „Wer hat dich dann angeheuert?"

„Wenn du wirklich der bist, als der du dich ausgibst, weißt du genau, dass das immer über einen Mittelsmann läuft. Das ist viel sicherer."

„Ja, bis dich jemand übers Ohr haut", sagte Tollison.

„Deshalb war ich ja so überrascht, dass Robinette mich persönlich angerufen hat. Er muss wirklich verzweifelt gewesen sein."

„Zuerst brauchte Robinette dich, um ihm zu sagen, wie er die Bilder stehlen kann, und später, um sie loszuwerden."

Della Penna rollte mit den Augen. „Sieht so aus. Aber ich weiß nicht, ob ich für Robinette gearbeitet habe. Wieso sollte er erst über einen Mittelsmann agieren und dann seine Tarnung auffliegen lassen, indem er mich direkt anruft?"

„Vielleicht ist es, wie du gesagt hast", meinte Tollison. „Er war verzweifelt."

„Vielleicht", sagte Della Penna. „Aber eine Person hat sich *wirklich* sehr seltsam verhalten, als ich in der Galerie war. Hat mich die ganze Zeit mit Adleraugen beobachtet."

„Und wer war das?", wollte Tollison wissen.

Cruz hörte genau zu, während Della Penna erzählte, was er am Abend der Spendenveranstaltung beobachtet hatte.

Als er endete, konnte Cruz ein Lächeln nicht unterdrücken. Er schaute immer wieder zu dem Zwei-Wege-Spiegel und hoffte, dass Beau auf der anderen Seite war und alles mitgehört hatte. Diese neue Information bestärkte seine Theorie nur noch mehr und er wollte, dass Bruce es ebenfalls hörte.

„Sehr interessant", sagte Tollison und stand auf. „Okay. Warte hier."

„Im Moment habe ich wohl keine andere Wahl."

„Ich sehe, was ich tun kann."

ALS ER die Tür zum Verhörraum schloss, wartete Beau schon auf ihn. „Hast du alles gehört?"

„Das habe ich, aber –"

„Ach komm schon. Er hat keinen Grund zu lügen", flehte Tollison.

Beau fuhr sich mit den Fingern durchs Haar. „Er ist ein Dieb. Er hat viele Gründe, zu lügen."

„Nicht bei diesem Fall. Er weiß, dass du nichts gegen ihn in der Hand hast außer Indizien. Er weiß auch, dass er nur abwarten muss, bis du ihn gehen lassen musst. Das hat er schon öfter mitgemacht."

„Na schön. Bruce! Lass ihn gehen. Aber er darf den Staat nicht verlassen."

BEAU SETZTE sich an seinen Schreibtisch, als er wieder in seinem Büro war. Er stützte die Ellenbogen auf die Tischplatte und legte den Kopf in die Hände. „Denkst du, Robinette steckt hinter all dem?"

Tollison kam um den Schreibtisch herum, legte die Hände auf Beaus Schultern und massierte die verspannten Muskeln, während er laut nachdachte. „Wenn Della Penna die Wahrheit sagt, was ich übrigens glaube, ist er meiner Meinung nach zumindest irgendwie involviert."

Beau rollte den Kopf nach hinten, während Tollison seine Schultern massierte. „Das fühlt sich wirklich gut an. Aber ich denke, uns entgeht etwas."

„Okay, dann bin ich jetzt der Advocatus Diaboli. Wenn Robinette den Diebstahl selbst ausgeführt hat, würde ich wetten, dass er Le Moynes Mörder ist, aber du weißt, was ich glaube", sagte Tollison.

Beau schüttelte den Kopf. „Ja, aber das sagt uns nicht, wer Robinette ermordet hat."

„Oder warum", fügte Tollison hinzu. „Andererseits, wenn Robinette jemanden angeheuert hat, den Überfall durchzuziehen, hat derjenige wahrscheinlich Le Moyne getötet und dann aus irgendeinem Grund auch Robinette erledigt. Wir müssen nur herausfinden, wer diese Person ist. Vielleicht führt uns das dann auch zu den Gemälden."

Tollison drückte Beaus Schultern ein letztes Mal, dann setzte er sich wieder auf seinen üblichen Platz.

„Danke. Das hat sich toll angefühlt."

„Das freut mich, aber hör mal: Da Della Penna nicht mehr infrage kommt, klingt meine Theorie da wahrscheinlicher?"

„Hast du etwa versucht, mich einzuwickeln?", fragte Beau mit einem Lächeln.

„Schon möglich. Hat es funktioniert?"

„Traurigerweise ja", erwiderte Beau amüsiert. „Aber etwas anzunehmen und es zu beweisen, sind zwei verschiedene Dinge. Und bisher … können wir gar nichts beweisen."

Beau und Tollison drehten sich um, als sie ein Klopfen an der Tür hörten. In der Tür stand Bruce mit einem leichten Lächeln im Gesicht. „Ich hab etwas", sagte er. „Überprüf deine E-Mails."

Beau bedeutete Tollison, zu ihm hinter den Schreibtisch zu kommen. Er öffnete seine letzte E-Mail von Bruce und klickte auf das Video im Anhang.

Das Video war sehr dunkel, aber er konnte deutlich eine Person in einem Kapuzenpulli erkennen, die aus der Gasse hinter der Galerie kam, den Kopf gesenkt und die Hände in die Taschen vergraben. Beau schaute auf den Zeitstempel am unteren Rand des Videos. Halb vier! „Die Zeit stimmt, aber das ist nicht Robinette."

„Ja!", flüsterte Tollison.

Beau schaute über seine Schulter. „Denkst du, was ich denke?"

Tollison nickte.

„Aber wenn das unser Mann ist, wo zum Teufel sind dann die Bilder?"

„Was, wenn sie die Galerie nie verlassen haben?", fragte Tollison.

Beau dachte darüber nach. „Das würde jedenfalls erklären, warum sie bis jetzt noch nicht aufgetaucht sind."

„Alle anderen Aufnahmen waren sauber", fügte Bruce hinzu.

„Was ist mit Robinette?", fragte Beau, während er seinen Mantel und seinen Schlüssel schnappte. „Ist bei seiner Überprüfung etwas aufgetaucht?"

„Bisher nichts außer seiner Verbindung mit Della Penna", sagte Bruce. „Della Penna hat übrigens die Wahrheit gesagt. Robinette hat tatsächlich gegen ihn ausgesagt und war größtenteils dafür verantwortlich, dass er verurteilt wurde."

„Okay, meine Herren, gehen wir", sagte Beau. „Wir müssen eine Galerie durchsuchen."

8

„MR. VILLERIE, ich hoffe, es macht Ihnen nichts aus, aber wir müssen uns noch einmal umschauen", erklärte Bruce, während Beau und Tollison sich nach möglichen Verstecken für die gestohlenen Kunstwerke umsahen.

Crymes hob die Hände. „Keineswegs. Wenn es bei Ihren Ermittlungen hilft."

„Ist Mrs. Hayes hier?", fragte Tollison über seine Schulter hinweg.

„Leider nicht", antwortete Crymes. „Sie ist mit meiner Frau in ein Wellnesscenter in Shreveport gefahren, um ein paar Tage Ruhe zu haben. Sie hat immer noch zu kämpfen mit – naja, Sie wissen schon – und brauchte ein wenig Abstand."

„Das verstehen wir", sagte Beau und nickte. „Wir machen so schnell wie möglich, dann belästigen wir Sie nicht mehr."

„Vielen Dank. Dann überlasse ich Sie Ihren Ermittlungen. Ich bin in meinem Büro, wenn Sie etwas brauchen", sagte Crymes und verschwand die Treppe hinauf.

„OKAY, GEHEN wir es noch einmal durch", sagte Beau, während er auf und ab ging. „Dieb Nummer Eins, von dem wir denken, dass er Le Moyne ist, und Dieb Nummer Zwei, von dem wir denken, dass er Robinette ist oder von Robinette angeheuert wurde, dringen entweder durch die Hintertür im Erdgeschoss oder die Terrassentüren im dritten Stock ein. Einer überrascht den anderen und Le Moyne bekommt eine Kugel in den Kopf."

Tollison fuhr fort: „Und da Dieb Nummer Zwei die Zeit davonläuft, versteckt er die Bilder im Gebäude, um sie später zu holen, und entkommt durch einen der beiden Eingänge."

„Jetzt müssen wir nur noch die Bilder finden, um diese Theorie zu beweisen", meinte Bruce.

Beau wanderte durch die Galerie und untersuchte jeden Schrank und jeden Platz, in denen das größere der beiden Gemälde, das ungefähr ein mal ein Meter groß war, versteckt sein könnte. Er fand eine kleine Küche, die wahrscheinlich für das Catering bei Ausstellungen und anderen besonderen Gelegenheiten genutzt wurde. Leider war keiner der Schränke groß genug, um eines der Bilder darin unterzubringen. Außerdem wäre es zu auffällig gewesen, sie in den Schränken zu verstecken.

„Sehen wir uns die oberen Stockwerke an", meinte er und nahm immer zwei Stufen auf einmal.

Als er den Kopf der Treppe erreichte, stand Crymes im Türrahmen zu seinem Büro.

„Wir werden den zweiten und dritten Stock durchsuchen", erklärte Beau. „Hat sich jemand seit der Nacht des Diebstahls und Mordes dort aufgehalten?"

„Auf keinen Fall", sagte Crymes und schaute Bruce an. „Detective Jenkins hat uns gesagt, dass es immer noch ein Tatort ist, also habe ich alles abgeschlossen."

„Können Sie uns bitte öffnen?", bat Tollison.

„Aber sicher", sagte Crymes und verschwand in seinem Büro. Er kehrte mit einem Schlüsselbund zurück, entriegelte die Türen und stieß sie auf. „Bitte sehr, Gentlemen. Darf ich fragen, wonach Sie suchen?"

„Den Bildern", sagte Beau lässig, als er an dem Mann vorbeiging.

Crymes erstarrte mit einem erschrockenen Gesichtsausdruck „Das ist absurd. Warum wollte der Dieb die Gemälde hierlassen?"

Beau blieb nicht stehen. „Leute, klärt Mr. Villerie bitte darüber auf, was wir bisher wissen", sagte er über die Schulter hinweg, dann versuchte er, das Gespräch zwischen Bruce, Tollison und Crymes auszublenden, während er sich umsah.

So weit er sich erinnern konnte, war das Appartement noch genauso wie in der Nacht des Einbruchs. Das kleine Foyer öffnete sich zu einem großen Wohnzimmer mit vier Meter hohen Decken mit schweren Verzierungen und hohen Fenstern.

Beau trat nach links in die kleine Küche mit einem kleinen Spülbecken, Minikühlschrank, Spülmaschine, Mikrowelle und Kaffeemaschine. Er konnte sich in dem engen Räumchen kaum umdrehen, deshalb schloss er es als mögliches Versteck sofort aus.

Er ging wieder ins Wohnzimmer, dann steckte er den Kopf in einen kleinen Raum unter der Treppe. Dort gab es nur eine Toilette und ein kleines Waschbecken, deshalb schloss er ihn ebenfalls aus.

Als er das letzte Mal hier gewesen war, hatte er der Dekoration nicht viel Beachtung geschenkt, aber wenn er sich jetzt umsah, merkte er, dass Villerie anscheinend sehr wichtige Kunden hier untergebracht haben musste. Das Wohnzimmer war sehr gut eingerichtet, das Wort „stattlich" kam ihm in den Sinn. Es war voller Antiquitäten oder zumindest schienen es für Beau Antiquitäten zu sein. Es mochten auch Reproduktionen sein, aber sie sahen trotzdem schön aus.

Tollison erschien hinter ihm und pfiff. „Ich habe nicht auf die Wohnung geachtet, als wir das letzte Mal hier waren, aber hier ist es wirklich nett, was?"

„Das kann man wohl sagen", stimmte Beau zu und schaute Tollison in die Augen. „Ich könnte mir vorstellen, hier zu leben."

Tollison lächelte. „Ja. Villeries Kunden scheinen größtenteils männlich zu sein. Diese Wohnung ist sehr maskulin."

„'Stattlich' war das Wort, das mir als Erstes eingefallen ist, aber du hast recht. 'Maskulin' passt besser."

Beau durchquerte den Raum und untersuchte die großen Bücherregale. Es waren Einbauregale, hinter denen nichts sein konnte, und die unteren Schränke waren nicht groß genug. Er schaute sich um und hielt inne, als er Tollisons Arsch sah. Er ragte in die Luft, als Tollison sich herunterbeugte und unter die Couch sah. Beau genoss den Anblick eine Weile und stellte sich vor, was er hoffentlich später am Abend mit diesem Arsch machen würde.

Nachdem Tollison sich aufgerichtet hatte und die Show vorbei war, öffnete Beau eine kleine Tür unter der Treppe. Er ging auf die Knie und betätigte einen Lichtschalter, den er links neben der Tür ertastet hatte. Als er sich umschaute, sah er, dass es ein Putzschrank war und einen Staubsauger und einen Eimer mit Putzutensilien beherbergte. Die Bilder könnten durch die Tür gepasst haben, aber der Schrank war nicht tief genug für sie.

Beau stand auf und zog frustriert die Augenbrauen zusammen. Tollison und er hatten den ganzen Raum durchsucht und nichts gefunden. Er deutete auf die Treppe und Tollison ging hinauf, und da Beau hinter ihm ging, war Tollisons Arsch erneut genau vor Beaus Gesicht. Tollison schaute über die Schulter und seine Lippen verzogen sich zu einem Lächeln. *Das tut er, um mich zu quälen, das weiß ich ganz genau*, dachte Beau und richtete seinen Schritt.

Tollison blieb am Kopf der Treppe abrupt stehen und Beau, der immer noch auf dessen Hintern starrte, stieß mit ihm zusammen.

Beau blieb stehen, legte die Hände auf Tollisons Hüften und drückte seine Erektion an den Hintern des Mannes. „Oh nein, Großer", flüsterte Tollison. „Heute Nacht stecke ich ihn dir so tief in den Arsch, dass du mich bis in deine Kehle spüren kannst."

Beau seufzte amüsiert und küsste Tollisons Nacken. „Droh mir nicht mit etwas, das mir gefällt", flüsterte er und stieß die Hüften vor.

„Wollt ihr gleich hier ficken?", sagte Bruce schnaubend, als er an ihnen vorbeiging. „Wie wäre es mit ein wenig Professionalität, hm?"

Beau räusperte sich. „Äh, ja. Wir wollten, äh –"

„Ich weiß, was ihr „nur, äh" getan habt", ätzte Bruce und stürmte durch die Tür vor ihnen.

Als Tollison ein Kichern entkam, schlug Beau ihm auf den Hintern und Tollison stürzte theatralisch vorwärts. „Und hören Sie auf, mich abzulenken, Ermittler Cruz", fügte Beau hinzu.

„Ja, Sir", sagte Tollison und ging in den kleinen Flur.

Beau schüttelte den Kopf und lächelte, als er die Tür zu seiner Rechten öffnete. Er fand einen Wäscheraum, der gerade groß genug war für eine Waschmaschine und einen Trockner. Ein Besen und ein Kehrblech hingen an der Wand. Er schloss die Tür und öffnete die nächste. Dort fand er die Heizungs- und Klimaanlage. Nur ein paar Filter lehnten an der Wand.

Als er die Tür wieder schloss, stand Tollison dahinter. „Und?", fragte er.

„Nichts. Und bei dir?"

„Nur ein Wäscheschrank, sonst nichts."

„Versuchen wir es im Schlafzimmer", schlug Beau vor.

„Bist du dir sicher, dass du dich unter Kontrolle hast, wenn wir zusammen im Schlafzimmer sind?"

„Sogar sehr", gab Beau zurück. „Solange Bruce dabei ist, bist du in Sicherheit."

Beau betrat das Schlafzimmer, aber Bruce war nirgends zu sehen. „Bruce?"

„Ich suche im Badezimmer", rief Bruce.

Beau und Tollison schauten einander an. „Meine Güte", sagte Beau. „Sieh dir das an."

Das Schlafzimmer war ebenso groß wie das Wohnzimmer im Stockwerk darunter, aber es hatte niedrigere Decken mit zwei Dachfenstern, die zur Royal Street zeigten, und einer Doppeltür zur Terrasse. Die Wände zur Rechten waren komplett mit Stoffen bezogen. Dort stand auch ein Kingsize-Bett, das mit demselben Stoff gepolstert und dekoriert war. Gegenüber des Bettes stand eine Kommode und darüber hing ein Flachbildfernseher an der Wand. In der Ecke war ein Schreibtisch mit Stuhl und gegenüber davon ein Sofa unter einem der Dachfenster.

Beau tastete sich an der stoffbehangenen Wand entlang und langte so weit nach oben, wie er konnte, und nach unten, dabei rechnete er fest damit, die zwei Bilder hinter den schweren Stoffen zu entdecken, aber zu seiner Überraschung fand er nichts.

Tollison war einmal mehr auf Händen und Knien mit dem Arsch in der Luft und schaute unters Bett. Beau wollte sich nicht wieder ablenken lassen, deshalb durchquerte er den Raum und öffnete eine Tür. Er tastete an der Wand entlang und fand einen Schalter. Licht leuchtete auf und der Raum wurde vom vertrauten Brummen von Leuchtstoffröhren erfüllt. *Natürlich. Ein begehbarer Kleiderschrank.* Die Wände waren voller Kommoden, Regale und

Kleiderstangen, aber vollkommen ohne persönliche Gegenstände, wodurch der Raum leicht zu durchsuchen war.

Beau wollte gerade das Licht ausschalten und weitergehen, als er etwas wie einen türgroßen Ausschnitt in der Trockenbauwand hinter einer der Kleiderstangen entdeckte. Er glitt mit den Fingern in die Ritze und versuchte, von der Wand wegzuziehen, was auch immer es war, aber er hatte kein Glück. Frustriert schlug er mit der Hand dagegen und plötzlich öffnete sich die Tür.

„Verdammt noch mal", sagte er.

Hinter der Tür war ein einen Meter achtzig großer Tresor mit einem Drehschloss von fünfzehn Zentimetern Durchmesser und einem Schloss am Griff.

„Sieh mal an", sagte Tollison, als er hinter ihm auftauchte. „Gute Arbeit."

„Danke", sagte Beau und verbeugte sich. „Hey Bruce! Hol bitte Villerie her."

Bruce streckte den Kopf herein. „Was?"

„Hol Villerie", wiederholte Beau. „Und sag ihm, er soll die Kombination und den Schlüssel für diesen Tresor mitbringen."

VILLERIE DREHTE das Schloss nach rechts, dann nach links und wieder nach rechts. Anschließend steckte er den Schlüssel ins Schloss und drückte den Griff. Beau hörte ein Klicken und Villerie öffnete die große Tür. Darin standen aufrecht etwa zwei Dutzend Bilder.

„Anscheinend haben wir den Jackpot geknackt", sagte Tollison.

„Nicht so schnell, meine Herren", sagte Villerie. „Das ist nur unser Inventar."

„Inventar?", fragte Beau.

„Ja", erklärte Villerie. „Wir wechseln regelmäßig unsere Ausstellungsstücke, um das Interesse zu erhalten. Wenn sich etwas nicht zügig verkauft, ersetzen wir es durch ein anderes Gemälde und lagern es hier ein. Dann versuchen wir hinter den Kulissen, es an spezielle Sammler zu verkaufen, denen wir es persönlich präsentieren. Auf diese Weise ändert sich die Ausstellung der Galerie ständig und wird nicht langweilig."

„Ich verstehe", sagte Beau. „Aber wenn es Ihnen nichts ausmacht, würden wir gern jedes Einzelne dieser Bilder sehen. Schon allein, um unsere Neugier zu befriedigen."

Villerie nickte. „Selbstverständlich. Aber seien Sie bitte vorsichtig, Detective. Diese Bilder sind sehr wertvoll."

„Ich mache Ihnen einen Vorschlag", sagte Beau. „Sie holen sie selbst heraus. Aber bitte nur eines auf einmal, damit wir sichergehen können, dass keines davon zu den fraglichen Bildern gehört."

Villerie holte ein Bild nach dem anderen hervor und lehnte sie an die Wände des Schrankes. Als der Tresor leer war, ging Beau hinein und untersuchte alle drei Wände. „Keine versteckten Stellen. Nichts", murmelte er.

Als Villerie begann, die Bilder wieder zu verstauen, seufzte Beau. „Zurück auf Anfang, Jungs. Danke, Mr. Villerie. Bruce, gehst du ihm bitte zur Hand?"

Beau ging wieder ins Schlafzimmer und blieb in der Mitte des Raumes stehen. „Wenn ich der Dieb wäre, wo würde ich die Gemälde verstecken?" Er schaute sich erneut im Zimmer um. Plötzlich erstarrte er und schlug sich mit der Hand vor die Stirn. Er rannte zum Bett und zerrte die Decken und Laken herunter. „Hilf mir mal, Tollison."

Beau und Tollison schoben die Matratze vom Bett und sie landete mit einem Plumps auf dem Boden. Beau hatte fest damit gerechnet, dass die Bilder zwischen der Matratze und dem Gestell versteckt waren, und er fluchte leise, als er sie dort nicht fand. Er stemmte eine Hand in die Hüfte und rieb sich mit der anderen die Stirn. „Was entgeht uns, Tollison?"

„Warte!", sagte Tollison und deutete auf die Unterseite der Matratze. „Sieh mal."

Beau schaute auf die Matratze und konnte gerade so etwas Eckiges erkennen. Tollison kniete sich neben die Matratze und inspizierte die Nähte. „Hier wurde der Stoff aufgeschnitten und wieder zusammengenäht", sagte er.

Beau holte sein Taschenmesser hervor und schnitt vorsichtig an der Naht entlang, als Bruce und Villerie gerade hereinkamen.

„Stopp!", schrie Villerie und rannte zum Bett. „Was machen Sie denn da?"

„Ich löse diesen Fall", erklärte Beau.

Er schnitt ein Stück vom Laken ab und benutzte es als Handschuh, griff hinein und ertastete etwas Festes. Also steckte er das Messer in die Matratze und schnitt den Stoff von innen auf, damit er den Inhalt nicht beschädigte.

„Sie ruinieren sie", rief Villerie. „Aus welchem Grund?"

Als Beau den Rest des Stoffes herunterriss, schauten die Augen von Robert E. Lee zu ihm auf. „Heilige Scheiße. Aus diesem Grund", sagte er und zog das Gemälde aus der teilweise ausgehöhlten Matratze. Wie er vermutet hatte, war das Kleinere hinter dem anderen eingebettet.

„Meine Güte", sagte Villerie. „Die Bilder waren die ganze Zeit hier?"

„Auf diese Weise musste der Dieb sie nicht aus dem Gebäude schaffen und konnte unerkannt die Straße entlanggehen", erklärte Tollison.

Beau hob die Hand. „Wir wissen, dass dieselbe Person, die die Bilder gestohlen hat, auch Le Moyne getötet hat und sehr wahrscheinlich auch Dudley Robinette. Und … diese Person hatte noch genug Zeit, die Matratze aufzureißen, teilweise die Füllung zu entfernen, zwei Gemälde darin zu verstecken, sie wieder zuzunähen, das Bett zu machen und die Füllung der Matratze zu entsorgen. Wie lange braucht man dafür, was meinst du?", fragte er Tollison.

„Mindestens eine Stunde", antwortete dieser.

Beau nickte. „Mindestens. Und … wie konnte der Räuber/Mörder das alles in der Zeit vom Auslösen des Alarms bis zum Eintreffen der Polizei schaffen?"

Villeries Gesichtsausdruck änderte sich plötzlich. „Sie denken, dass es ein Insider war", sagte er.

Beau nickte. „Bruce?"

„Halt!", sagte Villerie. „Das war ich nicht."

Beau lächelte. „Sie meinen, dass es nicht *nur* Sie waren? Sagen Sie mir, wie passen Le Moyne, Della Penna und Robinette da hinein?"

„Ich habe keine Ahnung", sagte Villerie. „Ich habe Robinette und Della Penna bei der Auflösung des Anwesens zum ersten Mal gesehen und Le Moyne nur an dem Abend, als er in die Galerie gestolpert ist. Das schwöre ich."

„Sehen Sie", sagte Tollison. „Es ist kein Geheimnis, dass Sie finanzielle Schwierigkeiten haben und kurz davor standen, alles zu verlieren. Da haben Sie die Gemälde stehlen lassen und in ihrem eigenen Geschäft versteckt, ohne dass jemand davon wusste. Sehr clever, möchte ich hinzufügen. Dann haben Sie das Geld der Versicherung eingestrichen und Ihre Schulden bezahlt. Und viel später, wenn der Staub sich gelegt hat und der Zeitpunkt richtig ist, können Sie die Bilder auf dem Schwarzmarkt oder an einen der vielen Leute in Ihrem Kreis der Kunstliebhaber des Bürgerkrieges verkaufen. Alles ohne Probleme. Damit werden Sie zwei Mal für die gleichen Gemälde bezahlt."

„Nein!", rief Villerie. „Das stimmt nicht. Ich werde nicht einmal mehr hier sein. Ich habe das Geschäft überschrieben an −" Villerie verstummte abrupt. „Nein, das kann nicht sein …"

„An wen überschrieben?", fragte Beau.

„An meine Tochter."

Bruce schaute zu Beau, der wiederum zu Tollison, der bloß lächelte.

„Nein! Nicht Harper", sagte Villerie. „Das kann Harper nicht getan haben."

„Bruce, ruf einen Streifenwagen und −", setzte Beau an.

„Alles klar", unterbrach Bruce. „Mr. Villerie, ich verhafte Sie wegen des Besitzes von Diebesgut", sagte er, als er dem Mann seine Rechte verlas.

113

„Und", sagte Beau, „ich hoffe, in naher Zukunft Verabredung zum Mord und Diebstahl zu dieser Anklage hinzufügen zu können."

„Ich hatte nichts damit zu tun", flehte Villerie.

„Bruce, finde heraus, in welchem Wellnesscenter die Damen sind, dann kontaktiere das Shreveport Police Departement und lass Mrs. Hayes abholen und nach New Orleans bringen. Tollison und ich verschwinden von hier."

Beau sah, wie Ärger in Bruce' Gesicht aufblitzte, und er bereute seine Worte, aber Bruce schien sich schnell zu erholen. „Mache ich."

„Ich verhöre Mrs. Hayes morgen", fügte Beau hinzu.

Tollison riss ein Laken auseinander und nahm beide Gemälde hoch. „Die sind jetzt Eigentum von Lloyd's of London. Ich werde meinen Boss gleich morgen früh anrufen."

„Wir müssen sie mit aufs Revier nehmen, sie als Beweismittel registrieren und auf Fingerabdrücke untersuchen lassen. Wenn das geschehen ist, können wir sie dir stellvertretend für die Versicherungsgesellschaft überlassen."

Beau nahm Tollison eines der Gemälde vorsichtig mit dem Laken ab und zusammen trugen sie sie nach draußen zum SUV. Er fühlte etwas, das er nicht benennen konnte. Er war beklommen und ungewöhnlich melancholisch, obwohl er gerade einen Fall gelöst hatte. Für gewöhnlich spürte er dann ein unvergleichliches Hoch. Doch dann wusste er es. Jetzt, da Tollison die Gemälde wiedergefunden hatte, würde er wahrscheinlich nach Atlanta zurückkehren. War es nicht das, worauf sie sich geeinigt hatten, bevor alles zwischen ihnen angefangen hatte?

„Ich schätze, du hattest die ganze Zeit recht", sagte Beau, während sie wieder in die Stadt fuhren. „Gute Arbeit."

Tollison lächelte. „Es war nur eine Ahnung, aber danke."

„Eine Ahnung, die sich morgen hoffentlich auszahlen wird."

Tollison antwortete nicht.

Beau räusperte sich. „Da du jetzt die Bilder gefunden hast, wirst du wohl bald nach Atlanta zurückkehren, was?"

„Wahrscheinlich. Es könnte einen oder zwei Tage dauern, bis alles geklärt ist, aber ja, bald."

Bevor Beau antworten konnte, hatten sie den Parkplatz erreicht. Sie brachten die Bilder nach oben in den Beweismittelraum und nahmen sie auf.

Als sie wieder in Beaus Büro waren, kritzelte Beau seine Adresse auf einen Zettel und reichte ihn Tollison. „Ich muss den Captain auf den neuesten Stand bringen. Warum fährst du nicht zu deinem Hotel, duschst und packst ein paar Sachen, um die Nacht bei mir zu verbringen?"

Tollison lächelte. „Das klingt gut. Was soll ich mitbringen?"

Beau schielte zur Tür, um sicherzugehen, dass die Luft rein war, dann packte er Tollison im Schritt. „Nur das hier", sagte er, dann küsste er ihn hastig und ließ ihn los.

„Wo ich hingehe, geht er auch hin", meinte Tollison und leckte sich die Lippen.

„Also ist ja alles klar. Dann treffen wir drei uns in, sagen wir … einer halben Stunde?"

Tollison schaute auf die Uhr. „Das schaffe ich."

TOLLISON VERLIESS das Revier mit gemischten Gefühlen. Er freute sich auf den kommenden Abend, aber er wusste auch, dass es sehr wahrscheinlich sein letzter mit Beau war. Diese Tatsache machte ihm zu schaffen.

Als er sein Auto erreichte, öffnete er es, aber er stieg nicht sofort ein. Er lehnte sich an die Fahrertür und verschränkte die Arme vor der Brust. Er steckte bis zu den Ohren in Emotionen, mit denen er sich nicht beschäftigen wollte, als ein Polizeiwagen neben ihm anhielt. Ein uniformierter Polizist stieg aus und öffnete die hintere Tür. Er langte hinein und legte die Hand auf den Kopf des gefesselten Villerie, damit der Mann sich beim Aussteigen nicht den Kopf anstieß.

Kurz darauf öffnete sich die Beifahrertür und Bruce erschien, der gerade sein Telefon wegsteckte. Als ihre Blicke sich trafen, entdeckte Tollison in dem Blick des Mannes etwas, das er nicht benennen konnte. Während des gesamten Verlaufs der Ermittlungen waren es vernichtende und verabscheuende Blicke gewesen, das war leicht zu erkennen gewesen, aber nun hatte sein Blick etwas Weiches.

Bruce schaute den Officer an. „Bring ihn rein, Tom. Ich komme gleich nach."

Der Officer brachte Villerie ins Gebäude.

„Hey", sagte Bruce und kam zu Tollison. „Geht es Ihnen gut? Sie scheinen tief in Gedanken zu sein."

Überrascht von den sanften Worten, lächelte Tollison schwach. „Ja, es geht mir gut."

„Ich hatte erwartet, dass Beau und Sie schon beim Feiern wären", sagte Bruce.

Tollison überlegte, wie er am besten antworten sollte, denn er wusste, dass der Mann immer noch Gefühle für Beau hatte. Er wollte nicht grausam sein, aber schließlich beschloss er, die Wahrheit zu sagen. „Er spricht noch mit Captain Trenchard. Wir treffen uns später."

Bruce' Ausdruck änderte sich und Tollison erkannte den Schmerz in seinem Gesicht. Es war klar, dass Bruce immer noch an Beau hing, und Tollison wartete auf einen Verbalschlag.

Stattdessen seufzte Bruce und trat neben Tollison. Er lehnte sich an das Auto und starrte ins Leere. Er schien etwas sagen zu wollen, aber er zögerte.

„Na los", sagte Tollison. „Ich will es hören."

Bruce drehte sich zu ihm und schaute ihm in die Augen. „Ja, es tut mir leid."

Tollisons Mund klappte auf und er schloss ihn mit den Fingern. „Das war das Letzte, womit ich gerechnet hätte."

„Das habe ich mir gedacht", meinte Bruce.

„Aber danke, dass Sie es gesagt haben."

Bruce nickte, dann zögerte er erneut.

„Liegt Ihnen noch etwas auf der Seele?", fragte Tollison.

„Es geht mich wirklich nichts an."

„Raus damit", sagte Tollison und bereitete sich auf das vor, was nun kommen mochte.

Bruce räusperte sich. „Äh … diese Sache mit Beau. Ist es … Sie wissen schon … etwas Ernstes?"

Tollison schmunzelte. „Ich kenne den Mann seit nicht einmal einer Woche und wir hatten nicht gerade einen guten Start, aber ich weiß, dass ich ihn mag, und zwar sehr."

„Also", sagte Bruce, „er ist ein toller Kerl und ich liebe ihn immer noch."

„Hören Sie, Bruce –", setzte Tollison an, aber Bruce hob die Hand, um ihn zu unterbrechen.

„Bitte lassen Sie mich ausreden."

Tollison nickte.

„Aber", fuhr Bruce fort, „ich weiß, dass es vorbei ist zwischen uns. Beau ist ein Mann, dem Treue und Vertrauen sehr wichtig sind, und dieses Vertrauen habe ich gebrochen. Ein Mann wie er blickt nicht zurück."

„Dazu gehören immer zwei", sagte Tollison. „Nach dem, was er gesagt hat, waren Sie nicht der einzige, der Fehler gemacht hat."

„Schon, aber ich bin derjenige, der fremdgegangen ist. Der sich jemand anderem zugewandt hat", gab Bruce zu. „Und das werde ich für den Rest meines Lebens bereuen."

„Hören Sie", sagte Tollison, dem der Mann plötzlich leidtat. „Wir alle machen Fehler und machen im Laufe unseres Lebens einige Dummheiten. Es sind nicht unsere Fehler, die uns definieren, es sind die Dinge, die wir tun, um sie wieder gutzumachen, die uns von anderen unterscheiden. Seien Sie nicht zu hart zu sich selbst. Sie haben Ihre Fehler eingestanden und hoffentlich daraus gelernt. Es ist an der Zeit, das alles hinter sich zu lassen."

„Danke", sagte Bruce. „Vielleicht ist es *wirklich* an der Zeit, mich vom Haken zu lassen. Eigentlich uns beide."

„Da könnten Sie recht haben."

„Ich will, dass er glücklich ist, verstehen Sie? Sie sind der Erste, an dem er seit unserer Trennung interessiert ist, und er scheint glücklich zu sein. Er behandelt mich sogar wieder wie ein menschliches Wesen."

„Ich denke, er merkt, dass er ziemlich hart zu Ihnen war."

„Schon möglich", meinte Bruce. „Zuerst habe ich gedacht, dass er anfängt, mir zu verzeihen und es vielleicht noch einmal versuchen will, aber jetzt erkenne ich, dass es daran liegt, dass er Sie kennengelernt hat und endlich in der Lage ist, unter all diese Verbitterung einen Schlussstrich zu ziehen und neu anzufangen."

„Es tut mir leid, Mann", sagte Tollison. „Ich weiß, wie es ist, jemanden zu lieben, der diese Liebe nicht erwidert."

„Beschissen, was?"

„Ja."

„Kehren Sie bald nach Atlanta zurück?"

„Sobald Beau die Gemälde freigibt, muss ich zurück."

„Atlanta ist nicht allzu weit weg", meinte Bruce. „Vielleicht können Sie sich immer noch mit ihm treffen."

„Ich habe keine Ahnung, wie Beau darüber denkt, aber ich würde mich sehr freuen. Es ist nur …"

„Dass Fernbeziehungen nie funktionieren?"

„Genau."

Die beiden Männer standen eine Weile still da, dann richtete Bruce sich auf und bot Tollison die Hand an. „Ich liebe Beau, deshalb will ich, dass er glücklich ist, und wenn Sie ihn glücklich machen, stehe ich hinter Ihnen."

Tollison ergriff die ausgestreckte Hand. „Danke, Bruce."

Bruce wischte sich eine Träne von der Wange, dann drehte er sich um und ging davon, ohne zurückzublicken.

Tollison betrat seine Hotelsuite, warf die Schlüssel auf den Tisch im Foyer und ging direkt zur Minibar. Nachdem er eine Flasche Stella Artois geöffnet hatte, zog er seine Anzugjacke aus, schleuderte die Schuhe weg und öffnete die Tür zu dem Balkon, von dem aus man auf die Bourbon Street sehen konnte. Die warme Nacht brummte vor Touristen, die tranken und die Aussicht genossen, während sie die Straße auf und ab gingen. Der Geruch der typischen Küche von New Orleans erfüllte seine Nase und Jazzklänge schwebten in die Suite.

Er beobachtete die Menschen auf den Straßen des French Quarter, ohne weiter über sie nachzudenken. Seine Gedanken waren nur bei Beau. Er erinnerte sich an das, was Bruce ihm gesagt hatte und fragte sich, ob er Beau *tatsächlich* glücklich machte. Es war viel zu früh, um zu sagen, ob aus ihrer Romanze mehr werden konnte, aber er wusste, dass es eine Verbindung zwischen ihnen gab. Zumindest empfand er es so.

Was ihm aber am meisten Sorgen machte, war, dass er wahrscheinlich nie herausfinden würde, ob es die Chance auf etwas Festes zwischen ihnen gab. Bruce hatte recht. Fernbeziehungen funktionierten nur selten, und nun, da Beau Bruce zu vergeben schien und damit abschließen wollte, würde er wohl nicht lange solo bleiben. Tollison wusste, dass er ein guter Mann war – schlau, gewitzt, gut aussehend und gebaut wie ein Adonis – im Handumdrehen würde ihn sich jemand schnappen.

Davon abgesehen hatte Beau nie angedeutet, dass er an mehr zwischen ihnen interessiert war als das, was sie im Moment hatten, also warum quälte er sich selbst? *Du hast noch eine Nacht. Vielleicht zwei. Warum sie also nicht genießen und das Beste daraus machen?*

Tollison verließ den Balkon und schloss die Tür hinter sich. Er leerte sein Bier und ging durch das Schlafzimmer ins Bad, wo er die Dusche anstellte und sich auszog. Er trat in die Glaskabine und seufzte, als der Dampf ihn umgab und das heiße Wasser begann, seine verspannten und schmerzenden Muskeln zu beruhigen. Er stützte die Hände ab und lehnte sich mit hängendem Kopf an die Wand, während das Wasser über seine Schultern und seinen Rücken strömte und den Stress wegspülte.

In diesem beschützenden Kokon aus Dampf und heißem Wasser wanderten Tollisons Gedanken wieder zu Beau. Er stellte sich den Mann auf dem Rücken vor, wie dessen silbergraue Augen zu ihm aufschauten und sich direkt in seine Seele bohrten. Sein Schwanz füllte sich augenblicklich und wurde vor Verlangen steinhart. Er setzte sich auf die Bank am anderen Ende der Dusche und gab Duschgel auf seine rechte Hand. Er lehnte sich zurück, öffnete die Beine und strich mit seiner seifigen Hand über seine Erektion, er drückte und liebkoste und genoss das Gefühl seiner rauen Hand auf weicher Haut. Seine linke Hand wanderte über seine Brust und rieb und kniff seine Nippel.

In seiner Vorstellung lagen Beaus Beine auf seinen Schultern und Beau stöhnte und wimmerte, während Tollison härter und härter in ihn stieß. Mit jeder Bewegung seiner Hand stellte er sich vor, wie er in Beau eindrang und wieder herausglitt. Sein Orgasmus baute sich schnell auf und innerhalb von

Minuten war es Tollison, der stöhnte, den Kopf zurückwarf und sich auf den Boden der Dusche ergoss. Außer Atem und befriedigt blieb Tollison sitzen, um sich zu sammeln, bis er wieder stehen konnte, um seine Dusche zu beenden.

Er zog Jeans und ein Polohemd an, dann warf er ein paar Sachen in eine Tasche, nahm einen Anzug und ein sauberes Hemd für die morgige Befragung von Mrs. Hayes und ging hinaus.

Er gab Beaus Adresse in sein GPS ein und ließ sich von dem Navigationssystem durch das French Quarter, über die Canal Street und schließlich in den oberen Bereich der Stadt leiten. Zwanzig Minuten später parkte er sein Auto vor einem mintgrünen Häuschen im Arcadia-Stil mit Charleston - Verzierungen, einer großen Veranda mit zwei Schaukelstühlen, drei hohen Fenstern und Zierglas über der Eingangstür. Tollison hatte keine Ahnung, was er erwartet hatte, aber ihm gefiel, was er sah. Der Stil passte haargenau zu Beaus Persönlichkeit. Es war geschmackvoll und maskulin, aber hatte dennoch eine gewisse Verspieltheit.

Tollison betrat die Veranda mit der Tasche über der Schulter und dem Anzug auf einem Kleiderbügel. Er hatte gerade die Hand gehoben und wollte klopfen, da flog die Tür auf und dort stand ein barfüßiger Beau, der zum Anbeißen aussah. „Hallo", sagte er mit einem breiten Lächeln. „Lass mich dir helfen." Er nahm Tollison den Anzug aus der Hand.

Tollisons Füße schienen festgefroren zu sein, während er Beau anstarrte und den Blick nicht von ihm lösen konnte. *Er sieht unglaublich aus.*

Tollison hörte die leise Stimme von John Legend, der irgendwo im Hintergrund sang, aber er konzentrierte sich nur auf den Mann, der vor ihm stand. Zum ersten Mal, seit sie sich kennengelernt hatten, wirkte Beau entspannt und sorgenfrei. Tollison war sprachlos. Beaus Haar war feucht und nach hinten gekämmt und er trug ein hellblaues T-Shirt und Khakishorts.

Beau lachte, anscheinend hatte er Tollisons Blick bemerkt. „Geht's dir gut?"

Tollison nickte und betrat das Haus und schlug die Tür hinter sich zu. Er ließ seine Tasche auf den Boden fallen und stieß Beau mit dem Rücken an die Tür. Er vergrub das Gesicht an Beaus Nacken und inhalierte dessen sauberen, frischen Geruch nach einer kürzlichen Dusche, zusammen mit dessen eigenem, würzigen Aroma. Er leckte an Beaus Hals entlang zu seinem Kinn und eroberte schließlich Beaus Lippen mit einem harten Kuss.

Als Tollison sich zurückzog und lächelte, lächelte Beau ebenfalls. „An diese Begrüßung könnte ich mich gewöhnen", stellte Beau fest.

„Und ich könnte mich daran gewöhnen, sie zu geben. Du siehst übrigens zum Anbeißen aus."

„Gleichfalls", sagte Beau. „Willkommen in meiner bescheidenen Hütte."

„Es gefällt mir hier", sagte Tollison ehrlich. „Zumindest das, was ich bisher gesehen habe."

„Dann zeige ich dir den Rest", sagte Beau und legte Tollisons Anzug auf das Sofa.

Als Tollison sich umdrehte, sah er, dass das Haus moderner eingerichtet war, als er erwartet hatte, wenn auch mit einigen traditionellen Einflüssen. Der Raum war in Grautönen gehalten mit vereinzelten Farbtupfern. Die Möbel waren elegant mit klaren Linien. Erneut hatte Tollison keine Ahnung, was ihn erwarten würde, aber er war überrascht von Beaus Händchen beim Dekorieren.

Als Nächstes kam das Esszimmer, das in einer Mischung aus modern und traditionell gehalten war. Ein langer, schmaler Esstisch mit einer gläsernen Tischplatte und verchromten Tischbeinen stand in der Mitte des Raumes, umgeben von acht Stühlen aus Leder und Chrom. An der gegenüberliegenden Wand stand ein Sideboard aus Mahagoni und auf dem Boden lag ein Orientteppich. Dass der Tisch an einem Ende romantisch für zwei gedeckt war, komplett mit Porzellan, Kristallgläsern und einem silbernen Kerzenleuchter, entging Tollison nicht.

Das Esszimmer öffnete sich zu einem großen Wohnzimmer mit offener Küche und einer Gästetoilette. Die Möbel in der Küche waren aus Kirschbaum, Arbeitsplatte und Spritzschutz aus schwarzem Granit und Geräte aus Edelstahl. Das Wohnzimmer allerdings entsprach ganz und gar Beau. Das war etwas, womit er gerechnet hatte, erkannte Tollison nun.

Der Raum sah bewohnt und gemütlich aus. Tollison konnte sehen, dass Beau den Großteil seiner Zeit hier verbrachte. Eine komplette Wand des Raums bestand aus Backsteinen mit einem großen Flachbildfernseher über einem alten Kamin. In der Mitte stand eine L-förmige, braune Ledercouch mit einem Couchtisch und zwei kleinen Tischen an den Enden. Der Raum war warm und einladend mit weichen Kissen und Decken. Tollison liebte es.

„Oben sind zwei Schlafzimmer und zwei Bäder, die du bestimmt nachher noch sehen wirst", sagte Beau mit einem schiefen Lächeln.

„Na, das hoffe ich doch."

Beau öffnete den Kühlschrank. „Wie wäre es mit einem Bier oder einem Glas Wein? Oh, und ich habe Grey Goose und Oliven, wenn du lieber einen Martini möchtest."

„Was nimmst du?"

„Erst mal ein Bier, aber zum Essen trinke ich einen Wein."

„Dann nehme ich das gleiche."

„Ist Blue Moon in Ordnung?"

„Sicher", sagte Tollison. Er holte tief Luft. „Hier riecht es wunderbar."

„Ich hoffe, du magst Lammrücken."

„Ich bin beeindruckt", sagte Tollison. „Und ja, das ist eines meiner Lieblingsgerichte."

„Freu dich nicht zu früh. Ich hatte keine Zeit, das Fleisch selbst zuzubereiten, deshalb habe ich es in dem Gourmetrestaurant auf der Magazine Street bestellt. Zusammen mit Rosmarinkartoffeln und Spargel. Ich wärme es bloß auf. Aber … ich habe den Salat gemacht."

Tollison lachte. „Ich muss sagen, du bist ein einfallsreicher Mann."

„Da stimme ich dir zu. Das gehört wohl zu meinem Job."

Tollison setzte sich an die Anrichte, trank sein Bier und schaute zu, wie Beau in der Küche arbeitete, wie er hier etwas umrührte und dort etwas überprüfte. Es gefiel ihm, den Mann in seiner vertrauten Umgebung zu sehen. Sie unterhielten sich über Gott und die Welt, abgesehen von ihrem Fall, und als sie sich zum Essen setzten, konnte Tollison sich nicht erinnern, wann er zuletzt einen so schönen Abend erlebt hatte.

Beau trug das Essen auf, goss den Wein ein und zündete die Kerzen an. Beim Essen erzählte Tollison ihm von dem Gespräch mit Bruce.

Während er erzählte, achtete Tollison auf Zeichen, dass Beau vielleicht über seinen Ex noch nicht hinweg war, aber er konnte nichts erkennen, was auf Kränkung, Schmerz oder Eifersucht hindeutete.

Beau legte die Gabel hin und schaute Tollison an. „Er hat uns also seinen Segen gegeben? Als könnte ich nur damit weitermachen."

„So kam es mir überhaupt nicht vor", sagte Tollison. „Er liebt dich immer noch, Beau. Er weiß, dass er es vergeigt hat und bei dir nie wieder eine Chance haben wird, aber er will dennoch, dass du glücklich bist."

„Das ist so verdammt rücksichtsvoll von ihm."

„Komm schon, Beau. Nimm es etwas lockerer. Kannst du dir vorstellen, wie schwer es für ihn sein muss? Wie schwer es sein muss, uns zusammen zu sehen und zu wissen, was wir außerhalb der Ermittlungen machen? Ich weiß nicht, ob ich das könnte, wenn ich an seiner Stelle wäre."

„Jetzt klingst du schon wie Auggie."

„Vielleicht solltest du auf uns beide hören."

„Ich versuche wirklich, eine bessere Arbeitsbeziehung mit ihm zu haben, aber das ist zurzeit alles", erklärte Beau. „Vielleicht können wir irgendwann Freunde werden, aber im Moment bin ich immer noch so wütend auf den Kerl, dass es mir schwerfällt, ihn zu sehen, ohne ihm eine reinhauen zu wollen."

„Das ist ziemlich offensichtlich", meinte Tollison. „Aber das Warum macht mir Sorgen. Denkst du, dass du vielleicht immer noch in ihn verliebt sein könntest?"

Beau atmete aus. „Selbstverständlich bin ich nicht mehr in ihn verliebt. Ich meine, er wird mir immer etwas bedeuten, aber *verliebt* bin ich nicht mehr.

Außerdem, was wäre ich für ein Mann, wenn ich mit dir zusammen wäre, während ich in einen anderen verliebt bin?"

Tollison horchte auf. „Wir sind zusammen?"

„Das wäre ich gerne", sagte Beau. „Ich weiß, dass wir uns erst seit einer Woche kennen, aber ich spüre etwas zwischen uns. Und ich würde gern sehen, wohin es führt."

Tollison nahm Beaus Hand in seine. „Das geht mir auch so, aber wenn ich abreisen muss, werden achthundert Kilometer zwischen uns liegen. Und meiner Erfahrung nach funktionieren Fernbeziehungen nie."

Beau drückte Tollisons Hand. „Das sind acht Stunden mit dem Auto oder eineinhalb mit dem Flugzeug. Ich denke, das schaffen zwei erwachsene Männer eine Weile."

„Aber ich reise so viel", erwiderte Tollison. „Wann sollen wir uns da sehen?"

„Wir werden einen Weg finden, wenn wir es wirklich wollen. Ich habe noch mehrere Monate Resturlaub, und den kann ich nehmen, wann ich will und solange ich will."

„Und wenn der verbraucht ist?", wollte Tollison wissen.

„Wenn wir dann immer noch glücklich zusammen sind, machen wir den nächsten Schritt. Ich meine … es gibt endlos viele Möglichkeiten, so wie ich das sehe."

„Zum Beispiel?", fragte Tollison.

„Ich könnte zum Beispiel zu dir nach Atlanta ziehen oder du könntest dich erkundigen, ob deine Firma dich auch von New Orleans aus arbeiten lässt. Wenn es so weit ist und wir es wirklich wollen, werden wir einen Weg finden."

Plötzlich wurde Tollison von Emotionen überrollt und musste die Tränen zurückkämpfen. Beau glaubte alles, was er sagte, und die Überzeugung hinter diesen Worten traf Tollison direkt ins Herz.

Wie aufs Stichwort, begann John Legend „All of Me" zu singen, und Tollison stand auf und reichte Beau die Hand. „Tanz mit mir."

Beau nahm sie und stand auf. Zuerst wussten sie nicht, wer führen sollte, aber dann übernahm Tollison die Führung und Beau gab nach. Tollisons linke Hand lag in Beaus rechter und sein Arm war eng um Beau geschlungen. Sie wiegten sich zur Musik, Wange an Wange. Beau fühlte sich so gut an in seinen Armen. Wie hatte er nicht sehen können, wohin das führen würde?

Tollison senkte den Kopf und knabberte an Beaus Nacken, während er seinen Griff um Beaus Rücken verstärkte. Er drehte sich zu einer Seite, dann zur anderen, bewegte sich leichtfüßig im Takt der Musik und zu seiner Überraschung fiel es Beau nicht schwer, mit ihm mitzuhalten.

Als das Lied zu Ende war, hob er Beaus Kinn, presste seine Lippen auf die von Beau und gab ihm einen tiefen Kuss. „Das war schön. Du bist ein ziemlich guter Tänzer."

„Danke. Ich liebe es, zu tanzen", erwiderte Beau. „Außerdem war das gar nichts. Du solltest mich mal sehen, wenn ich es richtig krachen lasse."

Tollison lachte. „Darauf komme ich noch zurück."

„Hey", sagte Beau. „Lass uns das Geschirr in die Spülmaschine räumen, dann können wir den Rest des Abends genießen."

„Gern", sagte Tollison und nahm seinen Teller und sein Besteck.

Beau blies die Kerzen aus und brachte sein eigenes Geschirr in die Küche.

„Stell alles hier ab, dann kümmere ich mich darum", sagte Beau. „Du holst den Wein und wir treffen uns auf der Couch."

Kurze Zeit später kam Beau zur Couch und setzte sich auf einen der kleinen Tische. Er hob Tollisons linkes Bein, zog dessen Schuh aus und massierte kurz seinen Fuß, bevor er das Gleiche mit dem rechten machte. Er schob Tollisons Beine zur Seite, bis dieser ausgestreckt auf der Couch lag. Beau kletterte über ihn und glitt zwischen Tollison und den Rückteil der Couch. Er stützte den Kopf auf eine Hand und strich mit der anderen über Tollisons Brust. „Das ist schön", sagte er.

„Ich kann nicht glauben, dass ich morgen zurück muss", flüsterte Tollison.

„Nicht, wenn ich die Kunstwerke nicht freigebe", sagte Beau.

„Das stimmt. Wie lange kannst du sie zurückhalten, ohne Probleme zu bekommen?", fragte Tollison.

„Mindestens bis der Fall abgeschlossen ist und das ist er noch nicht."

„Ich hoffe fast, dass Mrs. Hayes unschuldig ist, damit wir von vorn beginnen müssen."

„Ich weiß, was du meinst", sagte Beau und küsste sanft Tollisons Wange. „Aber ich glaube, wir haben sie am Haken."

„Da bin ich nicht so sicher. Aber du weißt ja, ich habe immer vermutet, dass ihr Ehemann auch die Finger im Spiel hat."

„Keine Ahnung. Aber vielleicht hast du recht. Wir werden sehen."

„Sieh uns an", sagte Tollison. „Was hat sich in einer Woche zwischen uns geändert. Als wir uns kennengelernt haben, konntest du es nicht einmal ertragen, mich anzusehen, von Zusammenarbeit gar nicht erst zu reden."

„Ja, ich war wirklich ein Arsch. Aber in einem hast du unrecht." Tollison hob eine Augenbraue und Beau fuhr fort: „Ich konnte es sehr wohl ertragen, dich anzusehen, und wie ich das getan habe. Ich musste mich immer wieder daran erinnern, dass ich dich nicht leiden kann."

Tollison kicherte. „Ich weiß. Ich habe gesehen, wie du mich angeschmachtet hast, wenn du geglaubt hast, dass ich es nicht merke."

„Ach ja?", machte Beau und schlug Tollison auf die Brust.

„Jep. Aber es hat mir gefallen. Und nur damit du es weißt, ich fand dich wirklich heiß."

„Wirklich?"

„Auf jeden Fall."

„Warum verlegen wir diese Party dann nicht nach oben?"

„Ich folge dir", sagte Tollison, nahm Beaus Hand und küsste sie zärtlich.

Als sie den Fuß der Treppe erreicht hatten, machte Beau zwei Schritte, bevor Tollison ihn umdrehte, dessen Arme über seinen Kopf hob und ihn an die Wand pinnte. Tollison zog Beau das T-Shirt über den Kopf und warf es auf den Boden. Er presste die Lippen in die Kurve von Beaus Nacken und knabberte vorsichtig, während er Beaus Nippel kniff. Beau atmete scharf ein und packte Tollisons Kopf mit beiden Händen. Er zog Tollison zu sich heran, bis sich ihre Nasen fast berührten. Seine Augen hatten ein tiefes Grau angenommen und sein Blick war so intensiv, wie Tollison es noch nie bei ihm erlebt hatte. Beau lächelte ihn verführerisch an und biss in Tollisons Unterlippe, zog sich zurück und rieb mit den Zähnen über die empfindliche Haut. Tollison spürte einen elektrischen Schlag, dessen Zucken direkt in seinen Schwanz fuhr, und wurde von Sekunde zu Sekunde härter.

In einer überraschenden Bewegung drehte Beau ihn herum und wiederholte, was Tollison zuvor bei ihm getan hatte. Tollison sah, wie sein Hemd durch die Luft flog, und fühlte Beaus Lippen an seinem linken Nippel. Beau biss sanft zu, dann leckte er und biss erneut zu, was Tollison in den Wahnsinn trieb. Er hielt Beaus Hinterkopf, presste dessen Gesicht an seine Brust und forderte ihn so auf, weiterzumachen. Beau küsste an Tollisons Brust entlang und attackierte dessen anderen Nippel in gleicher Weise. Tollisons bestrumpfte Füße rutschten auf dem Holz der Treppenstufen und er merkte, wie er fiel, aber Beau hielt ihn unter den Achseln fest und zog ihn wieder hoch. Beau ging auf die Knie und hob nacheinander Tollisons Füße, zog ihm die Socken aus und warf sie über das Treppengeländer.

Sie küssten sich den ganzen Weg die Treppe hinauf, und als sie den ersten Stock erreicht hatten, war Beau bereits dabei, Tollisons Gürtel und den Reißverschluss der Jeans zu öffnen. Beau riss die Jeans bis zu Tollisons Knien herunter und rieb sein Gesicht an dem Baumwollstoff von dessen Boxershorts. Tollison spürte Beaus heißen Atem und wie dieser durch den dünnen Stoff hinweg an seiner Erektion knabberte.

„Weg damit", murmelte Beau und zupfte an Tollisons Jeans. Tollison hob zuerst den einen, dann den anderen Fuß und Beau riss ihm die Jeans herunter und warf sie über seine Schulter. Dann kam er wieder auf die Füße, hob Tollison hoch und trug ihn ins Schlafzimmer. Tollison spürte das Bett an der Rückseite seiner Beine, als Beau ihn absetzte. In einer fließenden Bewegung hing Tollisons Unterwäsche an seinen Knöcheln und er lag flach auf dem Bett, dabei standen seine Füße immer noch auf dem Boden. Beau beugte sich hinunter und zog die Unterhose ab, ließ seine eigenen Shorts und Unterhose zu Boden gleiten und trat heraus.

Tollison sah zu, wie Beau sich an das Fußende des Bettes kniete, mit der Zunge unter Tollisons Eier fuhr und bis zur Spitze seines Schwanzes leckte, wo er die empfindliche Unterseite umfing und neckte. Tollison keuchte auf, als Beaus warmer, feuchter Mund seine Erektion zur Gänze schluckte und ihn tief in die Kehle nahm. Beau hielt ihn dort und schluckte, um ihn noch ein wenig tiefer aufzunehmen.

„Großer Gott", zischte Tollison, klammerte sich an die Bettdecke und schloss die Augen.

Während Beau an Tollisons Länge auf und ab glitt, stellte Tollison sich vor, wie Beau auf ihm saß und seinen Schwanz mit langsamen, gleichmäßigen Bewegungen ritt. Als hätte er seine Gedanken gelesen, ließ Beau ihn los und langte zum Nachttisch, um ein Kondom und Gleitgel zu holen. Er riss die Folie mit den Zähnen auf und nahm das Kondom in den Mund. Beau senkte sich erneut auf Tollisons Erektion und streifte ihm das Kondom mit den Zähnen und der Zunge bis zum Anschlag über. Als das Kondom sicher saß, richtete Beau sich erneut auf. Tollison befürchtete, allein von dem Anblick, wie Beau sich vorbereitete, abspritzen zu müssen.

Beau warf die Flasche mit dem Gleitgel neben Tollison, kletterte auf das Bett und zeigte ein intensives Lächeln. Als er sich auf Tollison setzte, begann Tollisons Herz vor Aufregung zu rasen. Er tastete nach dem Gleitgel und öffnete die Flasche, dann gab er etwas davon auf seine Hand, um Beaus Erektion genüsslich zu bearbeiten.

Tollison erschauerte vor Aufregung, als Beau Tollisons Schwanz an seiner Öffnung positionierte und begann, sich langsam auf und ab zu bewegen, um sich an das Eindringen zu gewöhnen. Tollison bearbeitete Beaus Schwanz weiter, während der tiefer und tiefer glitt, bis sein Arsch auf Tollisons Hüften ruhte und er Tollison mit seiner Wärme umgab.

Beau hielt die Position kurzzeitig, bevor er wieder begann, sich zu bewegen. Er lehnte sich zurück und stützte die Hände auf Tollisons Oberschenkel. Er hob sich, glitt wieder herunter und ritt Tollisons Erregung. Tollison konnte fühlen, wie Beau sich um ihn herum mit jeder Bewegung anspannte, und er bearbeitete Beau im gleichen Rhythmus.

Er beobachtete Beau genau und fand, dass dies wahrscheinlich der sinnlichste Anblick war, den er je gesehen hatte. Beau hatte den Kopf zurückgeworfen, seine Augen waren geschlossen und er stöhnte vor Verlangen, während sein Körper sich um Tollison öffnete. Dieser begann, die Hüften jedes Mal nach oben zu stoßen, wenn Beau sich senkte, und Beau stöhnte nur noch lauter, dann drückte er Tollisons Oberschenkel kurz und ließ sie dann los.

Tollison konnte die Augen nicht von Beau abwenden, der den intensiven Blick von Tollison gespürt haben musste und die Augen öffnete, um diesen direkt anzusehen. Er lächelte zufrieden und beugte sich vor, um Tollisons Lippen mit einem erhitzten Kuss zu nehmen, während er weiter auf den Wellen der Lust ritt, die ihn offensichtlich durchströmten.

„Ich will dich auf deinem Rücken", flüsterte Tollison und stützte sich auf die Ellenbogen, um Beaus warmen Lippen entgegenzukommen. „Bitte."

Beau glitt von Tollison herunter und rutschte auf dem Bett weiter nach oben, dann legte er sich auf den Rücken und schaute Tollison erwartungsvoll an. Tollison kniete sich zwischen Beaus Beine, hob sie auf seine Schultern und positionierte sich an Beaus Hintern, dann drang er langsam ein. Erneut warf Beau den Kopf zurück und klammerte sich an Tollisons Oberschenkel, um ihn vorwärts zu leiten, bis er vollkommen eingedrungen war.

Tollison hielt die Position und gab Beau Zeit, sich anzupassen, bis Beau bettelte: „Beweg dich, Tollison, bitte."

Tollison zog sich fast komplett heraus und glitt wieder hinein.

„Ja", zischte Beau, während er den Kopf von einer Seite zur anderen warf, die Arme ausstreckte und das Laken packte.

Tollison fand seinen Rhythmus und erhöhte Tempo und Intensität, dann nahm er erneut Beaus Schwanz in die Hand und bearbeitete ihn im Takt seiner Stöße. Mit jeder Bewegung über die Spitze konnte Tollison spüren, wie Beau sich um ihn herum verengte und wieder lockerte.

Beaus Muskeln spannten sich sichtbar an und plötzlich stieß er Tollisons Hand weg. „Noch nicht", bat er. „Ich will so lange wie möglich aushalten."

Tollison bewegte sich langsam hinein und heraus, dabei versuchte er jedes Mal, diesen besonderen Punkt zu berühren, der ihn wahnsinnig machte, wenn er an Beaus Stelle war. Er hatte offensichtlich Erfolg, den Beaus Stöhnen wurde mit jeder Bewegung lauter und intensiver, und er stieß seine Hüften nun auf und ab, während sie sich bewegten, als wären sie eins.

Tollison ließ Beaus Beine herunterfallen, als er sich herunterbeugte und seine Lippen auf Beaus drückte. Beau stemmte sich sofort hoch und schlang die Arme um Tollisons Rücken, während Tollison frenetisch in ihn stieß. Beaus Schwanz war zwischen ihnen eingezwängt und Tollison konnte fühlen, wie er bei jedem Stoß zuckte und hüpfte.

„Oh mein Gott", machte Beau an Tollisons Lippen. „Ich komme."

Tollison bewegte sich schneller. „Ich auch."

Er fühlte, wie seine Eier sich zusammenzogen und der Orgasmus in ihm aufstieg. Er hatte Gänsehaut und spürte, wie sich alles in ihm zusammenzog, während er sich tief in Beau ergoss.

Beau hielt ihn fester und stöhnte an Tollisons Mund, als er kam, und Tollison spürte die warme Feuchtigkeit zwischen ihnen. Er stieß weiter zu, so schnell er konnte, um Beau die Gelegenheit zu geben, den Orgasmus bis zum Ende voll auszukosten.

Als Beau ihn losließ, bewegte Tollison sich langsamer und brach schließlich auf Beau zusammen, so außer Atem, dass er kaum einen Laut von sich geben konnte. Beau schien es ebenso zu gehen, so heftig hob und senkte sich seine Brust. Tollison spürte, wie Beau zusammenzuckte, als er aus ihm glitt, und er drückte sich von Beau hoch, rutschte nach unten und leckte jeden Tropfen von Beaus Samen auf dessen Bauch auf, bis dieser wieder sauber war. Dann nahm er Beau in den Mund und saugte auch den letzten Tropfen heraus.

Erschöpft und befriedigt drehte Tollison sich auf den Rücken und zog Beau an sich. Beau entfernte das Kondom von Tollisons halb hartem Schwanz und stieg aus dem Bett. Kurz darauf kam er mit einem warmen Waschlappen zurück und reinigte Tollison. Dann warf er den Lappen durch die Badezimmertür und kuschelte sich wieder an Tollison.

„Das war total heiß", sagte Beau. „Du hast dich in mir wirklich gut angefühlt."

„Du hättest es mal von meiner Perspektive aus erleben sollen", witzelte Tollison.

„Tollison", flüsterte Beau. „Wirklich, ich –" Er verstummte mitten im Satz.

„Was *wirklich*?", fragte Tollison und hob den Kopf, um Beau anzusehen. Beau zögerte.

„Raus damit, Bissonet."

„Ich mag dich", sagte Beau leise. „Ich mag dich wirklich."

„Was für ein Zufall", sagte Tollison. „Ich mag dich auch wirklich."

„Nein, im Ernst", meinte Beau. „Du verstehst das nicht. Ich bin zum ersten Mal seit Bruce bei jemandem an mehr als Sex interessiert."

Tollison drehte sich auf die Seite und stützte den Kopf auf einen Ellenbogen. „In den letzten Tagen habe ich mir Sorgen gemacht, dass ich New Orleans verlassen würde, ohne zu wissen, wie es mit uns weitergeht. Du hast heute Abend keine Andeutung gemacht, wie du empfindest und, naja, seien wir ehrlich, wir sind erwachsene Männer, keine Teenager. Ich meine … wir kennen uns erst seit einer Woche und … du weißt, wie es in den ersten Tagen lief."

„Ich dachte, das läge hinter uns", meinte Beau.

„Das war auch so – ich meine, das ist auch so, aber du –"

Beau unterbrach ihn: „Ich … ich war einfach ein Arschloch."

„Das stimmt", lenkte Tollison ein. „Du warst ein Arschloch, und um ehrlich zu sein, ich sehe, wie du Bruce behandelst, und das will ich nie am eigenen Leib erleben."

Beau drehte sich zur Seite, schaute zur Decke und grinste. „Das ist ganz einfach, Tollison. Wenn das mit uns hält und wir Probleme haben, betrüg mich einfach nicht, dann wird das auch nicht passieren."

„Ich bin nicht der Typ, der fremdgeht", stellte Tollison klar. „Wenn ich nicht mehr mit dir zusammen sein will, sage ich es dir einfach. Kein Fremdgehen. Kein Drama. Keine Streitereien. So einfach ist das."

„Dann haben wir ja kein Problem."

„Ich schätze nicht", stimmte Tollison zu.

Dann lagen sie lange Zeit still da, während Beau Tollisons Kopf streichelte und mit dessen dichtem, schwarzen Haar spielte.

„Warst du schon einmal in einer festen Beziehung?", fragte Beau leise.

„Ja, war ich", antwortete Tollison.

„Darf ich fragen, was passiert ist?"

„Mein Job", erwiderte Tollison in nüchternem Tonfall.

„Hatte er etwas gegen Versicherungsermittler?"

Tollison lachte. „Der Job davor."

„Ohhh", sagte Beau, dem plötzlich aufging, was Tollison meinte. „Er hatte also etwas gegen Kunstdiebe."

„Genau."

„Ich auch, deshalb bin ich froh, dass wir uns viel später kennengelernt haben."

„Das verstehe ich, Beau, aber mein Wahnsinn hatte Methode. Ich hatte das Gefühl, Unrecht wiedergutmachen zu müssen."

„Welches Unrecht?"

„Ich bin um die Welt gereist und wurde ziemlich gut bezahlt, um Kunstwerke wiederzubeschaffen, die ihren rechtmäßigen Besitzern gestohlen wurden."

„Wer hat dich engagiert?"

„Manchmal die rechtmäßigen Besitzer, manchmal die Regierung eines Landes. Das hing von den Umständen ab."

„Hat dir diese Arbeit gefallen?"

„Ich habe den Rausch genossen", gab Tollison zu. „Und … es lag eine gewisse Befriedigung darin, Kunstwerke wieder dorthin zu bringen, wo sie hingehören."

„Wie lang?", fragte Beau.

„Wie lang was?"

„Wie lang wart ihr zusammen?"

Tollison hob die geöffnete Hand. „Fast fünf Jahre. So lange hat es gedauert, bis er endlich herausgefunden hat, womit ich meinen Lebensunterhalt verdiene. Und als es so weit war, hat er sich aus dem Staub gemacht."

„Hast du noch Kontakt zu ihm?"

„Nein", antwortete Tollison. „So weit ich weiß, ist er immer noch in Genf, wo wir zu der Zeit gelebt haben. Ich habe ihm eine Nachricht hinterlassen, als ich bei Lloyd's of London angeheuert habe, aber er hat mich nicht zurückgerufen. Das sagt wohl alles."

„Tut mir leid", sagte Beau. „Aber sein Verlust ist mein Gewinn."

Tollison lachte laut auf. „Du bist ein seltsamer Vogel, Montgomery Beaumont Bissonet."

„Nicht wirklich", gab Beau zurück. „Ich bin nur ein einfacher Kerl, der sich nimmt, was er will."

Tollison kuschelte sich an Beau, schlang den Arm um ihn und flüsterte ihm ins Ohr: „Das freut mich."

9

BEAU UND Tollison betraten das Revier und gingen schnurstracks in Bruce' Büro. „Wie geht es Mrs. Hayes heute Morgen?", fragte Beau.

„Sie ist nicht besonders glücklich", meinte Bruce. „Offensichtlich ist sie ziemlich verwöhnt. Es war vier Uhr morgens, als sie in New Orleans ankam. Sie hat verlangt, auf der Stelle ihren Anwalt zu sehen und wollte obendrein noch Frühstück. Ihr Ehemann Schrägstrich Anwalt hat versucht, jeden Richter, den ihr Vater kennt, aus dem Bett zu werfen, aber seit dem Ärger mit Mrs. Villerie, und weil sie ebenfalls festgehalten wird, wollte keiner etwas damit zu tun haben."

Beau schaute Tollison an und lächelte. „Dann ist es wohl an der Zeit, unsere Magie spielen zu lassen."

„Nach dir, Houdini", sagte Tollison und wies mit der Hand zur Tür.

Als sie den Verhörraum betraten, schaute Mrs. Hayes auf und funkelte sie an.

„Guten Morgen, Mrs. Hayes", sagte Beau mit einem herablassenden Lächeln. Er deutete auf Tollison. „Sie erinnern sich an Ermittler Cruz?"

Harper erwiderte das Lächeln ebenso herablassend. „Ich verlange, entlassen zu werden."

„Mrs. Hayes, Sie sind nicht in der Position, Forderungen zu stellen. Wir bereiten uns darauf vor, sie wegen Mordes und Verschwörung anzuklagen, es sei denn, Sie haben stichhaltige Beweise, die das Gegenteil belegen."

„Ich habe niemanden getötet und auch meinem Vater diese Bilder nicht gestohlen", sagte Harper.

„Ich bitte Sie", sagte Beau. „Wir wissen, dass Sie Ihren Vater nicht bestohlen haben. Er hat uns erzählt, dass er Ihnen die Galerie überschrieben hat."

Harpers Gesicht verlor jeden Ausdruck, doch sie erholte sich schnell. „Und was geht Sie das an?", wollte sie wissen. „Ich sehe keinen Grund, warum ich das Erbe meiner Familie vor Ihnen rechtfertigen sollte."

„Weil sich in diesem Erbe gestohlene Kunstwerke befunden haben."

Harper setzte sich auf. „Sie haben die Bilder gefunden?"

„Ja", sagte Tollison. „Dort, wo Sie sie versteckt haben."

„Wo ich sie versteckt habe?", wiederholte Harper. „Ich habe Ihnen doch gesagt, dass ich die Bilder nicht gestohlen habe."

„Wissen Sie", sagte Beau und neigte den Kopf. „An Ihrer Stelle würde ich mir überlegen, wie ich es rechtfertigen würde, Le Moyne und Robinette getötet zu haben. Wenn es nicht gerade Selbstverteidigung war oder ein schrecklicher Unfall, könnte das einen Unterschied von dreißig Jahren ausmachen."

„Ich habe keinen dieser Männer getötet", sagte Harper.

Beau stand auf und begann, wie üblich auf und ab zu gehen. „Mrs. Hayes, wir haben einen Gerichtsbeschluss, der es uns erlaubt, Ihre Finanzen unter die Lupe zu nehmen und wir *werden* Beweise finden, dass Sie Della Penna einhunderttausend Dollar bezahlt haben, damit er für Sie die Schwächen im Sicherheitssystem findet."

„Tut mir leid", sagte Harper. „Ich weiß nicht, wovon Sie reden."

Tollison versuchte es mit einer kleinen Lüge. „Della Penna hat gestanden, dass Sie ihn bezahlt haben, um die Galerie auszuspionieren."

„Na dann hat er gelogen", sagte sie. „Aber selbst wenn ich das getan hätte, was ist falsch daran, die Sicherheit der Galerie zu überprüfen?"

„Zuerst einmal", meinte Tollison, „heuern die meisten Leute dafür keinen verurteilten Kunsträuber an."

„Meiner Meinung nach wäre das die perfekte Wahl", meinte Harper. „Wenn ich es getan hätte."

„Außerdem", erwiderte Tollison, „werden die Gemälde gerade auf Fingerabdrücke überprüft und ich wette, dass man Ihre überall darauf findet."

„Sie gehören der Galerie", sagte Harper. „Selbstverständlich werden meine Fingerabdrücke darauf zu finden sein, ebenso wie die meines Vaters."

Bevor Beau antworten konnte, klopfte es an der Tür. Sie öffnete sich langsam und Bruce streckte den Kopf herein. „Tut mir leid, wenn ich störe, aber ich muss euch beide sprechen."

Beau schaute Bruce an, als wollte er sagen: „Ich hoffe, das ist wichtig", und Bruce nickte. „Entschuldigen Sie uns einen Moment."

Tollison und er verließen den Raum. „Was hast du?", fragte Beau.

„Wir haben die Ergebnisse der Analyse der Fingerabdrücke."

„Und ...?", fragte Beau.

„Wir haben die Abdrücke von Robinette, Crymes Villerie und Harper Hayes gefunden, außerdem waren welche in den Spritzern von Le Moynes Blut", erklärte Bruce.

Beaus Augenbrauen erreichten fast seinen Haaransatz.

„Lassen Sie mich raten", sagte Tollison. „Jamison Hayes."

„Bingo!"

„Ich wusste es", sagte Tollison. „Ich wusste, dass mit dem Kerl etwas nicht stimmt."

„Dieser Fall wird immer interessanter", meinte Beau. „Holt ihn her. Wir versuchen in der Zwischenzeit herauszufinden, was Mrs. Hayes weiß."

Zurück im Verhörraum entschuldigte Beau sich für die Unterbrechung und schaute Tollison an. „Also wo waren wir?"

„Du wolltest über die Fingerabdrücke sprechen", sagte Tollison.

„Ah, richtig. Sagen Sie mir, Mrs. Hayes, hatte Ihr Ehemann jemals mit den Bildern zu tun?"

„Ich glaube nicht", sagte Harper. „Er hatte gar keine Gelegenheit dazu. Ich habe sie ausgepackt, als sie vom Restaurateur gekommen sind und Crymes hat sie für die Ausstellung aufgehängt."

„Wenn Ihr Ehemann keine Gelegenheit hatte, die Bilder zu berühren, bevor sie aufgehängt wurden, wie erklären Sie sich dann seine Fingerabdrücke, vermischt mit Le Moynes Blut, darauf?"

Harper begann zu zittern und alles Blut wich aus ihrem Gesicht. „Jamies Abdrücke sind auf den Bildern?"

„Zusammen mit dem Blut von Le Moyne", wiederholte Beau.

Harper wandte den Blick ab. „Oh mein Gott, Jamie", sagte sie und begann zu weinen.

„Mrs. Hayes", sagte Beau leise und reichte Harper ein Taschentuch. „Sie können es ihm und sich selbst leichter machen, wenn Sie uns alles sagen, was Sie wissen."

ALS BEAU und Tollison den anderen Verhörraum betraten, saß Jamison Hayes in einem Stuhl und hatte den Kopf auf die Hände gestützt.

„Mr. Hayes", sagte Beau, „es tut mir leid, Ihnen das sagen zu müssen, aber Ihr Spiel ist vorbei. Wie Sie bereits wissen, haben wir Ihre Frau und Ihren Schwiegervater in Gewahrsam, und wenn Sie uns nicht alles sagen, was Sie wissen, werden die beiden verhaftet."

Jamison schaute auf. „Detective, ich bin Anwalt. Ich weiß, dass Sie sie nicht lange hier behalten können, ohne sie anzuklagen. Und dafür haben Sie keine Beweise."

„Sie sind im Unrecht, Mr. Hayes", erklärte Beau. „Wir haben nun alle Beweise, die wir brauchen."

Jamison schaute ihn fragend an.

„Es stimmt", fügte Beau hinzu. „Mit der Hilfe von Ermittler Cruz haben wir die Bilder gefunden, die in der Galerie versteckt waren. Leider wurden sowohl die Fingerabdrücke Ihrer Frau als auch die Ihres Schwiegervaters überall darauf gefunden. Des Weiteren wissen wir, dass Sie und Ihre Frau viel zu verlieren haben, da Mr. Villerie Ihnen vor kurzem die Galerie überschrieben hat. Außerdem hat Ihre Frau gestanden, Della Penna angeheuert zu haben, die Galerie für sie auszuspionieren. Alles in allem haben wir meiner Meinung nach genügend Beweise, um sie beide zu verhaften."

„Nein!", schrie Jamison und schlug mit der Faust auf den Tisch. „Harper hat ihn nicht angeheuert."

„Das hat sie aber gesagt", erklärte Beau.

„Aber sie war es nicht, okay? Sie will mich decken. Ich habe ihn angeheuert. Sind Sie jetzt zufrieden?"

„Sehr sogar!", sagte Beau.

Jamison rieb sich über das Gesicht und ließ den Kopf auf die Hände fallen. Beau nutzte die Gelegenheit, Tollison ein zufriedenes Lächeln zuzuwerfen, bevor er fortfuhr.

„Mr. Hayes, entweder sagen Sie uns genau, was passiert ist, oder Ihre Frau wird die Konsequenzen tragen."

Als Jamison aufschaute, standen Tränen in seinen Augen. „Sie hatte keine Ahnung davon. Ich schwöre es. Niemand sollte verletzt werden. Das ist alles Dudleys Schuld. Wenn er mich nicht angerufen hätte, um Geld zu leihen, wäre niemandem –"

„Moment", unterbrach Beau. „Dudley Robinette hat Sie kontaktiert?"

„Ja. Er war mein Cousin", erklärte Jamison. „Er hatte diese beiden Gemälde, die ich von ihm kaufen sollte. Er erklärte, dass die Besitzerin des Anwesens eine ältere Dame war, deren verstorbener Ehemann ein Kunstkenner war. Sie hatte keine Ahnung, wie viel manche der Gemälde wert waren, und Dudley wusste, dass die beiden betreffenden Bilder Originale waren. Er wollte, dass ich sie bei der Haushaltsauflösung kaufe, und er wollte den Gewinn mit mir teilen, nachdem er sie weiterverkauft hatte. Für mich war dieser Plan ein Ausweg. Ein Weg, meine Spielschulden zu bezahlen."

„Das einzige Problem war", meinte Beau, „dass Sie das Geld nicht hatten."

„Genau", sagte Jamison. „Also war die einzige Möglichkeit, Crymes zu involvieren. Ich wusste, dass diese Gemälde genau das richtige für ihn sind, und nachdem er sie gesehen hatte, würde er definitiv genug Geld auftreiben, um sie zu kaufen und restaurieren zu lassen."

Tollison nickte. „Also hat Dudley den anonymen Anruf gemacht, durch den Crymes auf das Anwesen eingeladen wurde."

„Ja."

„Halt", sagte Beau. „Wenn Dudley, abgesehen von dem, was er für seine Arbeit bei der Haushaltsauflösung verdient hätte, nichts bekommen sollte, wie wollten Sie beide dann davon profitieren?"

„Dudley wollte Della Penna dazu bringen, die Kunstwerke zu stehlen, nachdem sie restauriert waren", erklärte Jamison.

„Aber Della Penna hat abgelehnt?", fragte Beau.

„Zuerst nicht", meinte Jamison. „Ursprünglich hat er eingewilligt. Aber meine hirnlose Schwiegermutter muss ihn kurze Zeit später angerufen haben, und da hat er einen Rückzieher gemacht. Sie wollte ihn dafür bezahlen, die Bilder zu stehlen. Und er hätte sie behalten dürfen."

„Inklusive des Profits", fügte Tollison hinzu.

Jamison hob einen Finger. „Sie dürfen nicht vergessen, dass Della Penna Dudley nicht vertraut hat. Dudley war derjenige, der nach dem Einbruch in das New Orleans Museum of Art gegen ihn ausgesagt hat."

„Und ab da begann ihr Plan, schiefzugehen."

„Zu dieser Zeit hatte Harper bereits herausgefunden, dass Crymes in ernsten finanziellen Schwierigkeiten steckte und Gefahr lief, alles zu verlieren, auch die Galerie."

„Ihr Erbe", fügte Tollison hinzu.

Jamison nickte. „Ich habe mir gedacht, wenn ich die Bilder stehle und sie in der Galerie verstecke, würde Crymes das Geld von der Versicherung bekommen. Er könnte seine Schulden bezahlen und hätte vielleicht noch genug übrig, um mir etwas zu leihen, damit ich meine Spielschulden bezahlen kann. Meine 'Bekannten'", sagte Jamison und machte mit den Fingern Anführungszeichen in der Luft, „hatten begonnen, Harper zu bedrohen und mich in meiner Kanzlei bloßzustellen. Das konnte ich nicht zulassen … um unser aller Willen. Ich habe keinen anderen Ausweg gesehen."

„Eins interessiert mich noch", sagte Tollison. „Was wollten Sie mit den Gemälden anfangen?"

„Wenn der Staub sich gelegt hätte und die Spur erkaltet wäre, hätte Dudley sie verkaufen sollen."

„Und warum hat er das nicht?", wollte Beau wissen.

„Er hat kalte Füße bekommen, nachdem Sie ihn befragt haben. Er hatte Angst, dass Sie die Verbindung zwischen uns finden würden."

„Und deswegen haben Sie ihn getötet?", fragte Tollison.

„Er wollte mich verraten", sagte Jamison und senkte den Kopf.

„Aber warum die Show?", fragte Beau. „Das Bild auf seinem Kopf war doch ziemlich theatralisch."

„Jeder in der Kunstszene wusste, dass Della Penna und Dudley sich gehasst haben, und Dudley hat mir erzählt, dass Sie hörten, wie die beiden gestritten haben. Also wollte ich es so aussehen lassen, als hätte Della Penna es getan. Das hätte jeder geglaubt."

Beau schaute Tollison an und schüttelte den Kopf.

„Erzählen Sie mir alles, an das Sie sich aus der Nacht, in der Sie die Bilder gestohlen und Le Moyne getötet haben, erinnern können", sagte Beau.

Jamison stand auf und begann, auf und ab zu gehen. „Ich habe gewartet, bis Harper zu Bett gegangen war, dann habe ich mich aus dem Haus geschlichen, die Galerie durch die Vordertür betreten und den Alarm ausgeschaltet. Ich habe die Bilder von der Wand genommen, sie aus ihren Rahmen gelöst und nach oben gebracht."

Beau unterbrach: „Und dann sind Sie auf Le Moyne getroffen?"

Jamison blieb stehen und schaute Beau direkt an. „Ja. Er ist einfach aufgetaucht. Nach seinem betrunkenen Auftritt auf der Eröffnung hat er wohl beschlossen, sich wiederzuholen, was seiner Meinung nach ihm gehörte. Wir sind beide erstarrt, als wir uns getroffen haben. Er muss mich gehört haben, denn er kam aus Crymes' Büro und richtete dessen Waffe auf mich. Wir haben gekämpft und ich konnte ihm die Waffe entreißen."

„Le Moyne war ein großer Mann", meinte Beau.

„Das war er, aber ich war schneller. Le Moyne hat nach der Waffe gegriffen. Was hätte ich denn tun sollen? Da habe ich den Abzug gedrückt."

Beau legte die Hand flach auf den Tisch. „Einfach so? Sie haben einen Menschen getötet."

„Ich hatte keine Wahl", gab Jamison zurück. „Entweder er oder ich. Aber ich schwöre, dass ich nicht geplant hatte, ihn zu töten."

„Reden Sie weiter", sagte Beau.

„Ich habe ihn ins Badezimmer geschleppt und die Tür hinter mir geschlossen. Dann habe ich die Gemälde ins Schlafzimmer des Appartements gebracht und das Bett abgeräumt. Ich habe die Matratze an der Naht aufgerissen, genug von der Füllung entfernt, um die Bilder unterbringen zu können, alles wieder zusammengenäht und das Bett wieder gemacht."

Beau schaute Hayes an. „Das erklärt, warum wir Ihre Fingerabdrücke in Le Moynes Blut auf beiden Gemälden gefunden haben."

Hayes zuckte zusammen.

Beau fuhr fort: „Dann sind Sie nach unten gegangen und haben die Alarmanlage wieder eingeschaltet."

„Ja, aber erst, nachdem ich den Sensor an der Hintertür abgebaut hatte, damit es so aussah, als wäre das der Fluchtweg gewesen."

„Wie konnten Sie das Sicherheitssystem wieder einschalten, wenn der Sensor abgebaut war?", fragte Tollison.

„Ich habe dafür gesorgt, dass der Sensor noch funktioniert hat, als ich den Alarm wieder eingeschaltet habe, und ihn dann absichtlich ausgelöst. Ich bin nach oben gerannt und durch die Terrassentür im dritten Stock und über die Feuertreppe geflohen."

„Wo ist die Mordwaffe jetzt?", fragte Tollison.

„Auf dem Grund des Mississippi."

„Jamison Hayes", sagte Beau. „Ich verhafte Sie wegen Versicherungsbetrugs und den Morden an Dudley Robinette und Anthony Le Moyne."

Tollison verliess den Verhörraum, während Beau Jamison seine Rechte verlas. Er ging zurück in Beaus Büro und stellte fest, dass er ziemlich durcheinander war. Er setzte sich auf seinen üblichen Platz und dachte über die Situation nach. Einerseits sollte er hocherfreut darüber sein, dass der Fall gelöst war. Da die vermissten Kunstwerke wieder da waren, bekäme er einen Haufen Geld, von seinem Ansehen in der Firma gar nicht erst zu reden. Aber auf persönlicher Ebene fühlte er sich ziemlich schlecht. Beau würde die Kunstwerke freigeben müssen und Tollison hätte keinen Grund mehr, in New Orleans zu bleiben.

„Verdammt, Tollison! Du bist kein verliebtes Schulmädchen", murmelte er. „Hör auf damit."

„Hör auf womit?", fragte Beau und legte von hinten die Hände auf Tollisons Schultern, um sie zu drücken und zu massieren.

„Äh, nichts", wiegelte Tollison ab. „Ich führe nur Selbstgespräche."

„Also", meinte Beau. „Mr. Hayes wird gerade erkennungsdienstlich erfasst und wir haben Mr. Villerie und Mrs. Hayes entlassen. Das war vielleicht ein Fall, was?"

„Ziemlich verworren", stimmte Tollison zu. „Aber ich habe die ganze Zeit vermutet, dass Jamison etwas damit zu tun hatte. Ich konnte es bloß nicht beweisen."

„Bis wir diese blutigen Fingerabdrücke gefunden haben", fügte Beau hinzu.

Beau küsste Tollison auf den Kopf, drückte ein letztes Mal dessen Schultern und setzte sich an seinen Schreibtisch. „Und nun kommen wir zum spaßigen Teil."

„Dem Papierkram", sagten beide verzagt.

„Übrigens, ich muss meinen Boss anrufen, ihn auf den neuesten Stand bringen und mich um meinen eigenen Papierkram kümmern. Außerdem", fügte Tollison zögernd hinzu, „wird er wissen wollen, wann die Gemälde freigegeben werden."

Beau schien genau nachzudenken. „Naja, ich kann die Beweise auf keinen Fall freigeben, bis mein Papierkram fertig und der Fall komplett geschlossen ist. Das dauert mindestens eineinhalb Tage, und da heute Freitag ist, wird es frühestens Montagnachmittag, vielleicht sogar Dienstag."

Tollison lächelte. „So lange, hm?"

„Ich fürchte schon", sagte Beau und erwiderte Tollisons Lächeln.

„Na dann. Ich sage es ihm."

Beaus Augen waren hoffnungsvoll. „Warum checkst du nicht aus deinem Hotel aus und verbringst das Wochenende bei mir?"

Tollison dachte über das Angebot nach. „Das würde ich sehr gern", sagte er mit sanfter Stimme.

Beau lächelte und zwinkerte. „Gut. Dann treffen wir uns wieder hier, wenn du fertig bist. Beeil dich. Es ist Freitag und ich will das Wochenende einläuten."

Tollison salutierte. „Ja, Sir, Detective."

Beaus Augen leuchteten amüsiert auf. „Blödmann", sagte er schließlich und schüttelte den Kopf. „Jetzt verschwinde hier, damit ich wenigstens versuchen kann, mich zu konzentrieren und etwas Arbeit zu erledigen."

TOLLISON KEHRTE in sein Hotel zurück und setzte sich im Schneidersitz in Socken mitten auf das Bett. Er baute seinen Laptop vor sich auf und rief seinen Boss an, dabei klemmte er das Telefon zwischen Ohr und Schulter und tippte mit beiden Händen, während er ihn auf den neuesten Stand brachte. Sein Boss war selbstverständlich hocherfreut und wie erwartet bat er ihn, in New Orleans zu bleiben, bis die Bilder freigegeben waren, damit er den Transport nach Atlanta überwachen konnte.

Natürlich stellte Tollison es so dar, als wäre das ein großes Opfer für ihn, bis zum Anfang der nächsten Woche zu bleiben, aber innerlich freute er sich sehr darüber, ein paar Tage mehr mit Beau verbringen zu können.

„Wie ist es mit diesem sonderbaren Detective gelaufen?", wollte Tollisons Boss wissen. „Ich weiß, dass er nicht erfreut darüber war, dass Sie an den Ermittlungen beteiligt waren."

„Sagen wir einfach, dass wir Frieden geschlossen haben", erwiderte Tollison kichernd.

„Gut zu hören. Das war gute Arbeit. Ich erwarte Ihren Bericht so schnell wie möglich."

„Danke. Ich arbeite in diesem Moment daran und schicke ihn, sobald er fertig ist. Wir sehen uns nächste Woche."

„Nächste Woche? Warum dauert es so lange, bis der Detective unser Eigentum freigibt?"

„Soweit ich weiß", sagte Tollison und stellte sich dumm, „will Detective Bissonet erst den Fall komplett abschließen, bevor er sie uns übergibt."

Sein Boss grunzte: „Das werden wir ja sehen", und beendete das Gespräch.

Tollison warf das Telefon auf das Bett.

Dreieinhalb Stunden später unterzeichnete er seinen Bericht über die Ermittlung und schickte ihn ab. „Na also", murmelte er. „Damit ist der Chef bestimmt das ganze Wochenende beschäftigt."

Er schloss seinen Laptop und legte ihn auf das Bett, dann streckte er sich und unterdrückte ein Gähnen. Er überlegte, ob er ein kurzes Nickerchen machen sollte, aber dann schaute er auf seine Uhr. „Verdammt! Wohin ist der Tag bloß verschwunden?"

BEAU SEUFZTE. „Wieder einer erledigt", sagte er und schloss den Ordner auf seinem Schreibtisch. Er rechnete nicht damit, dass sich in dem Fall noch mehr ergeben würde, denn sie hatten ein volles Geständnis von Hayes. Natürlich würde es einen Prozess und einen Urteilsspruch geben, aber falls Hayes sein Geständnis nicht widerrief, sollte das ein Kinderspiel sein. Er schaute auf, als er ein vertrautes Räuspern vernahm.

„Hey Bruce. Was gibt's?", fragte Beau und drehte sich mit seinem Stuhl herum, um den Ordner in den Aktenschrank hinter seinem Schreibtisch zu stellen.

„Ähm … eigentlich nichts. Ich wollte mich fürs Wochenende verabschieden und sichergehen, dass du für den Bericht nichts mehr von mir brauchst."

„Danke. Nein, ich mache ihn am Montag fertig und maile ihn dem Captain." Beau lehnte sich in seinem Stuhl zurück und verschränkte die Hände hinter dem Kopf. „Hast du einen Moment Zeit?"

Bruce schaute auf seine Uhr. „Sicher. Was hast du auf dem Herzen?"

„Komm rein und schließ die Tür, ja?"

Nachdem Bruce sich gesetzt hatte, beugte Beau sich vor und stützte die Hände auf den Schreibtisch.

„Tollison hat mir von eurem Gespräch über mich erzählt, deshalb wollte ich mich bedanken."

Bruce neigte den Kopf. „Ich habe alles, was ich gesagt habe, ernst gemeint, Beau. Ich will, dass du glücklich bist, und wenn Cruz dich glücklich macht, stehe ich voll hinter dir."

Beau lehnte sich wieder zurück. „Es ist zu früh, um zu sagen, ob wir langfristig miteinander glücklich sein können, aber ich mag ihn."

„Die Entfernung wird eine Herausforderung", meinte Bruce.

„Ja, das ist der schwerste Teil, aber ich habe viele Urlaubstage angesammelt und die werde ich nutzen. Vielleicht –" Beau verstummte. „Vergiss es."

„Was *vielleicht*?", fragte Bruce. „Komm schon, Beau. Ist es nicht an der Zeit, dass wir ehrlich miteinander sind?"

Beau nickte. „Ich wollte sagen, dass wir vielleicht nicht wären, wo wir jetzt sind, wenn ich den Urlaub genommen hätte, als wir beide noch zusammen waren. Das ist alles."

Bruce' Unterlippe begann zu zittern und eine einzelne Träne rann seine Wange hinunter. Er wischte sie schnell weg, aber er sah erleichtert aus. „Danke, dass du das gesagt hast", murmelte er und schaute zu Boden, während er die Hände rang. „Ich bin alles in meinem Kopf wieder und wieder durchgegangen und bin immer wieder zu dem Ergebnis gekommen, dass der Fehler bei mir lag. Ich bin der Grund, warum wir sind, wo wir sind, und ich habe endlich verstanden, dass du wegen meiner Fehler nicht mehr leiden darfst."

Beau stand auf, ging um den Schreibtisch herum und lehnte sich vor Bruce auf die Tischkante. Er hob Bruce' Kinn. „Wir sind beide verantwortlich, nicht nur du allein. Und … es ist an der Zeit, dass ich aufhöre, dir die Schuld zu geben. Davon hatten wir wirklich genug."

Beau stand auf, reichte Bruce die Hand und zog ihn hoch. Er stand auf und Beau legte die Arme um ihn und hielt ihn fest.

„Wir haben beide Fehler gemacht."

Bruce erwiderte die Umarmung. Er vergrub das Gesicht an Beaus Hals und begann offen zu schluchzen. Beau konnte spüren, wie die Last, die auf Bruce lag, begann, sich zu heben, und er war dankbar, dass er dazu beigetragen hatte. Während Bruce an seiner Schulter weinte, fragte Beau sich, was sich innerhalb einer Woche geändert haben konnte, und das einzige, was ihm einfiel, war Tollison. Tollison hatte alles geändert. In der kurzen Zeit, die sie sich kannten, hatte Beau endlich begonnen, die Wut und das Gefühl des Betrogenwerdens zu überwinden. Er erkannte, dass er sich zu lange daran geklammert hatte, es hatte ihn zerfressen und davon abgehalten, sein Leben weiterzuleben. Er war unglücklich gewesen und hatte im Gegenzug Bruce das Leben zur Hölle gemacht.

„Es ist an der Zeit, weiterzuleben, Bruce", sagte Beau. „Für uns beide. Ich habe keine Ahnung, wohin das mit Tollison führen wird, aber ich will es herausfinden, und das ist ein großer Schritt für mich. Ich denke, du solltest das Gleiche tun."

Bruce zog sich zurück und wischte seine Tränen mit dem Ärmel ab. „Ich weiß. Glaub es oder nicht, ich habe morgen Abend ein Blind Date. Es ist witzig, weißt du?", fuhr er fort. „Dieser Typ ist der Freund eines Freundes und will schon seit Monaten mit mir ausgehen, doch ich habe immer wieder abgelehnt. Aber er rief direkt nach meinem Gespräch mit Cruz an und aus irgendeinem Grund habe ich ja gesagt. Vielleicht musste ich dich gehen lassen, um selbst weitermachen zu können."

„Das freut mich, Bruce. Es ist Zeit."

Bruce trat einen Schritt zurück und glättete sein Hemd. Er wischte erneut über die Augen, fuhr mit den Fingern durch sein Haar und schaute Beau an.

„Du siehst gut aus", sagte Beau. „Niemand wird merken, dass du geweint hast."

„Danke."

Bruce klopfte Beau auf den Arm. „Du solltest dich besser auf den Weg machen. Cruz wartet bestimmt schon auf dich."

„Ja, ich muss wirklich hier raus."

Bruce drehte sich um und ging zur Tür. Er legte die Hand auf den Türgriff und schaute über seine Schulter zurück. „Werde glücklich, Beau."

„Du auch, Bruce. Und viel Glück für morgen."

Bruce lächelte schwach, während er die Tür öffnete und in den Flur verschwand.

Beau ging um seinen Schreibtisch herum und wählte Tollisons Nummer.

„ICH WEISS, dass ich zu spät bin. Ich habe gerade meinen Bericht fertiggemacht und packe jetzt zusammen", platzte Tollison heraus, ohne Hallo zu sagen.

Beau lachte herzlich. „Bleib ruhig. Ich bin auch gerade erst mit meinem Papierkram fertig geworden. Hey, wollen wir uns bei mir treffen, statt in der Stadt?"

„Das klingt gut", sagte Tollison. „Ich mache mich in einer knappen halben Stunde auf den Weg."

„Dann sehen wir uns in einer Stunde", sagte Beau. „Und Tollison?"
„Ja?"

„Ich freue mich wirklich auf dieses Wochenende. Fahr vorsichtig, okay?"

„Ich freue mich auch", sagte Tollison. „Fahr du auch vorsichtig."

10

BEAU WAR zehn Minuten von zu Hause entfernt, als sein Handy klingelte. Er erkannte die Nummer von Bruce, die auf seinem Armaturenbrett aufleuchtete. „Das bedeutet nichts Gutes."

Er nahm das Gespräch an. „Ich dachte, du fährst nach Hause."

„Das dachte ich auch", erwiderte Bruce mit einem Schnaufen. „Ich wollte dir nur mitteilen, dass Jamison Hayes sein Geständnis zurückgezogen hat und auf „nicht schuldig" plädiert."

„Scheiße! Das hatte ich befürchtet", brüllte Beau und der Klang hallte in seinem SUV wider.

„Ich weiß, ich weiß", sagte Bruce. „Er wird von seiner eigenen Kanzlei vertreten. Die hat eine Bewährungsanhörung beantragt mit der Begründung, dass er zu einem Geständnis gezwungen wurde."

„Das ist doch scheiße", sagte Beau. „Wir haben vielleicht ein paar Notlügen benutzt, aber er hat von ganz allein gestanden und ist dabei, wie ich hinzufügen möchte, ziemlich ins Detail gegangen."

„Das brauchst du mir nicht zu sagen. Ich wollte dich bloß informieren."

Beau fuhr in seine Einfahrt und parkte den Wagen. „Das weiß ich zu schätzen. Sagst du mir Bescheid, wenn er auf Bewährung freikommt?"

„Mache ich, aber das wird er bestimmt. Seine Familie hat viele Freunde in hohen Positionen."

„Ja", meinte Beau seufzend. „Wenn es zur Verhandlung kommt, wird das ein verdammter Zirkus."

Bruce lachte. „Da hast du recht. Wir schnallen uns in unserem Clownauto besser an."

„Oh nein!", rief Beau aus. „Ich steige in kein Clownauto. Ich reite auf einem weißen Hengst in die Manege. Das ist ein hochkarätiger Fall, deshalb habe ich besonders korrekt gearbeitet. Wir haben das gesamte Geständnis auf Band, außerdem waren Tollison und du Zeuge."

„Ich denke, er versucht, es in die Länge zu ziehen, damit seine Anwälte einen Deal aushandeln können, um die Strafe zu mildern."

Beau schaltete das Bluetooth aus, hielt das Handy ans Ohr und stieg aus. Die Tür schlug hinter ihm zu. „Wahrscheinlich", stimmte er zu. „Aber sobald der Staatsanwalt das Video mit Hayes' Geständnis sieht, wird er sich bestimmt nicht darauf einlassen."

„Das wird sich zeigen", sagte Bruce. „Ich rufe dich an, wenn ich etwas höre."

„Danke."

„Und Beau?"

„Ja?"

„Noch einmal danke für, naja … heute Nachmittag und dass du mich vom Haken lässt. Ich habe das Gefühl, dass mir ein Gewicht von den Schultern genommen wurde und ich endlich weitermachen kann."

Beau hörte Bruce' Worte und sie klangen tatsächlich leichter. Das machte ihn froh. „Ich denke, es war gut für uns beide. Ein schönes Wochenende."

„Dir auch."

Beau stieg die Stufen zu seiner Veranda hinauf und wählte Auggies Nummer, dann setzte er sich auf einen der Schaukelstühle. Er hatte Auggie immer informiert, in der Hoffnung, dass er bald wieder zur Arbeit kommen konnte, und nun wollte er ihm von den neuesten Entwicklungen berichten.

Als Auggie abnahm, konnte Beau hören, dass er immer noch Schmerzen hatte. Seine Stimme klang gepresst, aber Auggie sagte, dass es ihm besser ging und er hoffte, am Montag wieder zur Arbeit kommen zu können. Beau erzählte ihm von Hayes' Geständnis und dass dieser es zurückgezogen hatte, was zwischen Bruce und ihm geschehen war und was zwischen Tollison und ihm vorging.

„Mann, ich habe in einer Woche wirklich eine Menge verpasst", meinte Auggie. „Aber … ich bin froh, dass du dich endlich mit Bruce ausgesprochen hast. Jetzt könnt ihr beide nach vorne schauen."

Beau verkürzte das Gespräch, als Tollison in seine Einfahrt fuhr. „Hey, es war schön, mit dir zu reden, aber ich muss mich verabschieden. Tollison ist gerade vorgefahren. Gute Besserung. Ich hoffe, wir sehen uns am Montag."

„Ein schönes Wochenende", sagte Auggie mit einem rauen Lachen, als Beau auflegte.

Beau verließ die Veranda und traf Tollison am Kofferraum seines Wagens, wo dieser gerade sein Gepäck hervorholen wollte.

„Hey", sagte Beau und stahl sich einen Kuss, während er in den Kofferraum starrte. „Du hast wirklich viel Gepäck."

„Hey, ich wusste ja nicht, wie lange ich hier bleiben würde", meinte Tollison und strich Beau das Haar aus den Augen. „Ich werde keinen Anzug brauchen, oder?"

„Da ich dich das ganze Wochenende nicht aus dem Schlafzimmer lassen werde, brauchst du eigentlich gar nichts davon."

„Na dann", meinte Tollison und schloss den Kofferraum, ohne ein einziges Gepäckstück herauszunehmen.

Beau hielt den Deckel fest, bevor er zufiel. „Andererseits, vielleicht will ich dich zum Abendessen ausführen, also such dir einen aus", sagte er und schaute auf die beiden großen Koffer.

Tollison reichte Beau eine Tasche und holte noch einen Beutel. „Den darf ich nicht vergessen. Da sind Kondome und Gleitgel drin."

Beau lächelte. „Tu dir keinen Zwang an." Er legte den Arm um Tollisons Taille und ging mit ihm zur Eingangstür, aber er hielt inne, bevor er sie öffnen konnte. „Oh! Ich habe einen Anruf von Bruce bekommen. Jamison Hayes hat sein Geständnis zurückgezogen."

„Was?"

„Anscheinend wird er von seiner Kanzlei vertreten und die sagen, dass er zu dem Geständnis genötigt wurde."

„Das ist doch Unsinn."

„Genau das habe ich auch gesagt", erwiderte Beau und schloss die Tür hinter ihnen. „Außerdem versucht er, auf der Stelle eine Kautionsanhörung zu organisieren."

„Kann es das?"

„Seine Familie hat viele Freunde", erklärte Beau. „Wenn der Richter glaubt, dass er gezwungen wurde, und Mitleid mit ihm hat, könnte er heute Abend auf freiem Fuß sein."

„So wie ich es sehe", sagte Tollison, „will er wahrscheinlich freikommen, um sich umzubringen, damit er nicht den Rest seines Lebens im Gefängnis verbringen muss."

Beau ließ Tollisons Tasche fallen und stieß ihn gegen die Tür, um über dessen Brust zu streichen und ihm direkt in die Augen zu sehen. „Das muss er vielleicht gar nicht", flüsterte er und küsste Tollisons Hals zärtlich. „In Louisiana steht auf Mord ersten Grades die Todesstrafe", fügte er hinzu und leckte hinauf bis zu Tollisons Ohrläppchen, bevor er sanft hineinbiss. „Er kann argumentieren, dass es bei Le Moyne Selbstverteidigung war, aber die Art, wie er Robinette zurückgelassen hat, zeigt, dass es definitiv vorsätzlich war. Aber jetzt genug von dem Fall!", flüsterte er, dann krallte er sich in Tollisons Haar und nahm dessen Mund mit einem heißen und hungrigen Kuss.

Als sie Luft holen mussten, waren beide errötet und rangen nach Atem. „Deine Begrüßungen werden besser und besser", brachte Tollison, der immer noch seine Schultertasche hielt, hervor.

Beau richtete seinen schmerzhaft harten Schwanz und gab Tollison einen letzten Kuss, bevor er Tollisons Koffer nahm und in Richtung Wohnzimmer ging. Er schaute über seine Schulter. „Ich habe ziemlich vorgelegt, was?"

Tollison lachte. „Ja, das hast du. Aber es macht Spaß, mitzuerleben, wie du immer wieder versuchst, dich selbst zu toppen."

„Mich selbst zu toppen", scherzte Beau. „Meine Güte, es gab Zeiten, da habe ich mir gewünscht, dass das möglich wäre."

„Das habe ich damit nicht gemeint", sagte Tollison, stellte seine Tasche neben den Koffer und setzte sich auf die Ledercouch.

„Ich weiß, aber man wird doch träumen dürfen, oder?", meinte Beau. „Wie wäre es mit einem Bier?"

„Auf jeden Fall."

Beau ließ sich neben Tollison fallen und reichte ihm eine Flasche. „Oh Gott! Ich fühle mich, als hätte ich zwei Wochen durchgearbeitet."

Tollison rutschte an das Ende der Couch und stellte sein Bier auf den Tisch. Er klopfte neben sich auf das Sofa. „Leg deine Füße her."

Beau gefiel, worauf das hinauslief. Er schwang die Beine herum und legte die Füße in Tollisons Schoß.

Tollison löste Beaus Schnürsenkel und zog ihm die Schuhe aus, dann ließ er sie auf den Boden fallen. Er nahm Beaus linken Fuß und massierte die Sohle mit den Daumen, dabei schenkte er dem Ballen und der Fußwölbung besondere Aufmerksamkeit.

„Gott, das fühlt sich gut an", sagte Bau, legte den Kopf zurück und schloss die Augen. „Bitte hör niemals auf", bat er.

Tollison kümmerte sich erst um Beaus linken Fuß, dann um den rechten, sodass Beau schon befürchtete, dass er anfangen würde, zu schnurren wie ein Kätzchen. Als Tollison aufhörte, öffnete Beau ein Auge und schielte zu ihm. Er lächelte breit und nahm einen Schluck Bier.

Beau rutschte auf der Couch herum und kniete sich vor Tollison. „Das war wirklich schön."

Er löste Tollisons Krawatte und warf sie auf den Boden, dann knöpfte er das Hemd auf und zog es aus dessen Hose. Jetzt war nur noch ein weißes T-Shirt zwischen Beau und dem, was er wollte. Er drängte Tollisons Arme nach oben und zog ihm das T-Shirt über den Kopf. Er seufzte, als seine Hände Tollisons warme, gebräunte Haut berührten.

„Oh Gott, du bist so schön", flüsterte Beau. *Ich frage mich, was er in mir sieht.*

Wie aufs Stichwort lehnte Tollison sich vor, presste die Lippen auf Beaus und gab ihm einen hungrigen Kuss voller Verlangen.

Egal!, dachte Beau. *Ich genieße es einfach.*

Beau unterbrach den Kuss, denn er musste raus aus seinen Klamotten. Er zog sein eigenes Hemd und sein T-Shirt aus, und noch bevor er fertig war, wanderten Tollisons Hände über seine Brust.

Beau zischte und warf den Kopf zurück, als Tollison seine Nippel zwickte. Dann rieb er sie sanft und beruhigte das Stechen. Tollison beugte sich erneut vor und küsste sich an Beaus Brust und Bauch hinunter, er neckte Beaus Bauchnabel und knabberte an der Haut oberhalb des Gürtels.

Er schubste Tollison auf den Rücken und kletterte auf ihn, dann strich er über dessen warme Haut und vergrub besitzergreifend die Finger darin.

Tollison hielt Beaus Hinterkopf und zog ihn dicht genug heran, um einen weiteren Kuss zu stehlen, bevor Beau sich zurückzog und Tollisons Brust bearbeitete. Er biss in Tollisons linken Nippel, dann leckte er ihn sanft, bevor er zu dem anderen wanderte und wiederholte, was er getan hatte.

Während er seine Erektion gegen Tollison stieß, küsste Beau Tollisons Lippen hart. Beau holte scharf Luft, als Tollison an Beaus Hose entlangstrich und seinen harten Schwanz packte und zudrückte, mit dem Daumen über den Schlitz rieb und ein leidenschaftliches Zucken durch Beaus Körper sandte. Tollison setzte sich auf, löste schnell Beaus Gürtel und öffnete dessen Hose. Dann riss er sie mit der Unterwäsche an den starken Oberschenkeln hinunter bis zu den Knien.

Beau stöhnte laut auf, als Tollison auf die Knie kam und ihn in den Mund nahm. Beau hielt ihn am Hinterkopf fest und leitete ihn vorsichtig, dabei beobachtete er, wie sein Schwanz wieder und wieder in Tollisons Mund hinein- und herausglitt. Tollison ließ seinen Schwanz los und saugte seine Eier ein, was ein Kribbeln durch Beaus Rücken sandte.

Beau ließ sich auf die Knie fallen und schubste Tollison wieder auf den Rücken. Er konnte Tollisons Erektion durch seine Hose hinweg fühlen und er konnte es kaum erwarten, seine Lippen über das zu stülpen, was er unter dem marineblauen Stoff spüren konnte. Er öffnete Tollisons Hose, zog sie ihm zusammen mit seiner Unterhose und seinen Socken aus, dann stürzte er sich wieder auf Tollison und nahm ihn in den Mund. Beau schluckte, um ihn tief in seine Kehle aufzunehmen, dann zog er sich langsam und genüsslich zurück und schluckte ihn erneut. Tollison stöhnte und wand sich, dabei warf er den Kopf zurück und schloss die Augen.

Beau leckte über seine Finger und führte sie zwischen Tollisons Beine, wo er dessen Öffnung rieb und neckte. „Oh Gott, Beau", zischte Tollison. „Tu es einfach."

Während Beau Tollisons Schwanz, und besonders die Spitze, mit seinem Mund bearbeitete, stieß er einen Finger hinein, woraufhin sein Liebhaber laut aufstöhnte. Er krümmte den Finger und suchte nach jenem kleinen Knoten, der Tollison verrückt machen würde. Als er ihn fand, erstarrte Tollison, vergrub den Kopf an Beaus Hals und strich mit den Fingernägeln über Beaus Rücken.

Beau bewegte seinen Finger vor und zurück, während Tollison sich wand und genoss, was Beau mit ihm machte.

„Wo sind deine Kondome und das Gleitgel?", fragte Beau und zog den Finger zurück, den er so verzweifelt durch seinen Schwanz ersetzen wollte.

Tollison öffnete die Augen und deutete auf seine Tasche, die auf dem Boden lag. Beau öffnete sie und fand, was er brauchte. Er zerriss die Folie mit den Zähnen und rollte das Kondom auf seine Erektion. Tollison drehte sich auf den Bauch, während Beau sich benetzte und Tollison vorbereitete, einen Finger nach dem anderen, bis Tollison entspannt und bereit für ihn war.

Er positionierte sich an Tollisons Öffnung und drang vorsichtig ein, damit Tollison sich an ihn gewöhnen konnte. „Los", zischte Tollison, als er bereit war für Beaus Bewegungen.

Beau zog sich fast vollkommen zurück und drang wieder ein, woraufhin Tollison ein lang gezogenes, kehliges Stöhnen von sich gab. Er hob Tollisons Hüften und stieß wieder und wieder in ihn, was jedes Mal die gleiche Reaktion erzeugte.

Nach einer Weile zog Beau sich zurück und legte sich auf den Rücken und Tollison folgte ihm. Er setzte sich auf ihn, ein Bein auf dem Boden, das andere auf der Couch. Er ritt Beau wie einen Bullen beim Rodeo, dabei unterbrach er nie den Blickkontakt.

Beau liebte es, wie Tollison sich anfühlte, während er sich auf ihm auf und ab bewegte, und er nahm Tollisons Erektion in die Hand und streichelte sie im Rhythmus ihrer Bewegungen. Schließlich konnte Tollison nicht mehr. Er warf den Kopf zurück, schloss die Augen und wimmerte wie ein Baby.

In einer fließenden Bewegung und ohne die Verbindung zu unterbrechen, hob Beau Tollisons groß gewachsenen Körper hoch, als wöge er nichts, und warf ihn auf den Rücken. Tollison packte seine Füße und hielt sie fest, womit er Beau alles gab, was er wollte, und noch mehr. Beau stand auf der Couch und stützte die Hände auf Tollisons Brust, während er immer wieder in ihn stieß. Tollisons Hände packten Beaus Oberschenkel und drängten ihn mit jedem Stoß tiefer.

Beau packte Tollisons Knöchel und hob die Beine des Mannes über dessen Kopf, sodass er noch tiefer in ihn rammen konnte. Gleichzeitig packte Tollison seine eigenen Waden. Er spreizte seine Beine weiter und nahm alles, was Beau ihm gab.

Der Anblick seines eigenen Schwanzes, der in Tollison verschwand, und Tollison, der ihn freudig aufnahm, stieß ihn über den Rand.

Beau spürte, wie sich sein Orgasmus bildete. Sein gesamter Körper zuckte und seine Muskeln verkrampften sich, während er die Finger in Tollisons Knöchel grub. „Oh mein Gott, Tollison, ich bin gleich so weit."

Tollison nahm sich in die Hand und streichelte sich, während Beau weiter in ihn stieß. Er warf den Kopf zurück und rief Beaus Namen, während er auf seine Brust und seinen Bauch spritzte.

Der Klang seines Namens auf Tollisons Lippen war für Beau das Zünglein an der Waage und er kam tief in seinem Liebhaber. Er pumpte und rammte wiederholt in Tollison, er ritt die Wellen der Leidenschaft, bis er vor Erschöpfung einfach zusammenbrach.

Beide Männer waren außer Atem. Beau lachte und rang gleichzeitig verzweifelt nach Luft. Tollison begann, ebenfalls zu lachen, bis sie beide hysterisch prusteten.

„Meine Güte, Beau", sagte Tollison, als er endlich wieder reden konnte. „Ich werde eine Woche lang nicht laufen können."

„Tut mir sehr leid", sagte Beau, der befürchtete, dass er zu weit gegangen war.

Tollison legte einen Finger auf Beaus Lippen. „Entschuldige dich nicht. Ich habe jede Minute genossen. Ab und zu mag ich athletischen Sex und heute war es genau das, was ich gebraucht habe."

Beau war erleichtert, dann küsste er Tollison entspannt und ohne die Verzweiflung von Minuten zuvor.

„Du bist toll", sagte Beau, als der Kuss endete.

„Du auch", flüsterte Tollison und stahl einen weiteren Kuss.

Beau stand auf und hielt Tollison die Hand hin. „Was hältst du von einer Dusche, Abendessen und vielleicht Tanzen gehen, worüber wir schon geredet haben?"

„Klingt gut."

„Ich weiß nicht, wie du das siehst, aber ich bin in Stimmung für einen großen, saftigen Burger", gab Beau zu. „Ich kenne auch genau den richtigen Laden, wenn du interessiert bist."

„Ich könnte wirklich etwas Fleisch vertragen", stimmte Tollison zu.

UM EIN Uhr fünfundfünfzig morgens krochen sie schließlich erschöpft ins Bett. Beau kuschelte sich an Tollison und legte den Kopf auf dessen Brust. Tollison streichelte zärtlich sein Haar, während er sich den wundervollen Abend noch einmal durch den Kopf gehen ließ.

Nach ihrem Stelldichein auf der Couch waren sie nach oben gegangen, um eine Dusche zu nehmen. Eins hatte zum Anderen geführt und sie hatten Runde Zwei angeheizt und mit runzligen Fingern beendet. Sie hatten sich leger angezogen und Tollison hatte auf der Fahrt zum Restaurant auf dem Beifahrersitz gesessen, während Beau erklärte, dass sie zu Port Of Call in der

Esplanade Avenue fuhren, einem seiner Lieblings-Burgerrestaurants in New Orleans.

Nachdem sie eine halbe Stunde lang auf der belebten Straße einen Parkplatz gesucht hatten, bahnten sie sich einen Weg durch die Menge auf dem Gehweg und erreichten schließlich das Restaurant. Beau hatte sich durchgekämpft und war zur Seite getreten, damit Tollison vor ihm eintreten konnte. Tollison hatte sich langsam um die anderen Gäste herum zur Bar gearbeitet, und er erinnerte sich, wie sehr er es gemocht hatte, Beaus Hand an seinem Rücken zu spüren, der ihn besitzergreifend leitete. *Daran könnte ich mich wirklich gewöhnen.*

Sie hatten eine Stunde an der Bar auf einen Tisch warten müssen, aber sie hatten die Zeit lachend verbracht und einfach die Gesellschaft des anderen genossen.

Schließlich hatten sie einen kleinen Tisch für zwei in der hinteren Ecke bekommen und waren erfreut darüber, wie privat es dort war. Beau hielt Tollisons Hand und schaute ihm in die Augen, dabei lächelte er immer wieder. Tatsächlich hatte Tollison ihn nie so entspannt erlebt wie an diesem Abend und er musste zugeben, dass es Beau stand. Sein Gesicht war vollkommen stressfrei und er sah aus, als hätte er keine Sorgen in der Welt. Wenn etwas von dem fahlen Licht im Restaurant Beaus Augen erreichte, glitzerten sie wie Kristalle, und das hatte Tollison den Atem geraubt. Selbst Beaus sandfarbenes Haar wirkte in der spärlich beleuchteten Ecke vornehmer.

Tollison hatte eine Frage nach der anderen gestellt, denn er wollte in der kurzen Zeit, die sie hatten, so viel wie möglich über Beau erfahren. Er wollte wissen, wie der andere Mann dachte. Beau beantwortete jede Frage geduldig, und als das Essen kam, war es fast eine Störung. Bis … Tollison in seinen Burger biss. Dann war es plötzlich keine Störung mehr, sondern eine himmlische Erfahrung. Tollison lief das Wasser im Mund zusammen, als er an sein Abendessen dachte. Es war wahrscheinlich einer der besten Burger gewesen, die Tollison jemals gegessen hatte, und es war klar, warum Beau dieses Restaurant so sehr liebte.

Im Gegenzug hatte Beau Tollison über seine Kindheit ausgefragt, seine Familie, frühere Beziehungen, seine Lieblingsfarbe, sein Lieblingsessen, in was für einem Haus er lebte, welches Auto er fuhr, und alles andere, was ihm in seinen chaotischen und brillanten Sinn kam. Tollison hatte das Verhör und die Tatsache, dass Beau an seinem Leben interessiert war, wirklich genossen.

Nachdem sie das Restaurant verlassen hatten, war Beau mit ihm zum Bourbon Pub and Parade in der Bourbon Street im Herzen des French Quarter gegangen. Auf halbem Weg hatte er einen Arm um Tollisons Schulter gelegt und ihn den ganzen Weg lang an sich gedrückt, was Tollison bis in sein Innerstes gewärmt hatte. Er erinnerte sich an das Gefühl, als Beau seine Hand genommen hatte, nachdem sie den Club erreicht hatten und sich einen Weg durch die Menge aus halb nackten, gut gebauten Männern bahnten. Dort hatte Beau ihn mit seinen Tanzbewegungen vollkommen überrascht. Der Mann war ein Naturtalent, das sich mit einer fließenden Leichtigkeit bewegte, die Tollison dem scheinbar verklemmten Detective des NOPD nicht zugetraut hätte. Sie hatten die ganze Nacht getanzt, bis sie beide erschöpft und bis auf die Unterwäsche durchgeschwitzt waren.

Tollison war so zufrieden wie schon lange nicht mehr. Er verstärkte seinen Griff um Beau, der nun gleichmäßig atmete und dabei leise schnarchte, und schloss die Augen, während er sich der Erschöpfung nach einem perfekten Abend hingab. Als er gerade eingeschlafen war, begann Beaus Handy zu klingeln.

„Scheiße", murmelte Beau, während er zum Nachttisch langte und sein Handy packte.

Er legte den Kopf wieder auf Tollisons Brust und schaute auf das Display. *Bruce.*

„Ich hoffe, das ist wichtig", brummte Beau, nachdem er auf Lautsprecher gestellt hatte.

„Tut mir leid, dass ich dich geweckt habe, aber du wolltest auf dem Laufenden gehalten werden", sagte Bruce. „Ich habe gerade einen Anruf bekommen. Hayes wurde auf Kaution entlassen."

„Was?" Beau drehte den Kopf auf Tollisons Brust und fluchte. „Wie viel?"

„Eine Million", sagte Bruce.

„Wie konnte das passieren?"

„Anscheinend haben Villerie und Hayes senior gute Beziehungen. Sie haben Druck gemacht und schließlich einen Richter dazu gebracht, eine Dinnerparty zu verlassen, um eine Notanhörung anzusetzen."

„Willst du mich verarschen? Welcher Richter war es?"

„Rate mal", meinte Bruce.

„Neeein. Michelson?"

„Jep."

„Ich schwöre, dieser Richter ist der Kopf der ganzen Good Ole Boy-Bande. Kann diese Stadt noch korrupter werden?"

„Ich wollte dir nur Bescheid geben."

Beau seufzte. „Danke für den Anruf. Halt mich auf dem Laufenden, okay?"

„Mache ich. Gute Nacht."

„Diese Stadt erstaunt mich", zischte Beau und warf das Telefon wieder auf den Nachttisch. „Villerie und Hayes müssen ein paar große Gefallen eingefordert haben, damit Michelson an einem Freitagabend eine Notanhörung einberuft. Besonders, da er mit Villerie nichts zu tun haben wollte, nachdem dieser verhaftet worden war."

„Vielleicht wollte der Richter sich von Villerie distanzieren, bis er wusste, ob Villerie schuldig ist oder nicht."

„Du hast wahrscheinlich recht", sagte Beau und hob sein Knie, bis es auf Tollisons Schwanz ruhte. Er bewegte es auf und ab, während er sein Gesicht an Tollisons Hals rieb und ihn zärtlich küsste. Tollisons Schwanz erwachte sofort und er hob die Hüften, um den Kontakt zu intensivieren.

„Was gibt's?", fragte Beau frech, während seine Hand nach unten wanderte und Tollisons wachsende Erektion mit der Faust packte.

„Nur eine Kleinigkeit, die gerade aufkam", scherzte Tollison.

„Daran ist nichts klein", meinte Beau und drückte zu. „Es wird eine Weile dauern, bis ich wieder einschlafen kann, da können wir die Zeit genauso gut nutzen."

„Gute Idee."

BEVOR BEAU wusste, wie ihm geschah, war es bereits Sonntagabend. Die beiden Tage waren wie im Flug vergangen. Beau war ein vollendeter Gastgeber gewesen. Am Samstag hatten sie eine Kutschfahrt durch das French Quarter gemacht, hatten am River Walk eingekauft und sogar ein paar Stunden lang am Roulettetisch von Harrah's gesessen. Am Sonntagmorgen waren sie früh aufgestanden und mit der Straßenbahn über die St. Charles Avenue zu einem weiteren Lieblingsrestaurant von Beau gefahren. Den Nachmittag hatten sie Frisbee spielend und auf einer Decke dösend im Audubon Park verbracht.

Auf dem Weg vom Park nach Hause hatten sie einen Zwischenstopp am Rouses Fischmarkt und dem Weingeschäft gemacht. Tollison wollte den portugiesischen Fischeintopf seiner Mutter kochen und dafür brauchte er einen bestimmten Wein. Während der Eintopf köchelte, lagen sie auf der Couch und schauten ein Spiel der Braves. Tollison hatte die Füße hochgelegt und Beaus Kopf lag in Tollisons Schoß.

Da klingelte Beaus Handy erneut.

„Ich gehe nicht ran!", brüllte Beau.

„Doch, tust du", sagte Tollison und schaute auf das Display, dann reichte er Beau das Telefon. „Es ist wieder Bruce."

„Scheiße", sagte Beau, setzte sich auf und stellte auf Lautsprecher. „Noch mehr gute Nachrichten?"

„Das wird dir nicht gefallen", warnte Bruce.

„Raus damit."

„Gerade hat man Hayes in seiner Garage gefunden. Tot."

Beau schaute Tollison an und formte lautlos die Worte: „Verdammt! Du hattest recht."

„Wie lautet die Adresse?"

„Ich schreibe sie dir, sobald ich aufgelegt habe."

„Wir sind unterwegs", sagte Beau und beendete das Gespräch. Er blinzelte Tollison an. „Woher hast du das gewusst?"

Tollison stand auf und ging in die Küche, um den Eintopf auszuschalten. „Er ist ein reicher Junge. Wahrscheinlich wurde ihm alles auf dem Silbertablett serviert. Wenn du an seiner Stelle wärst, könntest du dann deine Familie entehren, indem du in die Todeszelle wanderst? Oder noch schlimmer, den Rest deines Lebens im Gefängnis verbringst? Jetzt kann seine Familie behaupten, er wäre unschuldig und eine Geschichte zusammenschustern, dass er einfach den Gedanken nicht ertragen konnte, für ein Verbrechen ins Gefängnis zu gehen, das er nicht begangen hat."

„Du könntest recht haben", sagte Beau und schlang die Arme um Tollisons Taille. „Es tut mir leid. So hatte ich mir den Abend nicht vorgestellt."

„Daran sollte ich mich wohl besser gewöhnen, wenn ich mit einem Detective zusammen bin."

„Das gefällt mir", meinte Beau und stahl sich einen Kuss. „Wird der Eintopf das überleben?", fragte er und deutete auf den Topf.

„Für ein paar Stunden auf jeden Fall."

„Gut. Dann lass uns gehen, damit wir bald wieder zu Hause sind."

BEAU UND Tollison erreichten den Tatort, wo eine weinende Harper Hayes auf der Veranda saß und ihre Eltern und Schwiegereltern versuchten, sie zu beruhigen.

Sie gingen ungesehen an ihnen vorbei und schlüpften unter einem gelben Absperrband hindurch in die Garage. Bruce sprach gerade mit einem Officer in Uniform. Hayes hing von einem Rohr herab, ein rotes Starterkabel um den Hals und einer Leiter unter seinen Füßen.

Bruce kam zu ihnen. „Hey Leute. Tut mir leid, dass ich euch an einem Sonntagabend stören musste."

„Nicht deine Schuld. Was haben wir bisher?"

„Der Gerichtsmediziner ist schon unterwegs. Nach dem, was sein Vater und Villerie mir erzählt haben, waren sie heute Morgen zusammen in der Kirche, da schien es Hayes noch gut zu gehen."

Beau hob eine Augenbraue.

„Wahrscheinlich wegen des äußeren Eindrucks. Eine Familie der Gesellschaft und so weiter", meinte Tollison. „Du weißt schon. Um Einigkeit zu zeigen."

Bruce fuhr fort: „Nach dem Gottesdienst waren sie bei Brennan's zum Brunch und mehreren Aussagen zufolge war Hayes da noch guter Dinge. Nach dem Brunch kamen Harper und Jamison direkt nach Hause. Harper sagte, dass sie noch für etwa eine Stunde in die Galerie wollte, und als sie nach Hause kam und das automatische Garagentor öffnete, fand sie ihn so vor."

„Gab es einen Abschiedsbrief?", wollte Beau wissen.

„Ja", sagte Bruce und reichte ihm eine handgeschriebene Notiz auf Hayes' persönlichem Briefpapier, die in einem Plastikbeutel verstaut war.

> *An meine Familie.*
>
> *Danke, dass ihr an mich geglaubt habt. Auch wenn die Beweise gegen mich erdrückend sind, kann ich den Gedanken nicht ertragen, den Rest meines Lebens im Gefängnis zu verbringen, für ein Verbrechen, das ich nicht begangen habe. Harper, es tut mir so leid, dass ich dir und unserer Familie Schande bereitet habe, indem ich den leichtesten Ausweg gewählt habe, aber wenn ich für schuldig befunden worden wäre, wäre ich sicherlich hingerichtet worden. Ich habe dem Justizsystem Ärger erspart. Ich denke, so ist es für alle Beteiligten das Beste. Ich liebe euch alle.*
>
> *Jamie*

„Du hattest schon wieder recht", sagte Beau und reichte Tollison den Beutel.

Tollison las den Brief und schüttelte den Kopf. „Das letzte, was er tun konnte, war, den Ruf seiner Familie zu retten."

Er gab Beau den Brief zurück.

„Bruce, lass die Handschrift analysieren, um sicherzugehen, dass Jamison den Brief wirklich selbst geschrieben hat. Wir wollen es nicht mit einem weiteren Mord zu tun haben."

„Ich habe bereits eine Schriftprobe aus seiner Kanzlei angefordert."

„Dann muss ich wohl der Familie mein Beileid aussprechen", sagte Beau. „Oh Gott! Ich hasse diesen Teil."

Beau und Tollison gingen zur Veranda, wo die Villeries und die Hayes immer noch versuchten, Harper zu beruhigen. „Mrs. Hayes", sagte Beau. „Mein herzliches Beileid."

Harper schaute auf und funkelte Beau an. Selbst durch ihre Tränen hindurch waren ihre Wut und ihr Hass nicht zu übersehen. „Das ist alles Ihre Schuld", schrie sie, sprang auf und wollte sich auf Beau stürzen. Ihr Vater konnte sie festhalten, bevor ihre Fäuste auf Beaus Brust landeten, und zog sie zurück. „Wenn Sie ihn doch bloß in Ruhe gelassen hätten", weinte sie. „Er war krank."

„Es tut mir leid, Ma'am", sagte Beau.

Villerie warf ihm einen mitfühlenden Blick zu und zog seine Tochter an sich. „Bitte entschuldigen Sie uns", sagte er und führte Harper ins Haus.

Beau und Tollison gingen zurück zum SUV. Als sie außer Hörweite waren, schaute er Tollison entgeistert an. „Hast du das gehört? Hayes hat seinen Schwiegervater bestohlen und zwei Menschen getötet, um es zu vertuschen, aber … es ist meine Schuld."

Tollison kicherte, aber entschuldigte sich schnell. „Tut mir leid, ich wollte nicht lachen. Es klingt einfach so absurd, wenn du es so ausdrückst."

„Es ist absurd", stimmte Beau zu. „Früher habe ich mir das wirklich zu Herzen genommen."

„Und jetzt?"

„Nicht mehr so sehr", gab Beau zu.

Tollison blieb stehen und drehte sich zu Beau, um die Hände auf dessen Schultern zu legen. „Nicht mehr so sehr? Beau, was noch viel absurder ist als Harpers Beschuldigungen, ist, dass du auf sie hörst."

„Logisch gesehen weiß ich das, aber die Frau tut mir leid. Der Mann, den sie geheiratet hat, war ein Mörder und ein Dieb, aber offensichtlich hat sie ihn geliebt. Und jetzt ist er tot."

„Mir tut sie auch leid, aber ich gebe mir nicht die Schuld für die Taten ihres Mannes."

„Eigentlich gebe ich mir auch nicht die Schuld", sagte Beau. „Manchmal geht mir der Job eben sehr nah."

„Lass uns nach Hause fahren, dann lasse ich dir ein heißes Bad ein, während ich das Abendessen fertigmache. Das hilft dir, zu entspannen."

„Das klingt gut. Aber nur, wenn du mir Gesellschaft leistest."

„Wenn ich das tue, wird es kein Abendessen geben, und das weißt du genau."

Beau rieb seinen Bauch und lächelte frech. „Ich wollte sowieso etwas abnehmen."

Tollison lachte. „Steig einfach in den Wagen, okay?"

Beau zögerte. „Sehen wir es positiv. Nach den neuesten Entwicklungen wirst du wohl noch eine Weile länger bleiben müssen, bis wir die Analyse der Handschrift abgeschlossen haben."

„Das klingt gut."

SPÄTER AM Abend, als sie ins Bett schlüpften, hielten sie einander einfach nur fest, sodass sich ihre Körper der Länge nach berührten. Beau hatte sein Bad bekommen, einen Blow Job, tollen Wein und den besten portugiesischen Fischeintopf, den er je gegessen hatte. Aber nun drohten seine ruhelosen Gedanken, ihm davonzulaufen. Beau wusste, was unter der Oberfläche brodelte, aber keiner von ihnen beiden schien es ansprechen zu wollen. *Tollison reist in ein paar Tagen ab*, ging ihm wieder und wieder durch den Kopf. Beau wusste es und Tollison wusste es ebenso und sie hatten keine Ahnung, wann sie sich wiedersehen würden.

Beau versuchte, das Offensichtliche zu ignorieren. Er tat so, als würde das Beste, was ihm seit Langem passiert war, ihn nicht schon bald wieder verlassen.

„Montgomery Beaumont Bissonet, ich kann hören, was du denkst."

„Tollison Eduardo Braga Cruz, du bist nicht nur ein gut aussehender Mann, ein perfekter Liebhaber und ein toller Ermittler, du bist auch Gedankenleser."

Tollison lachte laut auf. „Erstens, wie hast du es bloß geschafft, dich an meinen vollen Namen zu erinnern? Ich habe ihn nur einmal erwähnt, so weit ich mich erinnere. Und zweitens, du kannst dich nicht verstellen, deshalb bist du so leicht zu durchschauen."

„*Erstens*", wiederholte Beau, „bin ich aufmerksam, und zweitens, fick dich!"

Tollison lachte erneut auf. „Niemand erinnert sich an meinen vollen Namen, abgesehen von meinen Eltern."

„Und mir", sagte Beau, dann legte er den Kopf auf Tollisons Brust und ein Bein über dessen Mitte. Die Finger von Tollisons rechter Hand waren mit Beaus linker verschränkt. Tollison malte mit dem Zeigefinger seiner anderen Hand kleine Kreise auf Beaus Rücken.

„Können wir über das große Thema sprechen?", fragte Tollison.

„Wenn du damit nicht meine außerordentlich große Ausstattung meinst, dann lautet die Antwort nein", scherzte Beau.

„Komm schon, Beau", flehte Tollison mit leiser Stimme. „Wir können die Tatsache, dass wir nur noch ein paar Tage zusammen haben, bis ich abreisen muss, nicht einfach ignorieren. Wir müssen darüber reden."

Beau atmete aus. „Ich will nicht darüber reden."

„Okay. Dann lass es mich anders ausdrücken."

„Ich höre", sagte Beau.

„Warum planen wir nicht unser nächstes Rendezvous?"

„Okaaay", machte Beau. „Dieser Ansatz gefällt mir viel besser."

„Ich habe eine E-Mail von meinem Boss bekommen, dass ich in Prag gebraucht werde, sobald dieser Fall hier abgeschlossen ist."

„Wie lang wirst du dort sein?", fragte Beau.

„Ich weiß nicht", antwortete Tollison. „Es ist wie mit meiner Reise hierher. Es hängt davon ab, wie schnell ich wiederfinde, was gestohlen wurde."

„Ich habe meine Meinung geändert. Dieser Ansatz gefällt mir doch nicht", beschwerte sich Beau.

Tollison fuhr mit den Fingern durch Beaus Haar. „Ich sage dir was. Sobald ich aus Prag zurückkomme, nehme ich ein paar Wochen frei und du kommst zu mir nach Atlanta. Dann fahren wir in die North Georgia Mountains. Wie klingt das?"

„Gut", sagte Beau und lehnte sich in Tollisons Berührung. „Das klingt gut. Jetzt muss ich nur noch die Zeit überleben, die du in Übersee bist."

„Hey", sagte Tollison und hob Beaus Kopf, damit er ihm in die Augen sehen konnte. „Für mich wird es genauso schwer."

„Wirklich?", fragte Beau zweifelnd.

„Ja, wirklich. Sie sind mir sehr ans Herz gewachsen, Mr. Bissonet."

„Gleichfalls", meinte Beau.

„Dann ist es beschlossene Sache", sagte Tollison und küsste Beau auf den Kopf. „Sobald ich aus Prag zurückkomme, fahren wir für zwei Wochen in die Berge."

Beau antwortete nicht, aber er nickte.

Tollison hob erneut Beaus Kopf, bis sie sich anschauen konnten. Er küsste zärtlich Beaus Lippen und vertiefte den Kuss, bis Beau stöhnte und seine Hand locker Tollisons Brust rieb.

Sie liebten sich, langsam und entspannt, und erkundeten den Körper des anderen. Dann schliefen sie eng umschlungen ein, und als sie erwachten, liebten sie sich erneut. Beau prägte sich jeden Zentimeter von Tollisons muskulösem Körper ein, was auf Gegenseitigkeit zu beruhen schien. Die hektischen Liebesakte, die Beau bisher erlebt hatte, waren nichts im Vergleich dazu.

ALS DIE Sonne über den Horizont spähte, stand Tollison nackt am Fenster, hielt die Gardinen zur Seite und betrachtete den Sonnenaufgang. Letzte Nacht war er für Beau stark geblieben, aber es brach ihm das Herz, den Mann zu verlassen, den er zwar erst seit so kurzer Zeit kannte, aber der sich einen Platz in Tollisons Herz erarbeitet hatte.

Tollison war wütend, dass er keine Kontrolle über sein Leben hatte. Er musste dorthin gehen, wohin die Arbeit ihn schickte. Oder? Geld hatte er mehr als genug und er hatte sich immer geschworen, dass er die Arbeit aufgeben würde, wenn sie ihm keinen Spaß mehr machte.

Hatte sie aufgehört, ihm Spaß zu machen? Er war bisher zu beschäftigt gewesen, war von einem Fall zum nächsten gereist, um sich wirklich Gedanken darüber machen zu können. Im Moment war er nicht glücklich, aber er wusste, dass es größtenteils damit zu tun hatte, dass er Beau zurücklassen musste. Wie würde er fühlen, wenn Beau sich weiterhin wie ein Arschloch verhalten hätte? Er wäre wahrscheinlich direkt zum Flughafen geflohen, nachdem er die gestohlenen Bilder gefunden hatte. Aber Beau war kein Arschloch. Er war ein unglaublicher Mann und es würde Tollison schwerfallen, ihn zu verlassen. Er erkannte, dass er seine Arbeit mochte. Es war das Reisen, das ihm zunehmend schwerfiel. Seit Jahren hatte er kaum einen ganzen Monat in seinem eigenen Bett geschlafen und das war er wirklich leid. Aber war er bereit, das alles aufzugeben?

Tollison spürte Augen auf sich und schaute über die Schulter, wo er Beau entdeckte, der den Ellenbogen auf den Kopf gestützt hatte. „Du siehst toll aus", sagte er und hob das Laken, um Tollison wieder ins Bett zu locken.

Tollison setzte ein schwaches Lächeln auf, ging zurück zum Bett und stieg hinein.

„Du bist kalt", stellte Beau fest, dann legte er sich auf Tollison und küsste ihn zärtlich. „Guten Morgen, mein Hübscher."

Tollison lächelte. „Morgen."

„Geht es dir gut?"

„Ja. Nur ein wenig trübsinnig."

„Ich weiß, ich auch. Aber wir werden es schaffen", versicherte Beau. „Ich weiß es."

Tollison grinste schelmisch. „Vielleicht will ich es gar nicht schaffen."

Beaus Gesichtsausdruck wurde besorgt.

„Nein!", sagte Tollison schnell, als er erkannte, was Beau dachte. „*Das* meinte ich damit nicht. Ich meinte, dass ich das Leben, das mein Job mit sich bringt, leid bin. Ich hasse das Reisen. Aber ich mag dich. Sehr sogar. Ich will sehen, was daraus werden kann, aber ich will uns eine faire Chance geben, und das geht nicht, wenn ich um die Welt reise und Diebe jage."

„Was willst du damit sagen?", fragte Beau und klang aufgemuntert.

Tollison stieg wieder aus dem Bett und begann, im Zimmer auf und ab zu gehen. Er fuhr mit den Fingern durch sein Haar. „Ich weiß nicht, was ich damit sagen will. Vielleicht habe ich genug von diesem Job oder vielleicht brauche ich nur eine Veränderung. Nein. Ich mag meinen Job, aber verdammt! Ich will ein normales Leben. Ein Leben, das ich mit jemandem teilen kann … jemandem wie dir." Seine Stimme klang ehrlich und hoffnungsvoll.

Beau stieg ebenfalls aus dem Bett und zog die Decke mit sich. Er nahm Tollison in die Arme und schlang die Decke um sie beide. Dann zog er die Gardine zurück. „Sieh mal!", sagte er und deutete auf den Sonnenaufgang. „Heute ist ein neuer Tag. Das ist unser Tag. Triff keine vorschnellen Entscheidungen in Bezug auf deinen Job. Fahr nach Prag, und wenn du zurückkommst, machen wir unseren Urlaub. Wenn wir dann immer noch so glücklich sind wie jetzt, überlegen wir uns etwas. Abgemacht? Wir haben immer noch heute Nacht, nicht wahr?"

Tollison seufzte und klammerte sich an Beau. Es war nicht perfekt, aber es war ein Plan. Ein Plan, der ihm Hoffnung machte, und damit konnte er leben. Gemeinsam beobachteten sie, wie ein neuer Tag heraufzog. „Wir haben heute Nacht. Ich danke dir."

11

ALS BEAU und Tollison das Revier betraten, erwartete Captain Trenchard sie bereits, und er sah nicht besonders fröhlich aus. „In mein Büro, Bissonet."

Beau schaute Tollison an, straffte die Schultern und folgte dem Captain in dessen Büro, wo er die Tür hinter sich schloss. Bevor Beau Platz nehmen konnte, drehte der Captain sich um und schaute ihm in die Augen. „Wissen Sie, womit ich mich heute Morgen als Erstes herumschlagen musste?"

„Ich habe keine Ahnung, Sir."

„Ich habe von einem hohen Tier bei Lloyd's of London einen Anruf bekommen."

Beau neigte den Kopf. „Und?"

„Sie wollen ihre Kunstwerke und ihren Ermittler zurück. Anscheinend haben sie einen anderen Job für ihn in Übersee und wollen, dass er sofort abreist."

Beaus Herz sank, aber er schaffte es, seine Gefühle zu verstecken. „Sir! Ich möchte warten, bis wir den Fall geschlossen haben", sagte er ohne Zögern in der Stimme.

„Da Hayes jetzt tot ist, können wir den Fall wohl als geschlossen betrachten."

„Aber Sir", sagte Beau mit gerunzelter Stirn. „Wir haben den Abschiedsbrief noch nicht mit seiner Handschrift verglichen. Ich will sichergehen, dass Hayes diesen Brief wirklich selbst geschrieben hat und wir es nicht mit einem weiteren Mord zu tun haben."

„So wie ich es sehe, sind die gestohlenen Kunstwerke wieder da und dieser Teil des Falls ist geschlossen. Wenn es einen weiteren Mord gegeben hat, hat er nichts mit den Bildern oder Lloyd's of London zu tun. Sie wollen ihr Eigentum, Bissonet."

Beau öffnete den Mund, um zu protestieren, aber Trenchard hob die Hand. „Geben Sie sie frei."

„Ja, Sir", murmelte Beau mit zusammengebissenen Zähnen.

Trenchard nahm Platz. „Das war alles, Detective."

Beau öffnete die Tür und ging hinaus. Er machte sich nicht die Mühe, sie hinter sich zu schließen.

Als er in sein Büro kam, lehnte Tollison sich gerade an die Kante seines Schreibtisches, mit verschränkten Armen und einem besorgten Gesichtsausdruck. „Ist alles in Ordnung?"

„Er hat mir gesagt, dass ich dir die Gemälde sofort aushändigen muss, damit sie dich nach Prag schicken können. Anscheinend wurde jemand bei Lloyd's of London ungeduldig."

Tollison senkte den Blick und schaute Beau durch die Wimpern an. „Das hatte ich befürchtet."

Beau hob die Augenbrauen.

„Mein Boss war nicht begeistert, dass du sie zurückgehalten hast. Ich habe versucht, ihm klarzumachen, dass du den Fall zuerst schließen wolltest."

„Scheiße!", fluchte Beau.

„Ich meine, es ist ja nicht so, dass wir damit nicht gerechnet haben", sagte Tollison mit trauriger Stimme. „Aber ich dachte, wir hätten noch einen weiteren Tag."

„Ich weiß", sagte Beau, die Stimme voller Verzweiflung. „Es tut mir leid. Ich dachte, ich könnte uns etwas mehr Zeit verschaffen. Nur bis wir Hayes' Abschiedsbrief mit seiner Handschrift verglichen haben und alles geklärt ist. Auch zwischen uns."

Tollison lächelte liebevoll. „Das wäre schön gewesen, aber ich muss mich jetzt wohl darum kümmern, dass diese Bilder und ich nach Atlanta kommen."

„Kann ich mich in deinem Koffer verstecken?", fragte Beau und kam um den Schreibtisch herum.

„Schön wär's", meinte Tollison und ließ den Kopf hängen.

Schließlich seufzte er und richtete sich auf. „Kann ich einen der Konferenzräume benutzen, um Arrangements zu treffen?"

„Nein, bleib hier", sagte Beau und stand auf. „Ich habe in fünf Minuten eine Besprechung, die mindestens eine Stunde dauern wird."

„Bist du sicher?", fragte Tollison.

„Absolut."

Aus Gewohnheit schielte Beau zur Tür, dann stahl er sich einen schnellen Kuss. „Bis gleich", sagte er und drehte sich zum Gehen um.

Tollison drückte Beaus Schulter und dieser blieb augenblicklich stehen. Er schaute zurück und versuchte zu lächeln, dann ging er weiter. Tollisons Hand strich an Beaus Arm herunter, als dieser das Büro verließ, und ihre Finger berührten sich sacht, bevor die Verbindung abbrach.

ETWA EINE Stunde später kehrte Beau in sein Büro zurück. Tollison war am Telefon und sah frustriert und niedergeschlagen aus. Er sprach offensichtlich

159

mit jemandem von einer Fluggesellschaft und versuchte, einen Flug zu buchen. „Das geht nicht", sagte er ins Telefon. „Wann geht der nächste Flug?"

„Verdammt", fluchte er und schaute auf die Uhr. „Das wird knapp, aber ich denke, das schaffe ich. Es wird nur schwierig, meinen Mietwagen zurückzugeben."

Beau winkte ihm zu.

„Einen Moment", sagte Tollison, legte die Hand auf den Hörer und schaute Beau an.

„Lass mich das tun", sagte Beau. „Der Schalter des Mietwagenservice ist direkt am Flughafen. Ich folge dir dorthin, gehe mit dir zum Gate, gebe dein Auto ab und fahre mit meinem zurück. Kein Problem."

„Das klingt ziemlich kompliziert", meinte Tollison.

„Überhaupt nicht. Ich wollte sowieso mit dir zum Flughafen fahren."

Tollison lächelte. „Bist du sicher?"

„Ja! Ich bin sicher. Buch den Flug."

Tollison bestätigte den Flug, legte auf und schaute Beau an. „Ich habe versucht, einen späteren Flug zu buchen, damit wir wenigstens zusammen zu Abend essen können, aber jetzt ist alles gebucht."

„Wann geht dein Flug?"

„Viertel vor drei."

Beau runzelte die Stirn. „Was ist mit den Gemälden?"

„Ich treffe mich mittags mit einer Firma, die auf den Transport von wertvollen Gegenständen spezialisiert ist."

Beau schaute auf seine Uhr. „Das sind zwei Stunden", sagte er enttäuscht.

„Es tut mir leid, aber das war der frühestmögliche Termin."

„Nein!", sagte Beau entschuldigend. „Ich hatte bloß gehofft, dass wir uns noch einmal wegschleichen können, bevor du abreist."

„Jetzt tut es mir erst recht leid", sagte Tollison und erwiderte Beaus Blick.

Als es an der Tür klopfte, schauten beide gleichzeitig auf. „Entschuldigung", sagte Bruce. „Störe ich?"

„Nein, ist schon in Ordnung", sagte Beau. „Tollison trifft Vorkehrungen, um heute Nachmittag nach Hause zu fliegen."

Beau beobachtete Bruce' Reaktion und sah nichts außer Mitleid.

„Wow! Ich dachte, du wolltest die Bilder zurückhalten, bis der Fall geschlossen ist."

„Das hatte ich auch vor", sagte Beau. „Aber der Captain hat einen Anruf von jemandem von Lloyd's of London bekommen, der ungeduldig geworden ist. Sie wollen auf der Stelle ihr Eigentum."

„Es tut mir leid, wenn ich noch mehr schlechte Nachrichten habe", sagte Bruce, „aber die Handschriften stimmen zu hundert Prozent überein. Hayes hat den Abschiedsbrief geschrieben."

„Es ist einfach unglaublich, wie effizient unsere Leute manchmal sein können", sagte Beau mit einem Grinsen. „Wenn man etwas wirklich schnell braucht, gibt es eine Entschuldigung nach den anderen. Und wenn ich auf etwas Zeit hoffe ... naja, dann passiert so etwas."

Bruce senkte den Blick, als wüsste er nicht, was er sagen sollte.

„Naja", sagte Beau und blickte von einem zum anderen. „Ich schätze, der Fall ist offiziell geschlossen."

Tollison runzelte die Stirn. „Ich hätte sowieso heute abreisen müssen."

„Tut mir leid, Leute", sagte Bruce. „Tollison, ich finde, Sie waren eine Bereicherung für unser Team. Das habe ich zwar zuerst nicht erkannt, aber dann kam ich zu Sinnen."

„Sie wissen doch, was man sagt", gab Tollison zurück. „Besser spät als nie."

Bruce reichte ihm die Hand und Tollison schüttelte sie.

„Ach übrigens", fragte Beau, „wie war dein Date?"

Bruce schaute Beau an und lächelte schüchtern. „Es war ziemlich gut. Danke der Nachfrage."

Beau nickte. „Das freut mich."

Bruce schaute Tollison an. „Gute Reise. Ich hoffe, wir sehen uns bald wieder."

„Gleichfalls."

Nachdem Bruce gegangen war, schaute Tollison Beau an. „Ihr beide scheint besser zurechtzukommen."

Beau nickte. „Es war nur ein ordentlicher Tritt in den Hintern von Auggie und dass ich mich für jemand anderen interessiere nötig, damit ich meine Wut hinter mir lassen konnte. Aber ich glaube, wir haben begonnen, unseren Frieden miteinander zu machen."

„Was auch immer dazu nötig war, es freut mich."

Vor der Ankunft des Transportwagens eilte Tollison zu Beaus Haus, um seine Sachen zu holen, und er kam gerade rechtzeitig zurück, um dem Fahrer die wertvolle Fracht zu übergeben.

Anschließend ging er wieder nach oben zu Beau und fand ihn an seinem Schreibtisch, mit dem Rücken zur Tür und die Füße hochgelegt vor.

Tollison räusperte sich. „Ist alles okay?"

Beau drehte sich herum. „Es geht mir gut", antwortete er niedergeschlagen. „Und bei dir?"

„Abgesehen von dem Offensichtlichen, ja. Die Bilder sind auf dem Weg nach Atlanta, also ist es wohl an der Zeit, zu gehen."

Beau stand auf, ging um den Schreibtisch herum und schloss die Tür. Er nahm Tollison in die Arme und küsste ihn innig. Als ihr Kuss endete, waren sie beide atemlos und Beaus Lippen waren taub und kribbelten. „*Jetzt* können wir gehen", verkündete er.

DIE FAHRT zum Flughafen schien nur Sekunden zu dauern. Tollison musste ständig in den Rückspiegel schauen, um sicherzugehen, dass Beau ihm immer noch folgte. Sein Kopf wusste zwar, dass er da war, aber sein Herz brauchte die visuelle Bestätigung. Er fuhr in das Parkhaus und Beau parkte direkt neben ihm. Bevor Tollison aus dem Wagen aussteigen konnte, saß Beau neben ihm, beugte sich herüber und küsste Tollison erneut. Für Tollison fühlte sich der Kuss gleichzeitig zögernd und verzweifelt an und er wollte nicht, dass er endete. Er packte Beau im Nacken und zog ihn noch dichter, als die starke Anziehung zwischen ihnen begann, sich aufzubauen.

Tollison fand, dass er sich wie ein dummes Schulmädchen benahm, da er erst seit zwei Wochen mit Beau zusammen war, aber, verdammt, der Mann fühlte sich in seinen Armen so gut an, und, was noch viel wichtiger war, er fühlte sich echt an. Doch Gott helfe ihm, er wollte nicht gehen. Er wollte einfach hier bleiben und sehen, wohin es mit ihnen führte.

Tollisons Herz raste und alle möglichen verrückten Dinge gingen ihm durch den Kopf. Er konnte auf der Stelle seinen Job kündigen und hier bleiben, doch Beau hatte vorgeschlagen, dass er nach Prag fuhr und alles gründlich durchdachte, bevor er überhastete Entscheidungen traf.

Tollison wusste, dass er seine Koffer einchecken und die Security passieren musste, sonst würde er seinen Flug verpassen. *Das wäre doch eine Idee. Ich könnte einfach meinen Flug verpassen.*

Er legte die Hände auf Beaus Schultern, drückte ihn sanft weg und unterbrach so ihren Kuss. „Ich würde liebend gern bleiben, aber wenn ich mein Flugzeug erwischen will, müssen wir aufhören."

„Du hast recht", meinte Beau. „Ich bin so kurz davor, dich anzubetteln, dass du bleibst, aber ich weiß, dazu habe ich kein Recht."

„Tu das nicht", bat Tollison. „Denn wenn du es tust, schieße ich alle Vorsicht in den Wind, vergesse meine Verantwortung und bleibe so lange in deinen Armen, wie du mich willst."

„In diesem Fall", meinte Beau. „Würdest du –"

Tollison legte den Finger auf Beaus Lippen. „Nicht."

Beau lächelte. „Einen Versuch war es wert."

HAND IN Hand gingen sie zum Terminal, dabei achtete keiner von ihnen darauf, ob ihnen jemand hinterherstarrte. Nachdem Tollison seine Taschen eingecheckt hatte, gingen sie zum Security Gate. Tollison wollte sich gerade umdrehen, um sich erneut zu verabschieden, aber Beau hatte bereits seine Marke hervorgeholt. „Offizielle Angelegenheit", sagte er. „Ich eskortiere diesen Gentleman zu seinem Flugzeug."

Sie passierten beide die Security und Tollison blieb stehen. „Wie bist du mit deiner Pistole hindurchgekommen?"

Beau zwinkerte ihm zu. „Gar nicht. Ich habe sie im Auto gelassen."

„Kluger Mann."

Als sie Tollisons Gate erreichten, bestiegen die Passagiere bereits das Flugzeug.

Beau führte ihn in eine ruhige Ecke, drückte ihn an die Wand und presste ihre Lippen in einem harten Kuss zusammen. „Damit du mich nicht vergisst", sagte Beau, als sie sich voneinander lösten.

„Ich denke nicht, dass das passieren wird, aber es war trotzdem schön."

Beau ging mit ihm zur Jetway und küsste ihn erneut auf die Wange. „Ruf mich an, wenn du gelandet bist."

„Das werde ich", versprach Tollison und reichte der Bodenstewardess sein Handy, damit sie seine elektronische Bordkarte einscannen konnte.

Tollison ging zur Jetway, dann blieb er stehen, schaute über seine Schulter und hielt ein letztes Mal Beaus Blick. Er lächelte und zwinkerte, aber als er sich umdrehte, biss er sich auf die Unterlippe und eilte durch den langen Tunnel zu dem Flugzeug, das ihn erwartete.

TOLLISON RIEF Beau an, nachdem er gelandet war, und erneut, als er zu Hause ankam. Sie unterhielten sich zwei Stunden lang, während Tollison seine Koffer aus- und wieder einpackte. Er erzählte Beau alles über seinen Job in Prag, wo ein wertvolles Stück aus Kristall während einer Wohltätigkeitsveranstaltung aus einem Privathaus gestohlen worden war.

Als es spät wurde, verabschiedete Tollison sich widerwillig mit dem Versprechen, jeden Tag anzurufen oder zu skypen, solange er außer Landes war. Beau bot an, ihn zu unterstützen, wenn sein Fall in eine Sackgasse geraten sollte. Dieses Angebot nahm Tollison gern an.

12

Tollison war mittlerweile seit zwei sehr langen, qualvollen Monaten in Prag. Der Fall war kompliziert, schon allein wegen der schieren Masse an Menschen, die an der Veranstaltung teilgenommen hatten. Der Prozess, sie alle zu befragen und entweder zu entlasten oder sie zu den Verdächtigen zu zählen und zu versuchen, Verbindungen zwischen ihnen zu finden, war mühselig gewesen. Beau hatte täglich mit Tollison gesprochen und ihn wie versprochen unterstützt, indem er jeden Tag die Ergebnisse mit ihm durchgegangen war.

Von der anderen Seite der Welt aus zu helfen, hatte sich als Herausforderung erwiesen. Beau hatte sich zu Hause eine Tafel aufgebaut, wie die von Tollison, und sie hatten jeden Verdächtigen zusammen überprüft. Beau stellte fest, dass ihre Methoden, einen Fall zu lösen, sich sehr unterschieden, wie bei dem Einbruch in der Royal Street auch. Aber das brachte ihnen unterschiedliche Perspektiven und half ihnen immens.

Schließlich war Beau es gewesen, der die Verbindung gefunden hatte zwischen einer der Hausangestellten und ihrem Freund, der zufällig für die Firma, die die Veranstaltung mit Essen versorgt hatte, einen Laster fuhr, und voilà, sie hatten die Täter. Als Team hatten die Diebe das Chaos in den Stunden vor der Veranstaltung in dem Haus genutzt, das Stück aus Kristall, das mehrere Millionen Dollar wert war, in einem Wagen voller schmutziger Gläser versteckt und es unter den wachsamen Augen aller in den Truck gefahren.

Aber wie Beau vermutet hatte, war es viel schwieriger gewesen, von Tollison getrennt zu sein, als den Fall zu lösen. Es hatte seine Entschlossenheit wahrlich auf die Probe gestellt, ihn jeden Tag zu sehen und mit ihm zusammen zu sein, ohne in der Lage zu sein, ihn zu berühren oder zu halten. Beau hatte in den letzten beiden Monaten mehr Telefonsex gehabt als in seinem gesamten Leben und er hatte jede Sekunde davon genossen. Tollison hatte sich als geduldiger und extrem aufmerksamer Mann erwiesen, selbst wenn ein Ozean zwischen ihnen lag, und sie wären bestimmt eine gute Werbung für Skype gewesen, abgesehen von dem Sex natürlich. Andererseits würde ihnen vielleicht gerade dies Aufmerksamkeit verschaffen. Wie auch immer, heute Abend würde er den Echten haben, oder schon heute Nachmittag, wenn es nach ihm ging.

Da er den Fall nun geschlossen hatte, sollte Tollison um 13.35 Uhr in Atlanta landen und Beau kurz vor ihm um 12.57 Uhr an dem Terminal nebenan. Beau fuhr mit dem Aufzug nach unten zu den Zügen, die die Reisenden von einem Terminal zum anderen brachten, dabei klopfte sein Herz wie wild und voller Vorfreude darauf, Tollison wiederzusehen.

Als Beau Tollisons Gate erreichte, hatte er noch fünf Minuten Zeit, und er ging auf und ab, doch dann setzte er sich hin, damit er kein Loch in den Teppich lief. Sein Blut floss mit halsbrecherischer Geschwindigkeit durch seine Adern und allein der Gedanke an Tollison schickte den Großteil in seine Lendengegend.

Tollison war der Erste, der das Flugzeug verließ, und Beau sah, wie er hastig die Menge überblickte. Beau lächelte und öffnete die Arme, als ihre Blicke sich trafen. Tollison durchquerte den Raum mit Laufschritt und warf sich in Beaus Arme. Sie küssten sich direkt vor Gott und der Welt und Delta Airlines und das Gefühl von Tollisons Lippen war wie Crack und Kokain zusammen.

Beau erkannte in diesem Moment, als er Tollisons Körper an seinem spürte, dass es keine Rolle spielte, wie lange er den Mann kannte. Er wollte Tollison in seinem Leben haben und er würde tun, was dazu notwendig war.

Die Fahrt zu Tollisons Wohnung im Bezirk Buckhead war eine Qual. Beaus Hände hielten nicht still. An jeder roten Ampel konzentrierte er sich auf Tollisons Hals, sein Gesicht und seinen Mund. Sie schafften es kaum durch die Eingangstür, bevor ihre Kleidung und Schuhe durch den Raum flogen. Tollison leitete ihn ins Schlafzimmer, wo sich Beau schnell seiner restlichen Kleidung entledigte und sich dann um Tollisons kümmerte. Er schubste Tollison ohne viel Federlesens auf das Bett und stürzte sich auf ihn.

Fast eine Stunde später lagen sie in Laken gewickelt und genossen das Nachglühen. Der Rausch, den anderen wiederzusehen, war immer noch da und donnerte in ihren Adern, aber das Gefühl der Dringlichkeit war gesättigt. Für den Moment.

„Ich habe dich so sehr vermisst", sagte Beau und strich mit der Hand über Tollisons Brust. „Mein Gott, das waren die längsten zwei Monate meines Lebens."

„Ich weiß, was du meinst. Für mich war es auch die reinste Folter, und wenn du nicht gewesen wärst, wäre ich immer noch dort."

Beau stützte sich auf einen Ellenbogen. „Das bezweifle ich. Du hättest die Lösung gefunden, genau wie bei Hayes. Ich hatte bloß einen anderen Blickwinkel und das hat sich dieses Mal bezahlt gemacht."

„Wie auch immer", meinte Tollison. „Ich bin einfach froh, dass es vorbei ist. Habe ich dir schon gesagt, wie froh ich bin, dass ich dich in den Bergen zwei Wochen lang ganz für mich allein haben werde?"

Beau lachte. „Nicht halb so froh wie ich. Das Haus hat im Internet übrigens toll ausgesehen."

„Jep, nur wir beide auf der Spitze des Black Rock Mountain, und meilenweit keine andere Hütte in Sicht. Es gibt zwei Pferde, ein Auto mit Allradantrieb und, was am besten ist, eine Küche mit Bar."

Beau rieb sich die Hände. „Das klingt toll. Wie lange dauert die Fahrt?"

„Ungefähr zweieinhalb Stunden, abhängig vom Verkehr."

„Wie bald können wir losfahren?", fragte Beau so aufgeregt wie ein Kind. „Das wird echt toll."

„Gleich morgen früh", sagte Tollison lächelnd. „Aber glaub mir, so toll es auch werden wird, es wird nicht halb so viel Spaß machen wie das, was ich jetzt gleich mit dir machen werde."

„Das wollen wir noch sehen. Aber tu dir keinen Zwang an, Groß–" Bevor Beau den Satz beenden konnte, biss Tollison ihm sanft in den Nippel und er musste scharf Luft holen. „Anfängerglück", witzelte Beau. „Lass mal sehen, was du sonst noch zu bieten hast."

AM NÄCHSTEN Morgen weckte Tollison Beau um fünf Uhr mit einem Kuss und einer Tasse heißem Kaffee. Beau fühlte sich so glücklich wie ein Kind am Weihnachtsmorgen und seine Vorfreude auf das Abenteuer wuchs von Minute zu Minute. Sie luden ihre Taschen in den Wagen und fuhren kurz vor sechs Uhr los, um dem starken Berufsverkehr in Atlanta zu entgehen. Als der Oktobermorgen sich etwas erwärmt hatte, öffnete Tollison das Dach seines Cabrios und drehte die Musik auf. Es dauerte nicht lange, bis sie feststellten, dass sie beide Classic Rock mochten und Beau fast jedes Lied von Tollisons Playlist kannte.

Beau hatte beschlossen, das GPS in Tollisons BMW zu ignorieren und es auf die altmodische Art zu versuchen. Deshalb hatte er eine Straßenkarte von Georgia mitgebracht und verdingte sich als Navigator mit der Karte auf seinen Knien. Tollison fuhr auf die GA400 auf und nach einer dreiviertel Stunde erschienen die Berge in der Ferne. Von da an wurde die Aussicht immer besser.

Während Tollison Beaus Anweisungen folgte und sie durch die Hügel von Georgias Norden brachte, hob sich das Grün der Bergspitzen so lebhaft von dem hellblauen Himmel ab, dass die Szenerie wirkte wie aus seinem wunderschönen, lebendigen Ölgemälde.

Als sie den Black Rock Mountain State Park erreichten und auf einer schmalen Straße zur Spitze des Berges fuhren, öffnete sich die Szenerie komplett und man konnte meilenweit über die Bergspitzen sehen, die in herbstlichen Morgennebel gehüllt waren. Auch wenn Beau wusste, dass sie nur zwei Stunden außerhalb von Atlanta waren, war es eine Szene wie aus einem Naturfilm und erinnerte ihn an die Vorgebirge in Colorado. Tollison manövrierte das Auf und Ab mit Leichtigkeit, und bevor Beau sich versah, fanden sie sich in einer Szene wie aus seinem Hallmark Film wieder.

Sie erreichten einen Holzzaun, der kilometerlang zu sein schien. Sie fuhren eine lange, gewundene Straße entlang, bis ein Holzhaus mit einem wettergegerbten Zederndach erschien. Die Veranda der Hütte ging rundherum und es gab einen großen Kamin aus Stein mit Schornstein an einem Ende. Auf der linken Seite war eine Scheune und auf der rechten ein Parkplatz, auf dem ein alter Pick-up mit Pferdeanhänger stand. Hinter der Hütte befand sich nur der unglaubliche Ausblick.

Als Tollison das Auto parkte, stieg ein silberhaariger Mann aus dem Pick-up und kam zu ihnen.

Der Mann lehnte sich an Tollisons Tür. „Morgen, Jungs. Ich bin Isaac Templeton, der Hausmeister. Wer von euch ist Tollison?"

„Das bin ich", sagte Tollison und reichte ihm die Hand. „Und das ist Beau."

„Willkommen auf Black Rock Manor. Freut mich, euch kennenzulernen." Isaac trat von dem Wagen zurück. „Wenn ihr wollt, führe ich euch herum."

Isaac reichte Tollison eine Karte und führte ihn zur Scheune. „Seid ihr beide erfahrene Reiter?"

Beau schaute Tollison an und nickte „Ja, Sir", antwortete Tollison.

„Gut. Die Pferde sind gut trainiert und ihr könnt sie jederzeit reiten", erklärte er. „Ruft mich einfach dreißig Minuten vorher an, dann komme ich her und sattle sie für euch."

„Das kling gut", meinte Beau.

„Außerdem, wenn es euch nicht stört, komme ich früh morgens und nachmittags vorbei, um die Pferde zu füttern und die Ställe auszumisten, aber davon abgesehen herrscht hier vollkommene Privatsphäre. Wenn ihr nicht reiten wollt und nicht wollt, dass ich vorbeikomme, lade ich die Pferde einfach wieder in den Anhänger, dann seht ihr gar nichts von mir, es sei denn, ihr ruft an."

Beau schaute Tollison an. „Ich weiß nicht, was du denkst, aber ich liebe es, zu reiten. Kommen Sie vorbei, wann immer es nötig ist."

„Das sehe ich auch so", sagte Tollison.

Isaac nickte. „Großartig. Der Allrad steht dort drüben und ist vollgetankt", sagte er und deutete über seine Schulter. „Aber in der Scheune steht ein Benzinfass, falls ihr mehr braucht. Dann zeige ich euch mal das Haus."

Beau trat durch die Eingangstür und erstarrte. Die Hütte selbst war genau so, wie er sie sich vorgestellt hatte. Sie wirkte wie eine Lodge mit einem großen, offenen Raum mit einem steinernen Kamin auf einer Seite und einer Küche auf der anderen. Hinter der Küche waren ein Schlafzimmer und ein Badezimmer. Sie war rustikal, aber gemütlich möbliert und war warm und einladend.

Aber was ihm wirklich den Atem stocken ließ, war der Ausblick dahinter. Die gesamte Hinterwand der Hütte bestand aus Glastüren, die sich zu einer großen Terrasse hin öffneten, von der aus man nur Berge und Wildnis sehen konnte, so weit das Auge reichte. Während Tollison sich innen umschaute, öffnete Beau die Tür und trat nach draußen auf die Terrasse, die in der Luft zu schweben schien.

„Komm raus, Tollison", rief er. „Das musst du dir ansehen."

Tollison und Isaac kamen zu ihm heraus und lehnten sich an das Geländer, um den Ausblick wortlos zu genießen.

„Ein netter Anblick, was?", meinte Isaac.

„Das ist eine Untertreibung", sagte Tollison.

„Die Hütte wurde am Rand einer Schlucht erbaut, um den Ausblick voll auszunutzen", erklärte Isaac.

„Es ist atemberaubend", flüsterte Beau und konnte den Blick nicht von dem Panorama abwenden.

„Soll ich die Pferde satteln, wo ich schon einmal da bin, oder wollt ihr euch erst einmal eingewöhnen und mich später anrufen?", fragte Isaac.

„Wollen wir uns heute ausruhen und morgen reiten?", fragte Tollison und schaute Beau an.

Beau hörte, dass Tollison sprach, aber er war immer noch gefangen. „Sicher, was auch immer du willst", sagte er, ohne den Blick abzuwenden.

Tollison beugte sich zu ihm. „Muss ich die nächsten zwei Wochen mit dem Ausblick konkurrieren?"

Schließlich riss Beau sich los und schaute Tollison an. „Natürlich nicht. Du bist ein Teil davon."

Tollison lächelte, drückte Beaus Schulter und drehte sich wieder zu Isaac. „Ich denke, wir kommen heute zurecht. Wir sagen Ihnen wegen morgen Bescheid."

„In Ordnung. Ruht euch aus, aber wenn ihr etwas braucht, habt ihr meine Nummer."

„Danke, Isaac", sagten Beau und Tollison im Chor.

DER TAG und die nächsten beiden Wochen waren wie ein fantastischer Traum voller Fahrten im Allradwagen, täglichen Wanderungen, Ausritten, Essen und Liebesspielen, gefolgt von langen Nickerchen und Entspannen auf der Terrasse. Sie verbrachten jeden Abend vor dem Kamin, tranken guten Wein und genossen einfach die Gesellschaft des anderen.

Am Tag vor ihrer Abreise lagen sie auf Liegestühlen auf der Terrasse, die sie nebeneinander geschoben hatten, teilten sich eine Decke und warteten auf den Sonnenuntergang. Tollison war eingenickt und schnarchte leise. Beau schaute zwischen dem Ausblick und dem Mann, der neben ihm lag, hin und her und versuchte, sich zu erinnern, wann er zuletzt so glücklich und entspannt gewesen war.

Im Laufe der letzten beiden Wochen hatten Tollison und er sich so gut aufeinander abgestimmt und hatten sich nie gestritten, und auch wenn er wusste, dass das nicht immer so bleiben würde, war es eine nette Abwechslung zu der Art, wie sein Leben gewesen war, bevor dieser Mann in sein Leben getreten war.

Er wusste schon seit einer Weile, dass er sich in den großen, dunklen und gut aussehenden Tollison Eduardo Braga Cruz verliebt hatte, und er wusste auch, dass er nie wieder von ihm getrennt sein wollte. Aber solange sie in ihren gegenwärtigen Jobs arbeiteten, würde das sicherlich wieder passieren, und zwar schon bald. Morgen würden sie nach Atlanta zurückkehren und Beau flog am darauffolgenden Tag nach New Orleans. Sie wussten nicht, wann sie sich wiedersehen oder wann Tollison wieder zu einem anderen Fall geschickt werden würde.

Da sie so gut bei dem Einbruch in der Royal Street und bei Tollisons Fall in Prag zusammengearbeitet hatten, hatte Beau mit einem Gedanken gespielt, aber er hatte sehen wollen, wie ihr Urlaub verlief, bevor er Tollison davon erzählte. Alles war so perfekt gelaufen, dass er fast gewünscht hätte, dass sie in Streit gerieten, damit er sehen konnte, wie sie damit umgingen. Aber dann erinnerte er sich daran, wie turbulent es zwischen ihnen gewesen war, als sie sich kennengelernt hatten, und deshalb war er sich sicher, dass alles gut werden würde, weil sie geschafft hatten, dies zu überwinden.

Jetzt musste er nur noch auf den richtigen Moment warten.

Tollison rührte sich und öffnete die Augen. „Bin ich eingenickt?"

Beau kicherte. „Das bist du."

„Tut mir leid."

„Was denn?"

Tollison drehte sich um und nahm unter der Decke Beaus Hand. „Dass du dich allein beschäftigen musstest."

Beau beschloss, den Augenblick zu nutzen. „So hatte ich etwas Zeit zum Nachdenken."

„Oh oh", machte Tollison. „Das kann nichts Gutes bedeuten."

„Es ist nicht gut", erwiderte Beau, „sondern großartig."

Tollison setzte sich auf und rückte näher zu Beau. „Erzähl."

„Naja, du weißt doch, wie gut wir bei dem Einbruch in der Royal Street zusammengearbeitet und wie ich dir in Prag geholfen habe."

„Jaaa?"

Beau schloss die Augen, zögerte und platzte einfach heraus: „Was hältst du davon, dass wir uns selbstständig machen und eine Firma eröffnen, die auf Privatermittlungen spezialisiert ist?"

Tollison hielt Beaus Blick, aber er antwortete nicht.

Das war nicht die Reaktion, mit der Beau gerechnet hatte, und er wurde nervös. *Habe ich etwas falsch interpretiert?*, fragte er sich und dachte über jedes Gespräch nach, das sie über ihre Beziehung geführt hatten. Er stand auf und ging vor Tollisons Stuhl auf und ab. „Tollison", sagte er leise. „In ein paar Tagen fahre ich wieder nach New Orleans und du Gott weiß wohin. Wir haben keine Ahnung, wann wir uns wiedersehen. Ich will so nicht leben."

Tollison starrte ihn weiterhin wortlos an und Beau bekam Panik. Er setzte sich ans Fußende von Tollisons Liegestuhl und nahm dessen Hand. Es galt alles oder nichts. „Ich habe mich in dich verliebt und ich will nicht mehr von dir getrennt sein."

Das schien Tollisons Aufmerksamkeit zu erregen. Seine Augen wurden groß und er setzte sich auf und nahm Beaus Gesicht in seine Hände. „Ja!"

Beau drehte sein Gesicht in Tollisons Hand und küsste seine Handfläche. „Ja?"

„Ja", wiederholte Tollison. „Ich habe gehofft und gehofft, aber ich war nicht sicher, ob ich dich richtig verstanden habe. Es lag mir seit Tagen schwer im Magen. Zu wissen, dass wir nach Hause fahren und keinen wirklichen Plan haben. Ich hatte bereits beschlossen, zu kündigen und nach New Orleans zu ziehen, wenn du mich haben wolltest, aber das ist noch besser. Ich denke, wir werden ein tolles Team."

„Persönlich oder professionell?"

„Beides", sagte Tollison warm. „Denn ich habe mich ebenfalls in dich verliebt."

Beau sprang auf die Füße, nahm Tollison bei den Händen und zog ihn in die Arme. „Das wird ein Riesenspaß."

„Persönlich oder professionell?", echote Tollison.

„Beides", war das letzte, was Beau sagte, bevor seine Lippen auf Tollisons landeten.

EPILOG

TOLLISON UND Beau verbrachten den Rest des Abends, den folgenden Morgen und die gesamte Fahrt zurück nach Atlanta damit, ihr Wagnis zu besprechen. Sie beschlossen, dass es sinnvoller war, ihre Firma im Big Easy statt in Atlanta zu eröffnen, da Beau dort so viele Kontakte hatte, wohingegen Tollisons Kontakte eher international waren. Als diese Entscheidung getroffen war, zögerte Tollison nicht und kündigte.

Sobald er wieder in Atlanta war, rief er seinen Boss an und erklärte ihm die Situation, insbesondere ihre Zukunftspläne, in der Hoffnung, von seiner bisherigen Firma vielleicht ein paar Aufträge zu bekommen und zusammen mit Beau reisen zu können, doch er konzentrierte sich auf den persönlichen Aspekt seiner Kündigung. Sein Boss versuchte, ihn in der Firma zu halten, indem er ihm anbot, von New Orleans aus zu arbeiten, aber Tollison lehnte höflich ab und erklärte, es wäre an der Zeit für etwas Neues.

Es dauerte etwas über einen Monat, bis Tollison alles geregelt, seine Wohnung ausgeräumt und zum Verkauf angeboten hatte. In dieser Zeit machten Beau und er mehrmals pro Woche die achtstündige Fahrt zwischen Atlanta und New Orleans, denn sie wollten nicht mehr als ein paar Tagen voneinander getrennt sein.

Bei Lloyd's of London war Tollisons einzige Aufgabe das Wiederfinden von verlorenen oder gestohlenen Dingen, für die die Versicherungsgesellschaft hatte zahlen müssen. Wenn er keinen Auftrag hatte, war er einfach ein Angestellter auf Abruf, deshalb war es für ihn relativ einfach, von der Firma einen klaren Schnitt zu machen. Aber für Beau war es schwieriger gewesen. Er hatte dem Captain empfohlen, dass Bruce ihn als Auggies Partner ersetzte, und Trenchard hatte zugestimmt, aber das halbe Dutzend offene Fälle, an denen Beau und Auggie gearbeitet hatten, war schwieriger abzuarbeiten, als sie erwartet hatten.

Während Beau also auf dem Revier beschäftigt war, konzentrierte Tollison sich auf ihre neue Firma und begann, nach Büroräumen zu suchen. Sie hatten beschlossen, dass sie eine altmodische Privatdetektei eröffnen wollten, wie man sie aus Schwarz-Weiß-Filmen kannte, jedoch ausgestattet mit der neuesten Technologie. Sie wollten ihren Klienten einen persönlichen Anstrich präsentieren und das bedeutete, dass ihre Gesichter zur Marke gehören mussten. Wie konnte man das besser erreichen, als mit einem altmodischen Laden?

In persönlicher Hinsicht hatte sich in der Beziehung von Beau und Tollison ein gut funktionierender Rhythmus entwickelt, obwohl sie erst vier Monate zusammen waren. Sie wussten, dass sie niemals so schnell zusammengezogen wären, wenn sie in der gleichen Stadt gelebt hätten. Aber das war nicht der Fall und es machte einfach keinen Sinn, eine Wohnung zu kaufen oder zu mieten, wenn sie doch sowieso all ihre Zeit zusammen verbringen würden.

Eines Abends beim Essen sprachen Beau und Tollison darüber, wie frustrierend es war, dass sie noch immer nicht die richtigen Räume gefunden hatten, als Beau plötzlich die Augen aufriss.

„Was?", fragte Tollison neugierig.

„Was ist mit Robinettes Laden? Er ist schließlich tot und ich fand den Laden toll. Ich wette, er steht noch leer."

„Und wenn wir unsere Karten richtig ausspielen", fügte Tollison hinzu, „ist Iona Ball auch immer noch dort und sucht einen neuen Job."

„Zwei Fliegen mit einer Klappe geschlagen", sagte Beau und hob die Hand, um Tollison abzuklatschen.

WIE ÜBLICH war Beaus Ahnung goldrichtig. Robinettes Laden stand immer noch leer, deshalb kontaktierte Tollison die Kanzlei, die Robinettes Besitz abwickelte. Man hatte das Gebäude noch nicht zum Verkauf angeboten, deshalb gab es keine anderen Interessenten.

Beau und Tollison machten sofort ein Angebot, das angenommen wurde, und damit hatten sie genau das, was sie sich vorgestellt hatten. Und glücklicherweise war Iona Ball ebenfalls immer noch verfügbar und hocherfreut, an Bord zu kommen. Alles passte zusammen.

ALS BEAU endlich das NOPD verlassen konnte, konnten Tollison und er sich voll auf ihre Firma konzentrieren. Sie klapperten die Antiquitätenläden auf der Magazine Street ab und fanden genau das richtige Mobiliar, um den nostalgischen Look, den sie sich vorgestellt hatten, zu verwirklichen, während sie sich mit der neuesten Technologie ausstatteten.

Es war eine Woche vor Weihnachten und Möbellieferanten kamen und gingen. Telefonanschlüsse und Internet wurden installiert und das Bild mit der Aufschrift *Bissonet & Cruz, Privatermittler* am vorderen Fenster war gerade fertig geworden. Plötzlich kam ein Auto mit quietschenden Reifen vor ihrem Laden zum Stehen. Beau, Tollison und Iona schauten auf und sahen eine große, schlanke, nicht unattraktive Frau mit platinblondem Haar, die durch

172

die Eingangstür stürmte. Ihre Stilettos klickten auf dem Holzboden und eine Parfumwolke schwebte ihr voraus, als sie sich Ionas Schreibtisch näherte.

„Kann ich Ihnen helfen?", fragte Iona, während Beau und Tollison vom hinteren Bereich des schmalen, lang gezogenen Ladens zusahen.

Die langen Fingernägel der Frau klapperten nervös auf Ionas Schreibtisch. „Mein Name ist Madeline Rothschild und ich muss die Ermittler sprechen."

Beau und Tollison schauten einander an und gingen schnell zu Ionas Schreibtisch. „Ich bin Beau Bissonet und das ist Tollison Cruz", sagte Beau und deutete auf seinen Partner. „Was können wir für Sie tun, Ms. Rothschild?"

„Mein … mein Freund ist tot", sagte sie verzweifelt und Tränen rannen ihre Wangen hinab, dabei verlief ihr Mascara. „Und die Polizei will mir nicht glauben."

„Was nicht glauben?", wollte Tollison wissen.

„Ich denke, dass seine Frau ihn ermordet hat und sie wird damit davonkommen! Helfen Sie mir bitte, bevor es zu spät ist?"

Tollison warf Beau einen wissenden Blick zu. „Folgen Sie uns, Ms. Rothschild", sagte er und führte die Frau in sein und Beaus Büro. „Sie sind unsere erste Klientin."

SCOTTY CADE hat die amerikanische Firmenwelt 2004 nach fünfundzwanzig Jahren in der Marketing- und Public Relations-Branche verlassen, um zusammen mit seinem Ehemann, mit dem er seit fast zwanzig Jahren zusammen ist, auf der Insel Martha's Vinyard ein Hotel mit Restaurant zu kaufen.

Sobald er lesen konnte, begann er, Geschichten zu schreiben, aber veröffentlicht werden sie erst seit Kurzem. Wenn er nicht im Hotel ist, findet man ihn im Bug seines Bootes, wo er Liebesromane schreibt, mit seinem Shetland Sheepdog Mavis, der ihm Gesellschaft leistet. Da er aus dem Süden stammt und ein Liebhaber von Treue und festen Bindungen ist, finden die meisten seiner Charaktere ihren Weg in eine lange, stabile Beziehung, egal, wie weit der Weg dahin für sie sein mag. Er glaubt, dass am Ende der Junge immer den Jungen bekommen sollte.

Scotty und sein Partner sind begeisterte Bootsfahrer und leben an Bord ihres Bootes, mit dem sie den Sommer auf Martha's Vinyard verbringen und den Winter an verschiedenen Orten im Süden.

Besucht Scotty auf www.scottycade.com und auf Twitter @ScottyCade. Ihr könnt ihn über scotty@scottycade.com kontaktieren.

Von SCOTTY CADE

Der Einbruch in der Royal Street

Veröffentlicht von DREAMSPINNER PRESS
www.dreamspinner-de.com